THE SILENCE BETWEEN US

FSC
www.fsc.org
MIX
Papier aus verantwortungsvollen Quellen
FSC® C083411

Impressum

4. Auflage, 2022
ISBN: 9783754692639

© Nadine Dela, Kleinbahnstraße 9, 55595 Weinsheim,
dela.n@gmx.de

Lektorat: Susanne Jauss, jauss-lektorat.de
Coverdesign: Sebastian Dela, www.delastudio.de
Covermotiv: stock.adobe / kovop58 / pandaclub23 / blagorodez

Herstellung und Druck über tolino media GmbH & Co. KG, München.
Printed in Germany

Für Sebastian und Lavinia

DIE BEIDEN WICHTIGSTEN MENSCHEN
IN MEINEM LEBEN

»In die Augen kann man jedem sehen. Aber jemand zu finden, der dieselbe Welt sieht, ist ziemlich selten.«

aus: John Green,
Schlaft gut, ihr fiesen Gedanken

Playlist

JAMES ARTHUR – MAYBE
(MEINE INSPIRATION ZUR GESCHICHTE)
RACHEL PLATTEN – FOOLING YOU
ANDREW HUANG – YOURS
LIMP BIZKIT – BEHIND BLUE EYES
CHRISTINA PERRI – A THOUSAND YEARS
MAISIE PETERS – FEELS LIKE THIS
JAMES BLUNT – YOU`RE BEAUTIFUL
BILLIE EILISH – OCEAN EYES
CHASE RICE – WHISPER
HURTS – SURRENDER
P!NK – WALK ME HOME
ONEREPUBLIC – RESCUE ME
SAM SMITH – STAY WITH ME
SAVAGE GARDEN – TRULY MADLY DEEPLY
SUFJAN STEVENS – MYSTERY OF LOVE
JAMES ARTHUR – IMPOSSIBLE

Prolog

Die Worte des Pfarrers ziehen an mir vorbei, ohne dass ich sie wirklich wahrnehme. Es fühlt sich an, als würde ich in einem dichten Wald stehen, umringt von Nebel, der jedes Geräusch davon abhält, zu mir durchzudringen. Der Schmerz, er ist seit Tagen so tief in mir verankert, dass er mich von innen aufzufressen scheint und nichts als Leere hinterlässt.

Er zieht mich.

Tag für Tag.

Tiefer.

In die Dunkelheit.

Auf dem Weg nach draußen greift Laura nach meiner Hand. Doch ich kann den Blick nicht von den beiden Särgen vor mir abwenden, in denen meine Eltern nun liegen. Sie werden niemals mehr zurückkommen, ich werde nie wieder ihr Lachen hören oder ihnen dabei zusehen, wie sie eng umschlungen tanzen.

Ich vermisse sie so sehr.

Nachdem wir die Grabstelle erreicht haben, bin ich wie festgefroren. Mein Atem geht nur noch stoßweise, als wäre ich einen Marathon gelaufen. Kurz spüre ich die Hand von Lauras Vater Frank auf meiner Schulter, als er nach vorn geht, um seine kleine Ansprache zu halten.

Dann werden die Särge ins Grab hinabgelassen, und ich klammere mich an die Lieblingsblume meiner Mutter, eine rosafarbene Lilie, die ich in der Hand halte. Vor diesem Moment habe ich mich am meisten gefürchtet. Der Pfarrer spricht noch ein paar Sätze, während mein Blick an dem Loch im Boden festhängt. Das Poltern der Erde, die er jetzt hinunter auf die Särge wirft, fühlt sich an wie ein Pfeil, der mir mitten durchs Herz gebohrt wird.

Die Tränen rinnen unaufhörlich über meine Wangen, während ich meine Beine Richtung Grab bewege. Jeder Muskel meines Körpers ist bis ins Unendliche angespannt. Der Anblick, der mich erwartet, nimmt mir all meine Luft und reißt mir gleichzeitig das Herz aus der Brust. Meine Hände hören nicht auf zu zittern, als ich die Lilie hinabfallen lasse. Ich bin wie erstarrt, kann mich keinen Zentimeter mehr bewegen. Die Welt scheint aufgehört haben, sich zu drehen, und ich falle auf die Knie, wo mich ein Weinkrampf überwältigt, mir noch die letzte Kraft raubt. Ich spüre Arme, die mich halten, höre Stimmen, und doch verstehe ich kein Wort, blicke in verschwommene Gesichter.

Plötzlich werde ich hochgehoben und vom Grab weggetragen. Eine Autotür wird geöffnet, und schon im nächsten Augenblick setzt Laura sich neben mich und hält mich fest. Ich bin unendlich dankbar, sie an meiner Seite zu haben, denn ich brauche sie jetzt mehr denn je.

Ich habe keine Luft mehr zum Atmen. Keine Kraft mehr, um zu funktionieren. Kein Verlangen mehr zu reden.

Seit Stunden sitze ich nun in diesem Café, während mein Blick an dem kleinen Buchladen auf der anderen Straßenseite haftet. Ich lasse ihn keine Sekunde aus den Augen. Auf einmal sehe ich sie, wie sie das Geschlossen-Schild an der Tür umdreht. Ich stehe auf und verlasse mit schnellen Schritten das Café, überquere die Straße jedoch nicht. Nachdem ich mir eine Zigarette angesteckt habe, spiele ich ungeduldig mit dem kleinen Feuerzeug in meiner Hand.

Wie immer verlässt sie das Geschäft nicht allein. Die Sonne blendet sie, woraufhin sie die Hand über ihre Augen hält und sich umschaut, dabei kaut sie auf ihrer Unterlippe.

Sie ist nervös.

Und ich bin ungeduldig.

Doch mir bleibt nichts anderes übrig, ich muss mich zurückziehen.

Mia

Nervös schaue ich aus dem kleinen Fenster direkt auf die Stadt Edinburgh unter mir, wo wir gleich landen werden. Ich kann nicht glauben, dass ich mich getraut habe, in ein Flugzeug zu steigen, um von Berlin hierherzufliegen. Auch wenn Laura darauf bestand, die Kosten des Tickets zu übernehmen, war dies für mich keine Option. Die Verlockung, ein zweites Ticket zu kaufen, damit der Platz neben mir frei bleibt, war groß, doch das wäre zu verrückt gewesen, und im Nachhinein bin ich froh, dass ich mich dagegen entschieden habe. Neben mir sitzt nur eine ältere Dame, die während des Fluges in ihren Magazinen geblättert und Kreuzworträtsel gelöst hat.

Ich ziehe mein Handy aus der Tasche und lese ein weiteres Mal Lauras letzte Nachricht.

Laura: *Mia, ich schaffe es leider nicht zum Flughafen. Finn holt dich ab. Du kennst ihn nicht, aber ich habe dir schon von ihm erzählt. Er ist Ians Bruder. Mach dir keine Gedanken, er ist netter, als* *es auf den ersten Blick scheinen mag. Bitte sei nicht böse. Ich weiß, dass du nicht gern mit Menschen auf engem Raum bist, wenn du sie nicht kennst. Doch bei ihm brauchst du dich nicht unwohl zu fühlen. Ich habe ihm erklärt, dass du nicht redest und er dich nur abholen soll. Bis gleich, Süße, ich freue mich schon auf dich.*

Ich kann nicht sagen, wie oft ich diese Nachricht bereits gelesen habe, gefühlt bestimmt tausendmal. Noch immer fasse ich es nicht, dass Laura mir das antut. Sobald ich nur daran denke, diesem Finn zu begegnen, tritt mir der Schweiß auf die Stirn, und mein Herz schlägt so schnell, dass man meinen könnte, es würde mir jeden Moment aus der Brust springen. Wie soll das erst werden, wenn ich ihm gegenüberstehe? Er weiß, dass ich nicht spreche. Trotzdem werde ich mit Sicherheit Fragen in seinen Augen sehen. Bestimmt hat Laura ihm auch nicht den Grund genannt, weshalb ich nicht rede. Ich bin keineswegs stumm auf die Welt gekommen. Vor zwei Jahren hätte niemand - ich eingeschlossen - damit gerechnet, dass keine einzige Silbe mehr über meine Lippen kommt. Doch dieser eine Abend hat mein ganzes Leben verändert und mir alles genommen. Die Erinnerung daran ist so real, als wäre es erst gestern geschehen. Dabei bin ich gut darin, solche Gedanken zu verbannen. Doch der Flug hierher stresst mich innerlich so sehr, dass ich es nicht verhindern kann, dass sie ein weiteres Mal die Oberhand gewinnen. Wieder nehmen sie mir die Luft zum Atmen und werfen mich an einen Ort zurück, den ich mit aller Macht zu vergessen versuche.

Es war der zwanzigste Dezember kurz vor Weihnachten. Gemeinsam mit meinem Paps fuhr ich zum Markt. Hier suchten wir uns jedes Jahr einen Weihnachtsbaum aus. Nach einer Stunde hatten wir das perfekte Prachtstück gefunden, das erkannte ich in seinem Blick. Seine Augen nahmen dann immer einen ganz besonderen Glanz an. Ich liebte diese Momente mit ihm, weil es *unsere* Momente waren. Auf dem Weg zurück redeten wir nie etwas und hatten auch keine Musik an. Ich kann nicht erklären, warum wir das so machten, aber es war genau unser Ding. Mein Paps und ich brauchten nie viele Worte, und das habe ich so sehr geliebt.

Als wir in unsere Einfahrt einbogen, war es im Haus stockdunkel. Paps legte die Stirn in Falten und sah zu mir. »Du wartest hier«, sagte er leise.

»Aber ...« Weiter kam ich nicht.

»Kein Aber, Mia, du wirst hier warten, bis ich wiederkomme.« Diesmal waren seine Worte gepresst, sein Blick war entschlossen, und so nickte ich nur. »Wenn ich draußen bin, schließt du das Auto von innen ab, ja?«

Ich wollte noch etwas erwidern, doch er war schon auf dem Weg ins Haus. Nervös hielt ich mein Handy in der Hand, es war jetzt genau 19.33 Uhr. In Gedanken zählte ich die Sekunden. Keine Ahnung, warum ich hier sitzen musste, nur weil es im Haus dunkel war. Vielleicht war Mama einfach nur müde gewesen und hatte sich schlafen gelegt - okay, wenn ich im Nachhinein darüber nachdenke, war dieser Gedanke Schwachsinn. In all den Jahren hatte sie immer schon mit dem Christbaumschmuck im Wohnzimmer parat gestanden und heiße Schokolade mit Weihnachtsplätzchen vorbereitet. Doch diesmal war unser Haus zum ersten Mal dunkel - innen und außen, sogar die Weihnachtslichter waren aus. Nun begann ich wirklich, mir Sorgen zu machen, und eine Gänsehaut überzog meine Arme.

Abermals schaute ich auf mein Handy. 19.38 Uhr. Es waren bereits fünf Minuten vergangen. Warum kam Paps nicht zurück, und warum war es im Haus noch immer dunkel?

Mein Blick haftete auf dem Hauseingang, und plötzlich nahm ich rechts davon eine Bewegung wahr. Was war das? Ich kniff die Augen zusammen, und dann erkannte ich eine komplett in Schwarz gekleidete Gestalt, die wie vom Blitz getroffen wegrannte. Genauso schnell stieg ich aus dem Auto aus und eilte zum Haus. Die Haustür war halb geöffnet, und ich zitterte am ganzen Körper, als ich eintrat.

»Hallo Papa, Mama, wo seid ihr denn?«, kam es abgehackt über meine Lippen, während ich den Flur entlang in Richtung Küche ging. Dort lag etwas auf dem Boden, das ich in der Dunkelheit nur als Schatten ausmachen konnte. Wie angewurzelt blieb ich stehen. Aus einem Reflex heraus griff ich zum Lichtschalter - und nun sah ich, was es war. Da war Blut. Viel Blut. Mein Blick wanderte weiter, direkt zu den aufgerissen, leeren Augen meiner Mutter. Mein Puls raste, in meinem Kopf drehte sich alles. »Ma… Mama«, schluchzte ich.

Vorsichtig, Schritt für Schritt tastete ich mich weiter voran und sah dann auch noch Paps, der ebenfalls blutüberströmt dalag. Sein

Brustkorb hob und senkte sich aber noch. In diesem Moment gaben meine Beine endgültig unter mir nach, und ich sank neben ihm auf den Boden. Ich legte die Hände auf seine Schulter, woraufhin er ein wenig die Augen öffnete und leise stöhnte. »Mia … du …« Doch weiter kam er nicht, seine Augen fielen wieder zu.

»Nein, Paps, bitte mach deine Augen wieder auf!« Erneut rüttelte ich an seiner Schulter.

»Mia, ich liebe …« Beim letzten Wort fiel sein Kopf auf die Seite, und sein Brustkorb hörte auf, sich zu bewegen.

Erst stieß ich einen fremden Laut aus, der sich gar nicht nach mir anhörte. Dann wurde mein Blick trüb von den Tränen, die nun ohne Unterlass liefen, und ich konnte nicht mehr aufhören zu schreien.

Auf einmal spürte ich Arme, die mich hochzogen, und ich schaute in vertraute blaue Augen. Es war Frank, Lauras Vater. Er sagte etwas zu mir, doch ich konnte ihn nicht verstehen. Zu laut war das Rauschen des Blutes in meinen Ohren. Das Letzte, was ich fühlte, war diese Enge in meiner Brust.

Und dann wurde alles schwarz.

Hier ist kein Platz für diese Gedanken, Mia. Beruhige dich und atme tief durch. Während ich darauf warte, dass wir das Flugzeug verlassen können, sage ich mir diese Worte wie ein Mantra immer und immer wieder. Doch nichts kann mich von diesen Gedanken, die jetzt wieder in meinem Kopf herumschwirren, ablenken. Schon allein die Tatsache, dass der Täter, der dieses schreckliche Verbrechen begangen hat, noch immer frei herumläuft, macht mir bis heute eine Scheißangst.

Nach dem Tod meiner Eltern wurde mir empfohlen, eine Therapie zu machen, in der Hoffnung, dass es mir dann wieder gelingt, Worte aus mir herauszulassen. Doch das hat nicht funktioniert. Es war nicht so, dass ich nicht wollte, ich habe es einfach nicht geschafft, mich zu öffnen.

Damals nahmen Lauras Eltern mich auf. Ich war zwar schon zweiundzwanzig und hätte allein wohnen können, doch sie bestanden darauf, dass ich erst mal zu ihnen komme. Zumindest so lange, bis ich es einigermaßen verkraftet habe und der Täter gefunden ist. Doch beides ist bis heute nicht passiert. Laura wohnte zu diesem Zeitpunkt auch noch zu Hause. Zuerst wollten sie mir das Gästezimmer geben, doch ich war mehr als froh, als

Laura mich fragte, ob ich nicht lieber zu ihr ins Zimmer ziehen möchte. »Es muss nicht für immer sein«, sagte sie, »nur so lange, bis du dich nicht mehr allein fühlst.« Und so wohnten wir anderthalb Jahre lang zusammen in Lauras Zimmer. Nicht, weil ich mich eine so lange Zeit allein gefühlt hätte, sondern weil wir uns so sehr daran gewöhnt hatten, dass wir es gar nicht mehr anders wollten.

Das änderte sich erst, als Laura vor einem knappen Jahr Ian kennenlernte. Na ja, eigentlich kannten sie sich schon länger aus dem Internet, aber erst vor einem Jahr entschloss sie sich, ihn in Edinburgh zu besuchen. Er hatte sie eigentlich schon viel früher persönlich kennenlernen wollen, aber Laura war zu skeptisch gewesen. Sie hatte zu viel Angst davor gehabt, dass es am Ende nicht funktionieren und sie dann auch seine Freundschaft verlieren könnte. Doch jedes Mal, wenn sie mit ihm telefonierte, schrieb oder sich im Videochat unterhielt, war da dieses Strahlen in ihrem Gesicht. Deshalb hatte ich es mir zur Aufgabe gemacht, sie zu überreden, ihn endlich mal zu besuchen – was nicht einfach ist, wenn man dafür nur ein Blatt Papier zur Verfügung hat. Natürlich wollte sie, dass ich auch gleich mitfliege, doch das war für mich zu diesem Zeitpunkt undenkbar. Sie sollte sich voll und ganz auf Ian konzentrieren können, ohne mich im Nacken zu haben. Mit meinen Angstzuständen, wenn ich unter Menschen muss. Zum Glück hörte sie auf mich und flog schließlich allein nach Edinburgh.

Ein Passagier nach dem anderen geht nun an mir vorbei Richtung Ausgang, die meisten von ihnen mustern mich interessiert. Doch ich ignoriere die neugierigen Blicke. Nach zwei Jahren bin ich schon ein echter Profi darin, die Menschen um mich herum auszublenden.

Ich habe beschlossen, es wie beim Check-in zu machen. Da habe ich gewartet, bis alle durch waren, und mich dann einfach ganz hinten angestellt. Jetzt werde ich warten, bis alle draußen sind, erst dann werde ich aufstehen und mich wieder als Letzte anstellen.

»Miss, Sie müssen sich jetzt auch zum Ausgang begeben«, kommt es von der Stewardess, die sich plötzlich in mein Blickfeld drängt. Ich nicke nur und lächle sie höflich an, meistens reicht das den Leuten schon als Reaktion. Nachdem ich mein Handgepäck aus dem Gepäckfach genommen habe, schlendere ich in Richtung Ausgang. Ich habe es tatsächlich geschafft, mich als Letzte in der Schlange einzureihen, und halte ausreichend Abstand zu der Frau, die mit ihrer kleinen Tochter vor mir steht. Die Kleine lächelt mich an, und ich lächle zurück. Lächeln ist etwas, das ich dank der letzten Jahre am besten beherrsche, und bei Kindern klappt das noch besser als bei Erwachsenen.

Kaum trete ich nach draußen, werde ich von drückender Hitze eingehüllt. Laura hat nicht übertrieben, als sie sagte, dass ich leichte Kleidung einpacken solle. Sie meinte, Ian könne sich nicht daran erinnern, dass es in den letzten Jahren einmal so heiß war wie in diesem Sommer. Mit langsamen Schritten folge ich den anderen Passagieren und sehe schon, wie einige von ihnen in Empfang genommen werden. Ich umlaufe sie gekonnt und betrete die große Flughafenhalle, in der mich kühle Luft von oben willkommen heißt. Da ich zum ersten Mal geflogen bin, weiß ich erst mal nicht, wo ich hinmuss, und gehe auf gut Glück einfach mal mit gesenktem Kopf den Menschen hinterher.

Laura hat mir vorhin noch mal geschrieben, dass ich die große Rolltreppe runtermuss, dort würde Finn auf mich warten. Doch sie sagte mir nicht, dass es nur eine Rolltreppe nach unten gibt, und die ist natürlich voller Menschen, Körper an Körper. Ich habe keine

Ahnung, wie ich es da runterschaffen soll. Auf meiner Stirn bilden sich bereits Schweißperlen. *Mia, du schaffst das, einfach nur tief ein- und ausatmen.* Wenn ich mir das immer und immer wieder einrede, wird es schon gehen. Ich kann ja schlecht hierbleiben. Wobei, da vorne gibt einen kleinen Shop, in dem man Sandwiches und Kaffee bekommt. Mehr bräuchte ich nicht zum Überleben.

Mit einer solchen Situation habe ich nicht gerechnet. Ich dachte, dass ich einfach nur hierherfliegen muss, durch den Flughafen gehe und es dann hinter mir habe. Wieso habe ich nur zugesagt? Ich hätte mit meinem Allerwertesten einfach zu Hause bleiben sollen. Mit einem Becher Ben & Jerry's und einer Portion Gilmore Girls hätte ich es mit Sicherheit verkraftet, an Lauras großem Tag nicht anwesend zu sein. Ach, wem versuche ich da was einzureden? Ich wäre am Boden zerstört gewesen und hätte mir das nie verziehen. Sie hingegen hätte es mir, ohne mit der Wimper zu zucken, verziehen. Weil sie einfach Laura ist und für alles, was ich tue, immer Verständnis hat. Genau aus diesem Grund bin ich hier. Sie ist meine Familie, meine beste Freundin und die Schwester, die ich nie hatte.

»Mia?«, höre ich plötzlich eine männliche Stimme.

Ein paar rote Chucks schieben sich direkt vor mir in mein Blickfeld, und ich starre darauf, unfähig, mich zu bewegen. Nach ein paar Augenblicken habe ich den ersten Schreck überwunden, spanne meine Hand fester um den Griff meiner Tasche und lasse langsam meinen Blick nach oben wandern. Das muss dieser Finn sein. Er trägt eine helle Jeans, die nicht zu locker, aber auch nicht zu eng sitzt. Dann sehe ich ein rot-blau gemustertes Karohemd, und schließlich schaue ich in rehbraune Augen, die mich fragend mustern.

Zum ersten Mal seit langer Zeit habe ich das Verlangen, etwas zu sagen, die Worte, die in meinem Kopf sind, auszusprechen. Mich ihm als Mia vorzustellen und nicht bloß zu lächeln. Doch es kommt wie immer kein einziges Wort über meine Lippen, und so tue ich das, was ich immer tue: Ich lächle und strecke ihm die Hand entgegen. Dabei fühle ich mich alles andere als wohl, was aber nicht an ihm liegt.

Er ist nicht der erste Mann, dem ich gegenüberstehe. Noch bevor das mit meinen Eltern passierte, hatte ich einen festen Freund, unsere Beziehung ging zu diesem Zeitpunkt schon ein paar Monate. Doch er wusste danach nicht, wie er mit mir umgehen sollte, und war mit allem überfordert. Das zeigte mir, dass es nicht sein sollte. Ich war diejenige, die auf grausame Weise ihre Eltern verloren hatte, nicht er. Er hätte nur für mich da sein sollen, doch das konnte er nicht. Also schrieb ich ihm einen Brief, den ich ihm zusammen mit einer Kiste, in die ich all seine Sachen gepackt hatte, in die Hand drückte. Ich stand vor seiner Tür und sah den Knutschfleck an seinem Hals, der definitiv nicht von mir stammte. Da wusste ich, dass dies meine beste Entscheidung war. Merkwürdigerweise tat es mir im Herzen noch nicht mal weh, dass es nun aus zwischen uns war.

Seitdem gab es zwar nicht viele Männer, die versucht haben, mir nahezukommen, zwei oder drei vielleicht, doch ich habe sie erfolgreich umrundet. Nicht sie waren das Problem, sondern ich selbst. Ich hatte einfach keine Lust an Männern, wollte nur in Ruhe meiner Arbeit nachgehen und leben, ohne mich immer erklären zu müssen. Ich mag es nun mal in meinem kleinen Schneckenhaus.

Während der Woche arbeite ich in der kleinen Buchhandlung, die Lauras Tante gehört. Dort bin ich für das Lager zuständig, bestücke die Regale, mache Inventur, räume auf und empfehle Bücher, die ich gelesen habe, indem ich einen Zettel auf das jeweilige Buch klebe und schreibe, warum es mir gefallen hat. Mit den Kunden komme ich nicht in Berührung, was perfekt für mich ist. Am Wochenende mache ich dann meistens kleinere Grafikarbeiten. Hier läuft alles über Internet und E-Mail, sodass ich ebenfalls keinen mündlichen Kontakt zu den Auftraggebern habe. Damit verdiene ich so viel, dass ich eigentlich gar nicht mehr in der Buchhandlung arbeiten müsste. Doch für mich kommt nicht infrage, dort aufzuhören. Ich liebe diesen kleinen Laden, den Geruch nach Papier und Abenteuer und verbringe hier einfach gern meine Zeit.

Nun steht also Finn vor mir - ein wirklich schöner Name, den ich nur allzu gern über meine Lippen bringen würde. Ein Lächeln schleicht sich in sein Gesicht, und in seinem Blick erkenne ich Erleichterung, mich gefunden zu haben. Er greift nach meiner Hand, und als ich seine Haut auf meiner spüre, überzieht plötzlich eine Gänsehaut meinen ganzen Körper. In jeder Faser kribbelt es, meine Atmung wird schneller, und gleichzeitig droht mir das Herz aus der Brust zu springen. Es schlägt so heftig, dass ich fürchte, es müsste jeden Moment stehen bleiben. Ich sehe ihm an, dass es ihm wohl genauso geht. Er mustert mein Gesicht, durchforstet es mit seinem Blick, bis seine Augen an meinen hängen bleiben. Ich halte die Luft an - und plötzlich gerate ich ins Taumeln.

Finn

Als Laura mich bat, Mia vom Flughafen abzuholen, fragte ich mich erst, was sie sich dabei gedacht hatte. Immerhin ging es hier um Mia, die, wie ich das mitbekommen hatte, seit dem Tod ihrer Eltern vor zwei Jahren kein Wort mehr gesprochen hat. Und sie meidet Menschen, vor allem Fremde, die sie nicht kennt. Nun, mich kennt sie auch noch nicht, und ich bezweifle, dass sie es gut finden wird, nach einem solchen Flug von einem Fremden abgeholt zu werden. Ich teilte Laura meine Bedenken mit, doch sie meinte nur, dass Mia kein Problem damit habe. Daraufhin hob ich zweifelnd eine Augenbraue, was sie wie immer gekonnt ignorierte. Schließlich zeigte sie mir noch ein Foto von Mia, auf das ich aber nur einen flüchtigen Blick warf. Ich musste mich beeilen, um noch rechtzeitig am Flughafen anzukommen. Es war ja nicht so, dass Laura mir rechtzeitig Bescheid gegeben hatte, dann hätten wir alles in Ruhe planen können.

Nun fahre ich also mit meinem Jeep Richtung Flughafen, versuche, mithilfe der Klimaanlage der Bullenhitze Herr zu werden, und höre dabei *Maybe* von James Arthur. Da ich fast zehn Minuten zu spät bin, flitze ich im Eiltempo ins Flughafengebäude. Ich hätte nicht gedacht, dass es hier so voll ist. Zwar wusste ich, dass es einige Reisende hierher nach Edinburgh verschlägt, doch mir war nicht klar, dass es so viele sind. Und unter all diesen Menschen muss ich nun Mia finden, deren Foto ich nur flüchtig gesehen habe, was ich jetzt schon bereue. Vielleicht hätte ich ein Schild schreiben sollen, was ich eigentlich auch vorhatte, doch dazu hätte ich erst mal Papier und Stift im Auto haben müssen.

Hektisch renne ich weiter in die Halle hinein, fokussiere jeden Rotschopf, der in mein Blickfeld kommt, und begebe mich zielstrebig in Richtung Rolltreppe. Sie ist der einzige Ausgang nach draußen, Mia muss also dort herunterkommen. Da ich sie nirgendwo entdecke, bin ich mir nun sicher, dass sie noch oben sein muss. Während ich versuche, zwei Stufen auf einmal zu nehmen – was in dem Gedränge nicht einfach ist –, bleibt mein Blick immer nach oben gerichtet, in der Hoffnung, sie auf irgendeine Art und Weise zu erkennen.

Ihr Bild habe ich kein bisschen mehr im Kopf, ich weiß nur, dass sie rote Haare hat, denn das hat Laura immer mal wieder erwähnt. Ich könnte mir jetzt selbst in den Allerwertesten treten, aber es bringt nichts, mich darüber aufzuregen. Für mich steht an erster Stelle, Mia zu finden. Ich kenne sie nicht und weiß nicht, wie sie mit einer solchen Menschenmenge umgeht. Verdammt, warum in aller Welt hat Laura mir nicht mehr Infos gegeben?

Kaum bin ich oben am Ende der Rolltreppe angelangt, entdecke ich eine Frau, die mit dem Rücken zu mir steht. Auch wenn ich ihr Gesicht nicht sehen kann, wirkt sie auf mich fehl am Platz, so als wollte sie gar nicht hier sein. Ihr ganzer Körper scheint angespannt zu sein. Ich möchte sie nicht erschrecken und gehe mit langsamen Schritten auf sie zu. Ihr Kopf ist gesenkt, und sie hat die Augen geschlossen. Die Knöchel an ihren Händen sind weiß hervorgetreten, vermutlich deshalb, weil sie zu fest den Griff ihrer Tasche umklammert, als wäre er ihr rettender Anker.

»Mia?«, kommt es leiser als beabsichtigt über meine Lippen.

Sie öffnet die Augen, und ihr Blick wandert langsam an mir nach oben. Dieser Moment gibt mir Zeit, ihr Gesicht genauer zu betrachten. Ihre Haut ist sehr hell, wahrscheinlich geht sie nicht wirklich viel vor die Tür, oder besser gesagt, sie hält sich nicht viel draußen auf. Die zierliche Nase ist überzogen mit Sommersprossen, von denen sich einige auch auf ihren Wangen wiederfinden. Ihre Haut wirkt so zart, dass ich das Verlangen spüre, sie mit meinen Fingern zu berühren. Für einen Moment bleibt mein Blick an ihren Lippen hängen. Verlegen beißt sie sich auf die Unterlippe, und ich sehe schnell weg, richte meinen Blick stattdessen auf ihre Augen, die mich nun anschauen. Große hellgrüne Augen, die mich an die Polarlichter auf Island erinnern - viel zu schön, um wegzuschauen.

Auf ihre Lippen legt sich jetzt ein leichtes Lächeln, das es fast bis zu ihren Augen schafft, und sie öffnet ein wenig den Mund, so als wollte sie etwas sagen. Aber es kommt kein Wort über ihre Lippen, und in ihrem Blick erkenne ich etwas wie Bedauern, was jedoch schnell wieder verfliegt. Ihre Augen bohren sich in meine, und zum ersten Mal überhaupt lasse ich es zu, dass eine Frau bis tief in meine Seele sieht, ohne dass es mich stört.

Ich greife nach ihrer Hand, dabei weiß ich nicht mal, aus welchem Grund. Kaum habe ich ihre Haut berührt, jagt ein Kribbeln durch meinen ganzen Körper, und Gänsehaut steigt meinen Rücken hoch. Unfähig, mich von ihr zu lösen, hefte ich weiter meinen Blick auf sie und erkenne, dass es ihr genauso geht. Wie lange wir hier so stehen, ohne uns zu bewegen, kann ich nicht sagen. Doch plötzlich verändert sich ihr Gesichtsausdruck. Ihre Augen fangen an zu flattern, sie beginnt zu schwanken, und ihre Hand droht aus meiner zu rutschen. Blitzschnell reagiere ich und greife mit dem linken Arm um ihre Taille, damit sie nicht zu Boden fällt.

»Mia! Hey Mia, Vorsicht!«, rufe ich.

Glücklicherweise scheint sie sich wieder zu fangen und blinzelt ein paarmal. Ich erkenne Scham in ihrem Blick, wobei ich nicht verstehe, warum sie sich für das, was passiert ist, schämen müsste.

Immer noch besorgt sehe ich sie an. »Geht es wieder?«

Sie nickt und versucht, sich aus meiner Umklammerung zu lösen, doch noch möchte ich sie nicht freigeben. Zu groß ist meine Sorge.

»Mir wäre es lieber, wenn wir zu einem Arzt fahren, um dich mal durchchecken zu lassen«, sage ich, und das ist mein voller

Ernst. Ich würde sie mir am liebsten über die Schulter werfen, um sie zu einem Arzt zu bringen. Keine Ahnung, wo dieses Verlangen, sie beschützen zu wollen, auf einmal herkommt. Wieso kommen mir überhaupt solche Gedanken?

Sie schüttelt den Kopf, und ich mustere ihr Gesicht, um herauszufinden, ob es ihr wirklich gut geht.

»Aber ...« Wieso habe ich überhaupt gesagt, dass ich sie am liebsten zu einem Arzt fahren möchte? Sie hatte doch nur das Gleichgewicht verloren. *Man kann es auch echt übertreiben, Finn.*

Weiter komme ich mit meinem »Aber« jedoch nicht, da sie mich mit einer Handbewegung zum Schweigen bringt und sich mit einem Ruck von mir löst. Nur widerwillig lasse ich sie los. Sie greift nach ihrem Handy, tippt etwas ein und hält es mir dann vors Gesicht:

Ich habe heute zu wenig getrunken und war den ganzen Flug über sehr angespannt. Bin wahrscheinlich einfach nur ein wenig dehydriert und muss was trinken. Essen wäre auch nicht schlecht. :-)

Ohne zu zögern, nehme ich ihren Koffer und greife erneut nach ihrer Hand. »Das passt gut, ich habe auch Hunger. Dann fahren wir jetzt erst mal was essen, und anschließend bringe ich dich zu Laura. Ein Nein lasse ich nicht gelten - sie würde es mir nie verzeihen, wenn ich mich nicht gut um den wichtigsten Menschen in ihrem Leben kümmere.«

Das Einzige, was ich von ihr zurückbekomme, ist ein zartes Nicken. Doch mir ist auch nicht entgangen, wie ihre Augen geglänzt haben bei meinen Worten, dass sie der wichtigste Mensch in Lauras Leben sei.

Und das ist die Wahrheit. Ich war schließlich dabei, als Laura zu Ian sagte, dass er ihre Welt sei und dass sie ihn über alles liebe. Aber diesen Platz müsse er sich mit Mia teilen.

Als wir an der Rolltreppe ankommen, zuckt Mias Hand kurz in meiner, woraufhin ich sie vor mich stelle und mit dem Gesicht zu mir drehe. Zur Bestätigung drückt sie leicht meine Hand. Während wir anschließend nach unten fahren, starrt sie stur auf meine Brust, und ich merke, wie sie sich ein wenig entspannt. Eigentlich bin ich gut darin, meine Gefühle in Schach zu halten, und zeige diese Seite von mir nur selten. Ach, was rede ich da - seit Alisa aus meinem Leben gerissen wurde, habe ich um mich eine Mauer bis zum Mount Everest hochgezogen, und bisher ist von dort noch nicht mal ein kleiner

Stein in die Tiefe hinabgefallen. Doch ein Blick von Mia reicht aus, um mir das Gefühl zu geben, dass nun alles in sich zusammenstürzt. Und das muss ich verhindern. Sie ist so zart und zerbrechlich, während ich der reinste Tornado bin, der alles um sich herum mit in den Abgrund zieht.

Mia

Ohne etwas dagegen tun zu können, lasse ich es zu, dass Finn weiter meine Hand hält. Sogar als wir auf der Rolltreppe nach unten fahren, lässt er sie nicht los. Dabei müsste er sie jetzt gar nicht mehr festhalten, denn ich würde keinen Zentimeter von seiner Seite weichen, und das liegt nicht nur daran, dass ich hier fremd bin und von viel zu vielen Menschen auf einmal umgeben bin. Zum ersten Mal seit Langem fühle ich mich sicher und verspüre nicht den Drang, davonlaufen zu müssen.

Dieses Gefühl hatte ich bisher nur bei meinem Vater, niemand sonst konnte mir ein Gefühl der vollkommenen Sicherheit geben. Als kleines Mädchen hatte ich Angst vor den bösen Monstern in meinem Kleiderschrank, und zwar deshalb, weil ein Junge aus meiner Klasse namens Max sehr gut darin war, Gruselgeschichten zu erzählen. Von kleinen Monstern, die ihn angeblich nachts durch den Schrank in seinem Zimmer besuchten. Sie hätten feuerrote Augen, eine Haut so dunkel wie der Wald bei Nacht, und ihre Finger seien so lang wie Karotten. Alle - ich eingeschlossen - saßen in den Pausen bei ihm und hörten gespannt zu, wie er seine Geschichten erzählte. Erst Jahre später erfuhr ich, dass er diese Geschichten selbst von seinen beiden älteren Brüdern erzählt bekommen hatte, und weil er nicht der Einzige sein wollte, der Angst hatte, teilte er sie natürlich mit seinen Klassenkameraden. Ich konnte sie nicht vergessen und fürchtete mich immer davor, beim Schlafen das Licht auszumachen. Mein Vater kam dann jeden Abend in mein Zimmer, setzte sich zu mir aufs Bett und schloss seine große Hand um meine kleine. »Meine kleine Mia, solange ich da bin, wird dir kein Monster dieser Welt etwas antun, das verspreche ich dir. Ich werde immer da sein, um dich zu beschützen.« Mit diesen Worten, die ich niemals mehr vergessen werde, gab er mir ein Gefühl der Sicherheit und nahm mir so die Angst vor den bösen Monstern in meinem Schrank.

Doch dann wurden meine beiden Eltern von einem Monster aus meinem Leben gerissen, und ich fiel in ein tiefes Loch der Angst.

Angst davor, nicht mehr atmen zu können, mich in den Tiefen dieses Abgrunds zu verlieren und nie wieder an die Oberfläche zu kommen, um das Leben einatmen zu können. Mit zweiundzwanzig Jahren musste ich wieder lernen zu leben. Laura und ihre Eltern sind mir dabei bis heute eine große Hilfe. Ich werde ihnen niemals vergessen, dass sie mich bei sich aufnahmen und Tag für Tag für mich da waren. Mich hielten, wenn ich nachts in meinen Albträumen um mein Leben schrie, mir Essen brachten, wenn ich vergessen hatte, etwas zu mir zu nehmen. Sie waren einfach da und wurden zu meiner neuen Familie. Selbst jetzt gibt es noch Tage, an denen ich vergesse zu leben, einfach nur dasitze, ins Leere starre und den Halt verliere.

»Da vorn ist mein Auto.« Mit diesen Worten werde ich aus meinen Gedanken gerissen und bekomme erst jetzt mit, dass wir schon den Ausgang erreicht haben.

Finn drückt einen Knopf in seiner Hand, dann springt auch schon der Kofferraum des schwarzen Autos vor uns auf. Würde man mich jetzt fragen, was für eine Marke es ist, würde ich nur mit den Schultern zucken und sagen: »Ein schwarzes.« Denn wenn ich eines nicht kann, dann ist es, Autos auseinanderzuhalten, geschweige denn, eine Marke zu erkennen, wenn ich nicht das Logo des Herstellers sehe.

»Ist alles okay?«

Erst jetzt bemerke ich, dass Finn mir die Wagentür aufhält. Ich muss echt aufpassen, dass ich mit meinen Gedanken nicht ständig abschweife. Es reicht, dass ich kein Wort rede, er muss mich nicht noch zusätzlich für verrückt halten. Also werfe ich ihm ein Lächeln zu, das ich mir wie schon gesagt in all den Jahren quasi antrainiert habe, und steige ein. Kurz darauf setzt er sich neben mich, ich spüre seinen Blick auf mir und drehe automatisch den Kopf in seine Richtung. Er sieht mich fragend an, und ich überlege, ob ich wohl wieder etwas nicht mitbekommen habe. Doch ich bin mir ziemlich sicher, dass dem nicht so ist. Also schaue ich ihn auf dieselbe Weise an wie er mich und ziehe dabei noch leicht meine Augenbraue hoch.

»Tut mir leid, ich dachte, du hättest was gesagt«, meint er.

Ich würde so gern etwas sagen, selbst wenn es nur ein Nein wäre. Doch es kommt kein Laut über meine Lippen. Stattdessen presse ich sie fest zusammen und schüttle den Kopf.

»Hab mir schon gedacht, dass ich mir das nur eingebildet habe. Warum solltest du auch ausgerechnet bei mir anfangen zu reden? So umwerfend bin ich nun auch wieder nicht.«

Ich weiß genau, was er damit bezweckt: Er möchte diesen Moment zwischen uns auflockern. Ich hätte es umgekehrt nicht anders gemacht, und so muss ich automatisch lächeln. Ein Lächeln, das selbst mich überrascht, da es seit Langem das ehrlichste Lächeln ist, das mir über die Lippen kommt, ohne jemandem etwas vorspielen zu müssen.

»Also, wenn ich dieses Lächeln öfter zu Gesicht bekomme, dann habe ich kein Problem damit, dass du kein Wort mit mir redest.« Jetzt wendet er den Kopf nach vorn und fährt los, und mir bleibt nichts anderes übrig, als mich in meinen Sitz zurückzulehnen und durch das Beifahrerfenster nach draußen zu sehen, obwohl ich meinen Blick lieber auf ihn richten würde.

Ich glaube, die Zeit hier wird doch nicht so schlimm, wie ich dachte. Wir fahren an vielen kleinen Gebäuden vorbei, und je weiter wir uns der Innenstadt nähern, desto mehr bekomme ich das Gefühl, ein kleines bisschen Teil von Harry Potter zu sein. Alles wirkt so voller Geheimnisse und teilweise sogar verwunschen. Ich muss gestehen, diese Stadt übt schon jetzt eine magische Anziehungskraft auf mich aus.

Im Radio startet gerade der neue Song von Eminem. »Warte«, sagt Finn und beugt sich ein wenig vor, »ich mache was anderes an.«

Er will einen Knopf am Gerät drücken, doch ich lege meine Hand auf seine, um ihn davon abzuhalten. Nur weil ich nicht rede, heißt das nicht, dass ich mich nicht mit Musik auskenne, ganz im Gegenteil. Musik ist in den letzten Jahren zu meinem täglichen Begleiter geworden, und dazu gehören auch die Songs von Eminem. Doch all das blende ich in diesem Augenblick aus, da die Berührung seiner Hand wieder das gleiche Kribbeln in mir auslöst wie vorhin auf der Rolltreppe. Schnell ziehe ich meine Hand zurück und halte stattdessen den Daumen in die Höhe, um Finn zu zeigen, dass die Musik für mich okay ist. Um vor Verlegenheit nicht im Boden zu versinken, schaue ich schnell wieder aus dem Fenster.

Zum ersten Mal komme ich mir richtig dumm dabei vor, nichts zu sagen. Dass ich kein Wort der Erklärung über meine Lippen bringe, macht mich traurig. Worte würden die Menschen um mich herum verstehen. Mit meinem Schweigen bringe ich sie dagegen in unangenehme Situationen, weil sie oft nicht damit umgehen können. Vor allem nicht in der heutigen Gesellschaft, in der man nicht anders sein sollte. Wenn dich die Menschen fragen, wie es dir geht, hören sie dir nicht zu, wenn du antwortest. Das ist das Schlimme an der Sache. Sie hören nicht den Menschen hinter den Worten, sondern nur das, was sie hören wollen, und bekommen daher nicht mit, wie es dir wirklich geht. Sie hören einfach nur heraus, dass es dir gut geht, weil sie für einen anderen Zustand kein Verständnis oder - noch viel schlimmer - keine Zeit haben. Und so geben sie dir auch nur ein »Mir geht es auch gut« zurück. Dadurch, dass ich nicht mehr rede, bin ich gut im Zuhören geworden und erkenne schon an der Stimme, ob es jemandem gut geht oder nicht.

Unauffällig blicke ich zu Finn, der nach vorn auf die Straße schaut, was auch gut ist. Immerhin ist es auch in meinem Interesse, dass wir sicher ankommen. So habe ich einen Moment Zeit, sein Gesicht genauer zu betrachten. Es wirkt recht kantig, davon ist aber wegen seines längeren Barts, der mich kein bisschen stört, im Kinnbereich nicht viel zu sehen. Oberhalb seines Mundwinkels entdecke ich ein Muttermal und beneide ihn schon jetzt darum. Ich wollte immer ein Muttermal wie Cindy Crawford haben, doch Mutter Natur hat mir stattdessen die Nase und Wangen voller Sommersprossen verpasst. Diese habe ich als Kind gehasst, weil ich damit anders war. Niemand aus meiner Schule hatte so viele Sommersprossen wie ich, und ich wurde deshalb oft gehänselt.

Wenn ich heute darüber nachdenke, finde ich es einfach nur erschreckend, wie Kinder sein können, nur weil jemand nicht in das Bild passt, das einem von den Eltern und der Gesellschaft vorgelebt wird. Meine Eltern haben mir immer beigebracht, anderen gegenüber keine Vorurteile zu haben, weil man nie weiß, welche Geschichte hinter einem Menschen steckt. Na ja, ich wurde einfach mit diesen Sommersprossen geboren und konnte nichts dafür, dass ich dadurch anders aussah als der Durchschnitt. Aber das darf doch nicht gleich ein Grund sein, um jemanden auszulachen. Wenn einer mit dem Finger auf dich zeigt, machen es ihm alle nach, und dann bist du einfach nur froh, eine Freundin zu haben, wie ich sie mit Laura hatte. Sie nahm mich an der Hand und zeigte allen anderen den Stinkefinger. »Wer es noch mal wagt, sich über meine beste Freundin lustig zu machen, bekommt es nicht nur mit meinem Stinkefinger zu tun«, feuerte sie ihnen entgegen. Und ich platzte fast vor Stolz, einen solchen Menschen an meiner Seite zu haben.

»Habe ich was im Gesicht?« Finns Stimme reißt mich wieder ins Hier und Jetzt zurück. Ich weiß, dass er keine Antwort von mir erwartet.

Er wendet mir kurz den Kopf zu und lächelt. Doch bevor ich in seinen braunen Augen, die mich an Bernstein erinnern, versinken kann, richtet er den Blick schon wieder nach vorn. Das Lächeln auf seinen Lippen hält jedoch noch einen Moment lang an. Ehrlich, dieser Mann sieht nicht nur gut aus, er hat auch gottverdammt hübsche Grübchen. Ich bin im Himmel und in der Hölle zugleich. Er hat mich zwar dabei erwischt, wie ich ihn angestarrt habe, dennoch will ich meine Augen noch nicht von ihm abwenden. Die Ärmel seines Karohemdes sind hochgekrempelt, sodass ich einen Blick auf sein Tattoo erhasche, das einen Großteil seines Armes einnimmt. Es besteht aus mehreren dicken Linien und dazwischen einem Text, den ich von hier aus leider nicht lesen kann. Zu gern würde ich wissen, welche Bedeutung es für ihn hat.

Das Trommeln seiner Finger auf dem Lenkrad lenkt mich dann allerdings von dem Tattoo ab und erinnert mich daran, dass ich aufhören sollte, ihn anzustarren. Schnell drehe ich meinen Kopf wieder weg und schaue durch die Windschutzscheibe nach draußen.

Finn

Ich spüre es jedes Mal, wenn sie mich ansieht. Und immer bin ich versucht, ebenfalls meinen Blick auf sie zu richten, nur um in ihren Augen lesen zu können. Sie redet zwar nicht, doch ihre Augen tun das für sie. Sie erzählen ihre Geschichte ohne Worte, und ich habe das Bedürfnis, mich vor sie zu setzen und ihnen zuzuhören.

»Habe ich was im Gesicht?«, frage ich sie und wage es einen Moment, zu ihr hinüberzusehen. Ich schaue in einen tiefgrünen Abgrund, in dem sie mutterseelenallein sitzt und nur darauf wartet, nach oben gezogen zu werden. Ich kann diesen Moment nicht lange festhalten, da ich mich wieder aufs Fahren konzentrieren muss. Zum ersten Mal seit Alisa spüre ich das Verlangen, für jemanden der Fels in der Brandung zu sein, der jeden Sturm auf sich nimmt.

Plötzlich beginnt mein Handy zu klingeln. Ohne aufs Display zu schauen, weiß ich, wer es ist. »Gott sei Dank rufst du an, Laura. Ich kann Mia nicht finden, ich habe den ganzen Flughafen abgesucht«, sage ich bemüht ernst. Aus dem Augenwinkel nehme ich wahr, wie Mia sich erschrocken die Hand vor den Mund hält.

»Was?«, ruft Laura entgeistert. »Finn, ich habe dir nur aufgetragen, Mia sicher vom Flughafen hierherzubringen, und jetzt sagst du mir, dass du sie nicht finden kannst. Hast du auf den Toiletten nachgeschaut? Vielleicht ist sie ja da.« Sie stöhnt auf. »Oh Mann, was bin ich nur für eine Freundin. Sie nimmt diesen Flug auf sich, und ich lasse sie im Stich, indem ich dich hinschicke, einen Fremden, den sie nicht kennt.«

Nun boxt Mia mich in die Seite und wirft mir einen bösen Blick zu, der mir zu verstehen gibt, dass es jetzt genug ist. »Das war nur Spaß, Laura«, entgegne ich schnell. »Sie sitzt hier neben mir im Auto, und es geht ihr gut.«

»Finn, das war echt nicht witzig. Mach das nie wieder mit mir, hörst du?«

»Tut mir leid, kommt nicht wieder vor, versprochen.«

»Mir ist für einen Moment echt das Herz stehen geblieben. Aber warum ich anrufe: Ich habe es leider noch nicht geschafft, etwas zu essen zu machen, und wollte wissen, wann ihr da seid.«

Ich werfe einen kurzen Blick zu Mia. Sie sieht angespannt aus, weshalb ich mich entscheide, Laura nichts von dem kleinen Vorfall am Flughafen zu erzählen. »Mia hat noch nichts gegessen und ich auch nicht«, antworte ich stattdessen. »Deshalb dachte ich mir, es wäre eine gute Idee, erst mal was essen zu gehen und danach zu euch zu kommen. Und da du ja noch nicht zum Kochen gekommen bist, würde das doch passen.«

»Das klingt gut, dann habe ich noch Zeit, hier ein bisschen was vorzubereiten. Und Finn?«

»Ja?«

»Danke.«

»Kein Problem. Ich lege jetzt auf, wir stehen schon vor dem Restaurant.«

»Gut, bis nachher.«

Kaum hat Laura aufgelegt, ist es wieder still. Die Musik steht auf *Snooze* – ich könnte sie wieder einschalten, doch ich genieße es gerade einfach nur, Mias Atem zu hören. Zudem wäre es ohnehin sinnlos, da wir bereits auf dem Parkplatz angekommen sind.

»Komm, lass uns reingehen«, sage ich dann doch zu ihr, »denn sobald die Klimaanlage aus ist, hältst du es hier drin kaum aus.«

Mit einem Nicken steigt sie aus und will dann nach dem Portemonnaie in ihrer Tasche greifen, doch ich halte sie auf, indem ich meine Hand auf ihre lege. »Das brauchst du nicht. Ich lade dich ein, das bin ich dir schuldig.« Ich sehe das Zögern in ihrem Gesicht. »Bitte lass mich dich einladen«, kommt es viel zu leise über meine Lippen. Es hört sich eher wie ein Hauchen an, dabei hatte ich das so nicht geplant. Doch es scheint sie überzeugt zu haben, denn sie lässt den Geldbeutel wieder in ihre Tasche gleiten.

Mit einem leichten Blick zur Seite gibt sie mir zu verstehen, dass ich vorangehen soll, und das tue ich dann auch. Im Restaurant steuere ich den Tisch hinten in der Ecke an, weit weg von anderen Gästen und neugierigen Blicken. Nachdem sie sich gesetzt hat, beginnt sie, nervös ihre Hände zu kneten. Ich kann sie gut verstehen, sie befindet sich in einem fremden Land und ist dazu nur von fremden Menschen umgeben. Mich eingeschlossen.

»Hi, was kann ich euch bringen?« Die Bedienung ist an unseren Tisch getreten und lächelt uns freundlich zu.

Da ich es nicht noch unangenehmer für Mia machen möchte und leider nicht weiß, was sie gern isst, entscheide ich mich für ein Gericht, das eigentlich jedem schmeckt - zumindest habe ich noch niemanden getroffen, der es nicht mag. »Zweimal Rumbledethumps und zwei Wasser bitte.«

Die junge Frau notiert es sich und geht dann in Richtung Küche. Währenddessen wandert mein Blick zu Mia, die mich fragend ansieht. Ich weiß genau, was ihr auf der Zunge liegt. Am liebsten würde ich jetzt sagen: *Frag, und ich sage es dir.* Doch das wäre nicht fair.

»Rumbledethumps ist ein typisch schottisches Gericht«, erkläre ich also. »Es besteht aus gestampften Kartoffeln, angebratenem Kohl, Röstzwiebeln und wird am Schluss noch mit Cheddar-Käse überbacken. Vertrau mir, du wirst es lieben.«

Wie immer lächelt sie nur, ehe sie den Kopf abwendet und nach unten auf die Tischplatte starrt. Keine Ahnung wieso, doch ich möchte nicht, dass sie das tut, also greife ich reflexartig nach ihrer Hand. Zuerst gleiten ihre Augen auf unsere Hände, und ihre Atmung geht schneller, genau wie meine. Dann endlich verschmelzen unsere Blicke wieder ineinander. Wir sitzen einfach nur da, und ich verliere jedes Zeitgefühl. Es ist unbeschreiblich zu spüren, wie ihre Hand in meiner liegt. Dabei bin ich gar nicht der Typ dafür. Ich war nie jemand, der an einer festen Beziehung Interesse hatte, weder vor noch nach Alisa. Dabei habe ich sie wirklich geliebt, eben nur nicht so, wie ich sie hätte lieben sollen oder wie sie es verdient gehabt hätte. Ich habe nie verstanden, was einen dazu bringt, jemanden so tief in sein Herz zu lassen. Warum man zulässt, dass es irgendwann vielleicht in tausend Teile zerbricht und man danach Jahre braucht, um alles wieder zusammenzusetzen.

Und jetzt sitze ich hier, halte die Hand einer Frau, die ich überhaupt nicht kenne, und fühle mich zum ersten Mal bereit dazu, einem anderen Menschen ein Stück meines Herzens zu geben.

Doch irgendwann ist der Moment vorbei, denn die Bedienung steht mit dem Essen vor uns. Zaghaft nimmt Mia den ersten Bissen in den Mund, und ein breites Lächeln überzieht ihr Gesicht. Nun weiß ich es ganz sicher: Ich bin verloren. Verloren in ihrem Lächeln, ihren Augen und in der Sehnsucht, sie berühren zu wollen, eins mit ihr zu werden. Ich möchte, dass aus Mia und Finn ein *Wir* wird. Verrückt, ich weiß, immerhin kenne ich sie gerade mal knapp zwei Stunden. Doch es fühlt sich an, als würden wir uns schon ewig kennen und hätten uns nur für einen winzigen Moment aus den Augen verloren gehabt.

Mia

Ich weiß nicht, was das in dem Restaurant genau war, aber es hat sich gut angefühlt. So vertraut. Und das, obwohl wir uns so fremd sind. Ich kenne Finn überhaupt nicht, und doch spüre ich, wie er sich einen Platz in meinem Herzen ergattert hat. Dagegen kann ich nichts tun.

Wenn ich ihm in die Augen schaue, fühle ich mich zum ersten Mal verstanden. Bei ihm habe ich kein bisschen das Gefühl, anders zu sein oder mich mit Händen und Füßen erklären zu müssen. Vielmehr kann ich die sein, die ich bin – nicht diejenige, die ich nach außen hin sein muss, um verstanden zu werden.

In meine Gedanken vertieft spüre ich plötzlich eine leichte Berührung an meiner Hand. Seine Fingerspitzen streicheln in kreisenden Bewegungen über meinen Handrücken, während sein Blick auf mir liegt.

»Wir sind da«, sagt er leise.

Schon nehme ich aus dem Augenwinkel eine Bewegung vor dem Haus wahr. Es ist Laura, die die Treppen herunterstürmt. Schneller als der Blitz steige ich aus, renne ihr entgegen, und wir prallen regelrecht aufeinander.

Fast sechs Monate haben wir uns nicht mehr richtig gesehen. Klar, wir haben geskypt, mindestens ein- bis zweimal in der Woche. Was für Laura bestimmt auch komisch war, da sie praktisch mit sich selbst geredet hat, da ich immer nur meinen Block in die Kamera gehalten habe. Dennoch hatten wir immer Spaß. Aber das ist nicht mit einer realen Begegnung zu vergleichen, wenn man einander festhalten kann. Heiße Tränen bahnen sich aus meinen Augen ihren Weg nach draußen, und ich lasse ihnen freien Lauf. Ich kann gar nicht in Worte fassen, wie sehr sie mir gefehlt hat. Laura nicht mehr so oft um mich zu haben, war doch schwerer als gedacht, vor allem am Anfang.

»Oh Mia, ich habe dich so sehr vermisst«, schnieft sie. Nun halte ich sie noch fester, um ihr damit zu zeigen, dass es mir genauso ergangen ist.

»Ich bringe schon mal Mias Koffer rein«, höre ich Finn sagen, und ich sehe ihm kurz nach, wie er mit meinem Gepäck die Treppen nach oben steigt.

»Komm, lass uns auch reingehen, sonst schmelzen wir hier draußen noch.« Laura nimmt meine Hand und führt mich mit sich ins Haus.

Drinnen steigt mir ein Duft von Kiefern und Wald in die Nase. Ich kenne diesen Geruch, aber mir fällt nicht ein, woher. »Oh, ich sehe es in deinem Blick, dass du ihn erkennst, stimmt's?«, fragt Laura.

Ich nicke und hebe gleichzeitig die Schultern. Sie grinst nur und zieht mich in ein kleines, gemütliches Wohnzimmer, wo wir vor einem Kamin stehen bleiben. Als mein Blick auf die Kerze fällt, die auf dem Kaminsims steht, fällt es mir ein: November Rain, Lauras Lieblingsduft. Ich weiß noch, wie sie damals alle Geschäfte abgeklappert hat, um eine Kerze mit diesem Duft zu bekommen. Aber irgendwann gab es ihn dann nicht mehr, weshalb ich ihn jetzt auch nicht gleich erkannt habe. »Du kannst dir ja vorstellen, dass ich total aus dem Häuschen war, als ich in den kleinen Laden hier um die Ecke kam und plötzlich diese Kerze entdeckt habe«, erzählt sie lachend. »Ich musste direkt alle fünf Kerzen mitnehmen.«

Dann greift sie wieder nach meiner Hand und führt mich in der Wohnung die Treppe hoch. Als wir ein hübsch eingerichtetes Zimmer mit einem Bett, einem Schrank und einem kleinen Schreibtisch betreten, sieht sie mich strahlend an. »Und das hier ist deins, solange du willst.«

Erst glaube ich, sie falsch verstanden zu haben, aber ich bin mir sicher, dass sie »solange du willst« gesagt hat. Sie geht nicht weiter darauf ein, denn plötzlich taucht Finn im Türrahmen auf.

»Soll der Koffer hier rein?«, will er wissen.

»Ja, ganz genau«, erwidert Laura, und schon ist er wieder verschwunden. Mein Blick hängt indessen weiter an der Tür fest, wo Finn gerade noch stand. Doch nun drängt sich Laura in mein Sichtfeld. »Ich hoffe, er war anständig«, meint sie.

Wie kommt sie darauf, er könnte nicht anständig gewesen sein? Ich verspüre das Verlangen zu sagen, was ich denke, also gehe ich zum Schreibtisch und greife nach dem Notizblock, der dort parat liegt. *Er war großartig,* schreibe ich. *Er hat mir das Gefühl gegeben, dass ich bei ihm sein kann, wer ich bin. Und hättest du kein Vertrauen zu ihm, hättest du ihn niemals losgeschickt, um mich abzuholen.*

»Das freut mich, Mia. Ich wünsche mir nichts mehr, als dass du immer die sein kannst, die du bist. Das weißt du, oder?« Ich nicke und drücke ihre Hand.

Schon ist Finn wieder da mit meinem Koffer. Er geht an uns vorbei und legt ihn auf dem Sessel neben dem Schreibtisch ab. Sein Blick wandert zu dem Notizblock, und er liest meine Worte, ohne dass ich eine Chance habe, den Block vorher wegzunehmen. Schließlich nimmt er den Stift und schreibt etwas rechts unten in die Ecke. Laura bekommt davon nichts mit, weil sie zum Fenster gegangen ist, um die Vorhänge weiter aufzuziehen.

Als Finn sich wieder aufrichtet, sieht er mich an, und ein verschmitztes Lächeln legt sich auf seine Lippen. »Ich würde gern länger bleiben, aber ich muss heute Abend auch noch in die Bar. Wenn ihr mich entbehren könnt, würde ich mich jetzt auf den Heimweg machen?«

Auch wenn die Frage an uns beide gerichtet war, ruhen seine Augen nur auf mir. Dennoch ziehe ich meine Mauern nicht hoch, sondern gestatte ihm erneut einen Blick bis tief in meine Seele. Er tut es mir gleich. Noch nie konnte ich so gut in den Augen eines anderen lesen wie bei Finn, und ich erkenne so vieles von mir in ihm. Hoffnung, Angst, Sehnsucht und die Tiefen des Abgrunds.

»Also, wenn ihr dann damit fertig seid, euch anzustarren, kannst du gehen, Finn.« Mit diesen Worten holt Laura uns beide ins Hier und Jetzt zurück.

»Du bist doch nur neidisch, weil du unsere Worte nicht verstehst«, kontert Finn. Ein letztes Mal zwinkert er mir noch zu, dann ist er verschwunden.

»Habe ich irgendwas verpasst?«, fragt Laura. »Ihr kennt euch gerade mal … wie lange? Ein paar Stunden? Und schon meint er, dich ohne Worte zu verstehen. Er weiß wohl nicht, dass nur ich das kann.«

Ich beiße mir auf die Lippen, in der Hoffnung, dass sie es jetzt gut sein lässt, da ich ja selbst nicht weiß, wie er das macht. »Oh Mann, er kann es wirklich, er versteht dich«, fügt sie mit einem Kopfschütteln hinzu.

Da dies keine Frage, sondern eine Feststellung war, zucke ich nur mit den Schultern. Ohne dass ich etwas dagegen tun kann, schleicht sich ein kleines Lächeln auf meine Lippen.

»Okay, ich habe schon verstanden.« Jetzt muss auch sie lachen.

»Hey ihr zwei«, ertönt plötzlich eine Männerstimme, die mir bekannt vorkommt. Ich drehe mich um und entdecke Ian, der am Türrahmen lehnt. Ich habe ihn zwar schon in den Videoanrufen mit Laura gesehen, aber in echt wirkt er um Längen attraktiver. Ja, ich muss zugeben, dass er richtig gut aussieht, ich erkenne direkt Finn in ihm.

Er schenkt mir ein Lächeln und kommt dann auf mich zu. »Mia, ich freue mich sehr, dich endlich persönlich kennenzulernen. Du kannst dir nicht vorstellen, wie froh ich bin, dass du hier bist. Laura war kaum noch zu ertragen. Vor allem jetzt so kurz vor der Hochzeit merkt man, dass sie ihre beste Freundin braucht.«

Mit diesen Worten schließt er mich in eine herzliche Umarmung, und zum zweiten Mal an diesem Tag fühle ich mich nicht unwohl, einem praktisch Fremden so nah zu sein. Was haben diese Wood-Brüder nur an sich, dass man sich bei ihnen vom ersten Moment an wohlfühlt? So als wäre man nach einer langen Reise endlich wieder zu Hause.

Langsam löse ich mich von Ian und schaue in seine Augen, die mich genauso an Bernstein erinnern wie Finns. Meine linke Hand lege ich auf mein Herz und lächle ihn an. Ich hoffe, er versteht, was ich ihm damit sagen will. Er nimmt meine andere Hand, drückt sie leicht, und ich weiß, er hat es verstanden.

Jetzt richtet er seine Augen auf Laura, und die Liebe, die ich plötzlich in ihnen erkenne, lässt mich fast dahinschmelzen. Es erinnert mich so stark an die Art und Weise, wie meine Eltern sich anzusehen pflegten. Ich habe mir immer gewünscht, einen Partner an meiner Seite zu haben, der mich genauso anschaut. Mit einem Blick, der einem sagt: *Du bist meine Welt, mein Fels in der Brandung und mein Licht in der Dunkelheit.*

»Ich würde sagen, wir lassen dich jetzt mal in Ruhe auspacken und warten unten auf dich«, schlägt Ian vor. »Bitte fühl dich wie zu Hause.«

Mit diesen Worten lassen sie mich allein. Nun stehe ich hier mitten in einem Zimmer, das ich nicht kenne und mich doch so sehr an zu Hause erinnert. Umgeben von Menschen, die mir fremd sind und sich im gleichen Moment wie meine Familie anfühlen.

Nun kann ich es nicht mehr erwarten zu lesen, was Finn mir geschrieben hat, und ich greife nach dem Notizblock. Er hat seine Nummer darauf notiert sowie die Worte: *Du kannst mir jederzeit schreiben. :-)*

In meinen Fingern beginnt es zu jucken. Ich überlege erst gar nicht lange und tippe eine Nachricht an ihn ins Handy:

Danke für deine Nummer und dass du es mir heute so leicht gemacht hast.

Ich kann gar nicht richtig in Worte fassen, wie ich mich in seiner Gegenwart fühle. Er hat etwas an sich, was dazu beiträgt, dass der Knoten in meinem Magen nicht mehr ganz so fest ist. Und das ist total verrückt, wenn man bedenkt, wie kurz wir uns erst kennen.

Finn

Ich kann nicht sagen, was mich da geritten hat. Aber als ich meine Nummer auf ihrem Block hinterlassen habe, fühlte sich das einfach richtig an. Vor allem, nachdem ich die Zeilen gelesen hatte, die sie über mich geschrieben hatte.

Mit schnellen Schritten betrete ich die Wohnung, die ich mir mit meinem jüngeren Bruder Jamie, der Mitinhaber meiner Bar ist, teile. Als ich meinen Brüdern damals von meinem Plan erzählte, eine eigene Bar zu eröffnen, fanden sie die Idee so klasse, dass Jamie gleich mit einsteigen wollte. Das war für mich natürlich perfekt. So musste ich für die ganzen Kosten und Investitionen nicht allein aufkommen. Eigentlich müsste ich mich noch nicht mal mehr in der Bar aufhalten, denn unser Personal ist einfach der Wahnsinn. Sie schmeißen den Laden auch ohne mich, dennoch fühle ich mich besser, wenn ich mich ab und zu mal blicken lasse und vor Ort nach dem Rechten sehe. Ich bin einfach nicht dafür gemacht, den ganzen Tag nur herumzugammeln – ich wüsste dann gar nichts mit mir anzufangen. Deshalb habe ich mich auch vor einiger Zeit an der Uni eingeschrieben, ich wollte was anderes in meinem Leben ausprobieren und schauen, ob es mir gefällt.

»Hey Bro, du kommst genau richtig, du musst diesen Drink probieren.« Jamie steckt seinen Kopf aus der Tür, die zur Küche führt. »Ich hatte plötzlich einen bestimmten Geschmack im Mund – und schwups, hatte ich ein neues Baby gezaubert.«

»Du weißt, dass ich keinen Alkohol trinke.« Die Worte kommen schärfer als beabsichtigt über meine Lippen.

Sein Blick ruht kurz auf mir. »Sorry, hab nicht nachgedacht. Ich nehme ihn einfach mit in die Bar und lasse die Crew dort probieren.« Ich höre die Besorgnis in seiner Stimme, noch bevor ich sie in seinen Augen sehe. Nur für eine kurze Zeit war es mir vergönnt, dass meine Gedanken frei von diesen Erinnerungen waren. Erinnerungen, die mir die Kraft zum Leben rauben und die ich zu verdrängen versuche, so gut es geht.

»Ich lege mich noch für eine Stunde aufs Ohr.« Ohne Jamies Antwort abzuwarten, gehe ich schnurstracks in mein Zimmer, schließe die Rollläden bis zum Anschlag und lasse mich auf mein Bett fallen, in der Hoffnung, noch etwas Schlaf zu bekommen, ohne mir die geringsten Gedanken machen zu müssen.

Ich habe sie umgebracht. So oft habe ich diese Worte nun schon gehört, dass sie sich regelrecht in mein Gehirn eingebrannt haben. Anfangs habe ich sie noch ausgeblendet, wollte sie nicht wahrhaben. Doch sie sind meine bittere Realität.

Niemals werde ich den Blick von Alisas Mutter vergessen, als ich es endlich ins Krankenhaus geschafft hatte. Ein Blick, der mehr sagte, als Worte es je gekonnt hätten. Ich wusste zu diesem Zeitpunkt nicht, warum sie mich so ansah. Bis zur Beerdigung funktionierte ich nur wie ein Roboter, ließ nichts und niemanden an mich heran, weder die Menschen um mich herum noch die Gefühle, die nach draußen drängten. Ich konnte sie einfach nicht rauslassen, denn solange ich sie zurückhielt, war es einfach noch nicht real. Auch wenn das verrückt klingen mag - ich hielt mich genau an diesem Strohhalm fest.

Doch dann war er da, der Tag, an dem ich mich für immer von Alisa verabschieden musste. Von nun an gab es kein Zurück mehr. An diesem Tag wäre ich am liebsten ins Auto gestiegen, um wegzufahren, ohne jemals wieder einen Blick zurück werfen zu müssen. Hätte ich gewusst, was mich erwartet, als es noch vor der Beerdigung an meiner Tür klingelte, wäre ich wahrscheinlich wirklich auf und davon. Denn als ich öffnete, stand keine Geringere als Alisas Mutter vor mir. Zuerst dachte ich, dass sie sich eventuell für ihr Verhalten, das sie seit dem Tod ihrer Tochter mir gegenüber an den Tag gelegt hatte, entschuldigen wollte. Doch als sie mich wieder mit dem gleichen Blick bedachte wie im Krankenhaus, war mir klar, dass dies kein erfreuliches Gespräch werden würde.

Sie tippte mit dem Finger fest auf meine Brust und spie mir ihre Worte entgegen: »Du, du allein hast sie umgebracht. Wie kannst du nachts überhaupt noch schlafen? Wegen dir ist sie in diese verdammte Badewanne gestiegen. Hast du überhaupt gewusst, dass sie schwanger war? Und hast du gewusst, dass sie dir oft nicht glaubte, wenn du geschrieben hast, dass du feststeckst? Sie ist oft in die Bar gefahren, um sicherzugehen, dass du dich nicht mit *ihr* triffst. Und sag jetzt nicht, du weißt nicht, wen ich meine. Immer wenn du nicht da warst, hat sie mit mir telefoniert und mich um Rat gebeten.«

Mein ganzer Körper war angespannt. »Ich weiß beim besten Willen nicht, was du mir damit sagen willst«, entgegnete ich. »Aber findest du nicht, dass es etwas unpassend ist, ein solches Gespräch am Tag der Beerdigung meiner Frau zu führen?«

Sie wich einen Schritt zurück. »Wage es nicht, sie als deine Frau zu bezeichnen! Ihr seid nie vor den Traualtar getreten, weil du ihr niemals einen Antrag gemacht hast. Sie war nur ein Platzhalter für dich, das war mir von Anfang an bewusst. Doch sie wollte es nicht wahrhaben. Gespielt hast du mit ihr, mehr nicht.«

Langsam wurde ich richtig sauer. Wie konnte sie so etwas behaupten? »Wir brauchten kein Stück Papier, um anderen irgendwas zu beweisen. Also unterstelle mir nicht etwas, von dem du keine Ahnung hast«, stieß ich gepresst hervor.

»Hättest du sie wirklich gekannt, dann hättest du gewusst, dass es immer ihr Traum war, in einem weißen Kleid den Gang zum Altar entlangzuschreiten. Zu dem Mann, den sie liebt. Aber wie sollst du das auch wissen? Du hast dir doch nie die Zeit genommen, um zu hören, was sie will. Dann hättest du gewusst, was ihre Wünsche sind. Du hast nur das gehört, was du hören wolltest. Aber darum geht es jetzt nicht, und das weißt du auch.«

»Was? Nein, ich weiß gerade gar nichts. Sag mir endlich, weshalb du hier bist, damit ich mich auf den Weg machen kann, um mich von Alisa zu verabschieden.«

Ein spöttisches Grinsen überzog ihr Gesicht. »Du sagst, sie war die Liebe deines Lebens, deine beste Freundin. Aber wenn du mal ehrlich zu dir selbst wärst, könntest du sehen, was ich gesehen habe und was am Ende auch Alisa gesehen hat. Einen Mann, der da war und doch auch nicht. Vielleicht war es eine gewisse Verliebtheit, die du empfunden hast, immerhin kanntet ihr euch seit eurer Kindheit. Doch wirklich geliebt hast du sie nie, das musste sie sich nach einer gewissen Zeit eingestehen. Und dann ist sie plötzlich auf diese dumme Idee gekommen, die Pille abzusetzen, um dich damit halten zu können. Sie hat immer noch darauf gehofft, dass du sie irgendwann vielleicht genauso lieben wirst wie sie dich.«

Ich taumelte einige Schritte zurück, bis ich die kalte Wand an meinem Rücken spürte.

»Ich … ich verstehe nicht.« Ich konnte nicht fassen, was sie mir da gesagt hatte. Alisa wollte mir absichtlich ein Kind unterschieben, um mich halten zu können? Und was meinte sie damit, dass Alisa sichergehen wollte, dass ich mich nicht mit einer anderen treffe? »Warte, und was sollte das vorhin heißen? Mit wem hätte ich mich denn bitte treffen sollen? In der Zeit, als wir zusammen waren, habe ich Alisa nie betrogen. Ich verstehe nicht, wie dieses Thema überhaupt aufkommen konnte.«

Sie sah mich an und schüttelte traurig den Kopf. »Mag sein, dass du sie nie betrogen hast, aber wirkliche Beweise gab es dafür nicht. Ich weiß nur das, was Alisa mir erzählt hat. Sie hat vor einiger Zeit ein Foto in einem deiner Bücher gefunden. Ein Foto von dir und einer anderen Frau, das anscheinend vor nicht allzu langer Zeit in deiner Bar aufgenommen wurde. Alisa wollte dich prüfen und hat das Foto immer mal wieder verkehrt herum in das Buch gelegt. Wenn sie dann irgendwann nachgeschaut hat, lag es wieder richtig. Und da wurde ihr klar, dass diese Frau - wer immer sie auch war - dir wichtig sein musste. Hatte sie damit recht?«

Ich fürchtete, mein Herz müsse mir jeden Moment aus der Brust springen. »Nein«, entgegnete ich lauter als eigentlich beabsichtigt.

Sie zuckte zurück, presste die Lippen zu einem Strich zusammen, drehte sich um und ging. Unten an der Treppe angekommen, blieb sie kurz stehen, ohne sich noch einmal umzudrehen. »Lügner«, sagte sie so leise, dass ich es nur mit Mühe verstehen konnte.

Ich weiß bis heute nicht, welches Foto sie meinte, und ich glaube, sie hatte vergessen, dass es Alisa psychisch schon länger nicht gut gegangen war.

Schweißnass wache ich aus dem ewig gleichen Albtraum auf, und wie so oft steht Jamie im Türrahmen. »Ich wollte nur schauen, ob alles gut bei dir ist.«

»Alles bestens, war nur ein Albtraum.«

»Das war nicht zu überhören. Wenn du reden willst, du weißt, wo du mich findest.«

Ich bringe nur ein schwaches Nicken zustande, was ihm als Antwort zu reichen scheint, denn schon im nächsten Moment dreht er sich um und geht.

Kurz bleibe ich noch liegen, ehe ich mich ins Bad schleppe und die Dusche andrehe, in der Hoffnung, dass sie mir hilft und wenigstens kurz alles von mir abfällt. Ich stelle mich unter den heißen Strahl und lasse das Wasser über meinen Kopf abwärtslaufen. Meine Gedanken schweifen zu Mia, und ich erlaube es mir, für einen Moment zu glauben, dass ich gut für sie bin, weil sie gut für mich ist. Seit Alisas Tod plagen mich Schuldgefühle. Ich habe sie umgebracht - zwar nicht mit meinen Händen, dafür aber mit meinen Taten. Denn sie haben Alisa am Ende dazu gebracht, in diese Wanne zu steigen, in der sie sich das Leben nahm.

Und doch hat Mia es heute geschafft, dass ich das alles mal vergessen konnte. Das Verrückte daran war, dass sie noch nicht mal Worte dafür brauchte. Allein mit ihrem Lächeln hat sie mich umgehauen - nicht nur, weil sie wunderschön ist mit ihren Sommersprossen und den stechend grünen Augen. Sondern vor allem deshalb, weil es echt und ehrlich war. Nichts an ihrem Lächeln oder ihrem Blick, mit dem sie ganze Romane erzählt, war gestellt, wie bei so vielen Menschen heutzutage. An ihr ist alles echt, rein und ehrlich.

Ich stütze mich mit den Händen an der Wand ab und lehne die Stirn gegen die kalten Fliesen. Ja, ich muss mir eingestehen, dass Alisas Mutter recht hatte. Denn wenn ich ehrlich bin, war ich nicht wirklich in Alisa verliebt, es war einfach die Vertrautheit, die uns verband. Wir kannten uns seit der Kindheit, sie war meine beste Freundin. Dann küsste sie mich plötzlich, und von da an waren wir irgendwie zusammen. Wir mochten uns, hatten viele Gemeinsamkeiten. Aber ich habe sie nicht so geliebt wie sie mich. Es lag nicht an ihr. Sie war perfekt – jedoch nicht mein perfektes Gegenstück. Und genau das wollte ich ihr sagen, so vorsichtig wie möglich. Auch wenn ich damit Gefahr lief, sie als Freundin zu verlieren. Aber ich musste es ihr sagen. Es fühlte sich nicht richtig an, weiterhin so zu tun, als wäre sie mehr für mich. Doch ihr Selbstmord nahm mir diese Chance. Sie wurde mir genommen, ohne dass sie wusste, wie es in mir aussah. Sie starb mit dem Gedanken, dass ich sie betrog. Was natürlich nicht stimmte. Das hätte ich ihr niemals angetan.

Ich weiß, dass ich mich von Mia fernhalten sollte, doch ich bin nicht sicher, ob ich das schaffe, ob ich stark genug sein werde. Es überrascht mich ja selbst, wie ich jetzt schon so empfinden kann. Ich habe das Gefühl, ohne sie nicht mehr atmen zu können. Sie könnte meine Zukunft sein, aber gleichzeitig wäre ich ihr Verderben, und das würde ich niemals in

Kauf nehmen. Nicht nach dem, was sie schon durchmachen musste. Und wenn sie erfährt, was ich getan habe, dass ich für den Tod eines Menschen verantwortlich bin, wird sie mich mit anderen Augen sehen. Ich würde es nicht ertragen, nicht mehr das in ihnen zu erkennen, was Mia mir bis jetzt zu zeigen bereit war.

Mia

Eigentlich wollten wir uns heute Nachmittag trotz der Hitze ein bisschen die Stadt ansehen, aber Laura fühlte sich noch immer nicht gut, nachdem sie schon am Abend meiner Ankunft über Übelkeit geklagt hatte. Und so war es in den letzten Tagen auch eher ruhig. Zusammen mit Ian habe ich zum Mittagessen eine Suppe nach dem Rezept meiner Mutter gekocht, lecker und leicht für den Magen, und Laura hat endlich mal wieder etwas anderes zu sich genommen als Zwieback und Kräutertee. Finn wollte auch vorbeikommen, doch Ian meinte, das sei keine gute Idee, solange Laura noch nicht ganz wiederhergestellt ist, nicht dass er sich noch ansteckt. Ich gehe aber eher davon aus, dass es kein Virus war, sondern dass sie sich mit der Meeresfrüchte-Pizza, die sie an meinem ersten Abend gegessen hatte, den Magen verdorben hat.

Nachdem ich mich im Bad ein wenig frisch gemacht und mir noch schnell etwas angezogen habe, das nicht durchgeschwitzt ist, mache ich mich auf den Weg nach unten. Eigentlich würde ich jetzt jede Gelegenheit dazu ausnutzen, es nicht zu tun. Doch hier ist es was anderes. Hier fühle ich mich auch anders, und ich kann nicht mal genau erklären, warum das so ist.

Auf dem Weg nach unten schaue ich mir die Bilder an, die an der Wand hängen. Das hatte ich eigentlich die ganze Zeit schon vor, doch irgendwie habe ich es immer wieder aufgeschoben, warum auch immer. Auf manchen Fotos ist auch bereits Laura zu sehen, und dann ist da eines, auf dem drei Männer abgebildet sind: Ian, Finn und noch ein anderer, der aussieht wie eine jüngere Version der beiden. Das muss Jamie sein, den ich zwar noch nicht kennengelernt habe, allerdings haben sie mir schon von ihm erzählt. Er hat gemeinsam mit Finn eine Bar.

Als ich an der letzten Stufe angekommen bin, steht Laura plötzlich vor mir, und mir rutscht vor Schreck fast das Herz in die Hose. Ich lege die Hand auf meine Brust und sehe sie strafend an. Aber wenigstens scheint es ihr endlich besser zu gehen.

»Sorry, ich hab dich nicht runterkommen gehört, deshalb wollte ich zu dir rauf und fragen, ob … ach, keine Ahnung, ich wollte einfach nur zu dir.« Sie legt die Hand an meinen Oberarm. »Ich bin echt so happy, dass du da bist, Mia, und es tut mir leid, dass ich dir deine ersten Tage hier versaut habe. Heute Abend geht es mir sehr viel besser, fast so, als hätte es die letzten Tage niemals gegeben.«

Ich nehme ihr Gesicht in meine Hände und lege die Stirn gegen ihre, schaue ihr tief in die Augen. So haben wir es ganz am Anfang auch gemacht, wenn sie verzweifelt war und nicht wusste, wie es mir geht. Mit der Zeit hat sie dann gelernt, in meinen Augen zu lesen. Viele halten das für verrückt, aber manchmal verraten Augen mehr über einen Menschen, als Worte es je könnten.

Ohne ein weiteres Wort nimmt sie mich an der Hand und führt mich ins Wohnzimmer, wo Ian schon auf uns wartet. Auf dem Tisch stehen zwei große Schüsseln Popcorn. Die einen sind mit Schokolade übergossen, so wie ich sie liebe, sodass ich wie ein Honigkuchenpferd zu grinsen beginne. Ich kann mich schon gar nicht mehr daran erinnern, wann ich sie das letzte Mal gegessen habe.

»Wir dachten uns, mit einem Filmabend können wir die letzten Tage wiedergutmachen«, erklärt Ian. »Zum Glück geht es Laura jetzt besser. Und da meinte sie, es wäre doch eine gute Idee, mal wieder *Dirty Dancing* anzuschauen. Ist ja nicht so, als hättet ihr den Film nicht schon tausendmal gesehen.« Beim letzten Satz zwinkert Ian mir zu, während Laura mit der flachen Hand auf den Platz neben sich klopft. Ich setze mich zu ihnen, und es fühlt sich kein bisschen so an, als wäre ich das fünfte Rad am Wagen.

Laura reicht mir die Schüssel mit dem Schokopopcorn und nimmt sich dann selbst einen Teller, in dem etwas von meiner Suppe ist. »Ich fühle mich zwar besser, aber ich muss es ja nicht gleich übertreiben«, sagt sie mehr zu sich als zu mir.

Nach noch nicht mal dreißig Minuten ist Laura eingeschlafen, und ich kann darüber einfach nur schmunzeln. Wie sollte es auch anders sein? In dieser Hinsicht hat sie sich nicht verändert. Sie hat es noch nie geschafft, einen ganzen Film bis zum Ende anzuschauen, ohne dabei einzuschlafen. Meistens wird sie pünktlich fünf Minuten vor dem Ende wach und meint dann: »Ach, der war aber jetzt nicht so toll, sonst wäre ich ja nicht eingeschlafen.«

»War das früher auch schon so, dass sie beim gemütlichen Filmabend einschläft?«, fragt Ian mich von der anderen Seite der Couch.

Schnell greife ich nach meinem Schreibblock: *Immer. Zwar kommt es bei Dirty Dancing weniger vor, aber sonst kann ich mich nicht daran erinnern, dass sie es irgendwann mal geschafft hat, wach zu bleiben.*

Nachdem er meine Worte gelesen hat, beginnt er zu lachen – es ist das gleiche Lachen wie das von Finn. »Da bin ich beruhigt«, meint er. »Ich dachte schon, es liegt an mir und meiner schlechten Filmauswahl.«

Nein, das tut es nicht. Es liegt einfach daran, dass Laura dafür nicht gemacht ist. Wir haben es auch schon damit versucht, dass wir nicht einen Filmabend machten, sondern einen Filmmorgen.

»Einen Filmmorgen?«

Ja. Wir haben die ganze Nacht geschlafen, sind morgens aufgestanden, haben uns belegte Sandwiches gemacht und dann den Film gestartet. Doch selbst das hat nichts daran geändert, dass sie nach nicht mal zwanzig Minuten eingeschlafen ist.

Als Ian nun einen Blick auf seine schlafende Verlobte wirft, erkenne ich wieder diese Liebe darin. Ich bin mir sicher, dass er sie auf Händen tragen wird. Dann sieht er wieder mich an. »Du hast ihr wirklich gefehlt, und wenn ich sage, dass es so gut wie keinen Tag gab, an dem sie nicht von dir gesprochen hat, dann kannst du mir das glauben. Du bist der wichtigste Mensch in ihrem Leben, und auch ich bin ein wichtiger Mensch für sie geworden. Gott sei Dank.« Er lacht. »Aber du bist ihr der wichtigste von allen, und das ist okay für mich. Weil ich in deinen Augen sehe, dass es umgekehrt genauso ist.«

Während ich eine Antwort auf den Block schreibe, suchen sich meine Tränen einen Weg nach draußen und laufen mir die Wangen hinunter, ohne dass ich etwas dagegen tun kann. Manchmal nervt es mich, so emotional zu sein. Auf andere wirkt das bestimmt, als sei ich eine Heulsuse, aber so bin ich nun mal.

Sie ist nicht nur meine beste Freundin und Schwester, schreibe ich, *sondern auch mein Herz. Ohne sie schlägt es nicht mehr.*

Mit zittrigen Händen halte ich Ian den Block hin, und keine Sekunde später sitzt er plötzlich auf meiner Seite der Couch und nimmt mich ohne Vorwarnung in die Arme. Zum ersten Mal seit langer Zeit lasse ich meinen Tränen freien Lauf – und das in den Armen eines beinahe Fremden. Ich kenne Ian nicht, und er kennt mich nicht. Trotzdem fühle ich mich bei ihm geborgen und verstanden. Es ist beinahe so, als hätte ich plötzlich einen Bruder.

Langsam löst er sich von mir und wischt mir die letzten Tränen weg. »Das, was ihr habt, ist etwas ganz Besonderes.« Ich nicke nur. »Laura hat mir erzählt, dass du dich bei Finn wohlfühlst. Stimmt das?« Wieder nur ein Nicken von mir. »Das freut mich, Mia. Darf ich dich um einen Gefallen bitten?« Ohne meine Reaktion abzuwarten, fährt er fort: »Egal, was du je über Finn zu hören bekommst, ich bitte dich, es nicht zu glauben. Mein Bruder hat wie du eine schwere Zeit hinter sich, ich kann dir nicht sagen, was er durchlebt hat. Ich denke, wenn der Zeitpunkt gekommen ist, wird er es dir selbst sagen. Mir ist nur wichtig, dass du ihm eine Chance gibst, dir zu zeigen, dass er nicht der Mensch ist, wie er von manchen dargestellt wird. Du weißt am besten, wie schnell Menschen andere verurteilen, ohne die ganze Wahrheit zu kennen. Weißt du, als Laura mir erzählte, dass sie Finn in deiner Gegenwart zum ersten Mal so richtig lächeln gesehen hat, konnte ich es fast nicht glauben. Und als sie dann noch sagte, dass er dich versteht, so wie sie dich versteht, durch die Worte deiner Augen, musste ich einfach die Chance ergreifen. Du wirst ja nicht allzu lange hier sein.« Er schließt einen Moment lang die Augen und atmet tief durch. »Aber du gibst mir Hoffnung, meinen Bruder in den Tiefen seiner Seele wiederzufinden.« Es scheint, als wolle er noch etwas hinzufügen, doch er tut es nicht.

Ich habe bemerkt, wie verloren er ist, und wenn ich helfen kann, werde ich alles tun, solange ich hier bin. *Du kannst auf mich zählen, versprochen,* schreibe ich schnell.

»Danke, Mia, das bedeutet mir wirklich viel.«

Seine Worte haben mich tief berührt, und ich kann mich nun fast nicht mehr auf die Handlung des Films konzentrieren. Doch die Szene am Schluss, als Johnny von der Bühne springt und Baby kurz darauf heruntergehoben wird und auf ihn zu rennt, holt mich wieder ins Hier und Jetzt. Ich liebe diesen Film und diese zarte Liebe zwischen Baby und Johnny.

»Ist der Film schon aus?«, kommt es plötzlich von Laura, und wir drehen uns beide gleichzeitig zu ihr um.

»Baby, du hast den ganzen Film verschlafen, und das, obwohl du dir fest vorgenommen hattest, es heute nicht zu tun.« Mit diesen

Worten zieht Ian sie auf die Beine. »Aber wir verzeihen dir, immerhin ging es dir ja die letzten Tage nicht so gut, und ich denke, es ist Zeit, ins Bett zu gehen. Wir können alle drei eine Mütze Schlaf gebrauchen.«

Da hat er recht. In den letzten Tagen habe ich mir Sorgen um Laura gemacht, sodass ich schon Probleme hatte, nachts einzuschlafen. Mit einem Nicken schreibe ich noch eine Nachricht auf meinen Block: *Gute Nacht, ihr zwei.*

Anschließend begebe ich mich nach oben in mein Zimmer. Ohne lange darüber nachzudenken, greife ich nach meinem Handy und tippe eine Nachricht an Finn ein.

Ich: *Durch dich habe ich mich, seit ich hier bin, nicht mehr unwohl gefühlt. Das wollte ich dir einfach noch mal sagen. Gute Nacht.*

Kaum habe ich mein Handy beiseitegelegt, blinkt es auch schon. So schnell habe ich nicht mit einer Antwort gerechnet.

Finn: *Das freut mich. Und ich danke auch dir, denn ich hatte seit langer Zeit zum ersten Mal wieder das Gefühl, dass es nicht falsch ist zu lächeln. :-)*

Ich: *Lächeln ist die beste Medizin. ;-)*

Finn: *Ich werde das Gefühl nicht los, dass du meine beste Medizin bist, Mia. Gute Nacht.*

Nachdem ich die Zeilen gelesen habe, droht mir fast das Herz aus der Brust zu springen. Kann es wirklich sein, dass es Finn in meiner Gegenwart genauso geht wie mir? Spürt er auch meinen Blick, wenn ich ihn ansehe, und fühlt er auch diese Gänsehaut am ganzen Körper, wenn sich unsere Finger berühren? Es ist so verrückt, doch gleichzeitig auch so gut.

Schließlich lege ich das Handy zurück auf den Nachttisch, schalte die kleine Lampe aus und versuche, einzuschlafen.

Ich laufe über den grünen Rasen, spüre das Gras zwischen meinen Zehen und blicke nach unten auf meine Füße. Warum bin ich barfuß? Ich lasse meinen Blick weiter an mir hochwandern, fahre mit den Händen über das weiße Kleid und hinterlasse dabei rote Schmieren, denn meine Hände sind voller Blut.

Frisches Blut.

Mein Puls rast.

Was ist hier los? Wo kommt das ganze Blut her?

Plötzlich höre ich ein Geräusch hinter mir und halte den Atem an. Als ich mich langsam umdrehe, entdecke ich auf der anderen

Straßenseite einen schwarz gekleideten Mann. Mein Blick fällt auf seine Hand, in der er ein Messer hält. Von dort tropft Blut auf den Asphalt. Er geht einen Schritt nach vorn, und ich weiche automatisch einen zurück. Dadurch, dass er seine Mütze tief ins Gesicht gezogen hat, sehe ich nur seine Lippen, auf denen sich nun ein Lächeln abzeichnet.

»Lauf«, flüstert er nur, und das tue ich dann auch. Ich renne, so schnell ich kann, höre nichts mehr als das Rauschen meines Blutes. Ich laufe über Gras und Steine, eine Glasscherbe reißt meine Haut auf, doch ich lasse mich davon nicht abhalten.

»Du wirst mir nicht entkommen«, höre ich seine Stimme hinter mir, viel zu nah, und dann sein bitteres Lachen, eines von der Sorte, bei dem dir das Blut in den Adern gefriert.

Plötzlich werde ich herumgerissen und fühle kaltes Metall an meinem Hals. »Ich sagte doch, du entkommst mir nicht.« Sein Gesicht ist meinem dabei so nah, dass ich seinen Atem spüren kann. »Es wird nur ein bisschen wehtun, versprochen.«

Schweißnass wache ich auf, und mein Herz schlägt heftig gegen meinen Brustkorb. Reflexartig betätige ich den Schalter meiner kleinen Lampe, werfe die Decke zurück, stehe auf und stelle mich ans Fenster. Während mein Kopf an der kühlen Scheibe lehnt, lasse ich meinen Blick die Straße entlanggleiten. Schon lange hatte ich keinen solchen Albtraum mehr, der sich so real anfühlte. Als mein Herz sich ein wenig beruhigt hat, entferne ich mich wieder vom Fenster, lasse mich aufs Bett fallen und ziehe mir die Decke bis unters Kinn. Dann schließe ich die Augen, in der Hoffnung, noch ein bisschen schlafen zu können.

Mia

Laura ist heute zum Glück wieder fit wie ein Turnschuh. Kaum habe ich zusammen mit ihr am Nachmittag die Wohnung verlassen, prallt auch schon erdrückende Hitze auf mich ein.

Das ist einfach nicht meine Zeit. Für mich gibt es keine bessere Jahreszeit als den Herbst zusammen mit dem Winter. Ich bin für diese Hitze einfach nicht gemacht. Alles klebt an einem fest, man geht gerade mal ein paar Schritte, und schon rinnt einem der Schweiß beinahe wie ein Wasserfall vom Körper. Wenn man dann schnell unter die Dusche springt, in der Hoffnung, sich wenigstens für einen kurzen Augenblick abzukühlen zu können, ist dieser Moment vorbei, sobald man die Dusche wieder verlässt. Und schon beginnt das ganze Spiel von vorn.

»Ich würde dir gern etwas zeigen«, verrät Laura mir, während wir auf ihr Auto zugehen.

Fragend schaue ich sie an und betrachte dabei ihr Gesicht. Sie sieht noch genauso aus wie vor ein paar Monaten, als sie nach Edinburgh ging. Nur glücklicher.

Als wir uns vor langer Zeit zum ersten Mal im Kindergarten begegneten, war ich von ihren sommerblauen Augen total fasziniert. Noch nie hatte ich jemanden gesehen mit einer solch hellen Augenfarbe, bei der man das Gefühl hat, direkt in den Himmel zu schauen. Bis heute haben sich ihre Augen kein bisschen verändert. Dasselbe ist es mit ihren Haaren, die nur ein bisschen kürzer geworden sind. Abgenommen hat sie auch ein wenig, aber nicht zu viel, ihre weiblichen Rundungen hat sie nach wie vor. Gegen diese hat sie immer anzukämpfen versucht, weil sie der Meinung war, dass sie mit ihrem Hüftspeck, wie sie ihn nannte, keinen Mann finden würde, was aber totaler Schwachsinn war. Es gab sogar eine Zeit, in der sie beinahe schon zu streng mit ihrem Körper war, viel Sport machte und ständig nur Kalorien zählte, und das machte mir Sorgen. Also entschloss ich mich, mir ihr darüber zu reden, wie ich ihr Verhalten wahrnehme. Wir sprachen lange miteinander, doch es hat gewirkt. Nach und nach hat sie gelernt, sich in ihrem Körper wohlzufühlen und ihm dankbar zu sein. Sie ist eine richtige Augenweide, und zum Glück hat sie Ian gefunden, der sie so nimmt, wie sie ist. Wenn es im Herzen nicht stimmt, bringt es dir auch nichts, wenn du die perfekte Figur hast. Denn nur wer nicht nach dem Perfekten sucht, findet am Ende sein wahres Glück.

Jetzt zieht sie die Stirn kraus. »Zu gern wüsste ich, was dir gerade durch den Kopf geht.«

Kein Problem, denke ich mir und greife nach meinem Schreibblock. *Du hast abgenommen*. Diese Worte halte ich ihr vor die Nase.

»Ja, ich weiß, aber glaub mir, das war keine Absicht. Es kommt wahrscheinlich durch den ganzen Hochzeitsstress. Ian hat schon gesagt, ich soll aufpassen, dass ich nicht noch mehr abnehme. Er mag meine Kurven.«

Guter Mann – wäre es anders, müsste er sich vor mir in Acht nehmen.

Lächelnd deutet sie zum Auto. »Komm, lass uns losfahren.«

Schneller, als mir lieb ist, halten wir auch schon wieder an. Allerdings weiß ich nicht, wo wir hier sind. Im ersten Moment sieht es aus wie eine Universität, aber was sollten wir da machen? Ohne auf meinen verwunderten Blick zu reagieren, steigt Laura aus dem Auto aus und geht auf das Gebäude zu. Ich folge ihr. »Das ist die University of Edinburgh«, erklärt sie mir.

Also habe ich es doch richtig erkannt. Jedoch verstehe ich noch immer nicht, was wir hier wollen, und so greife ich nach ihrer Hand, damit sie mich anschaut. Was ich dann in ihren Augen erkenne, lässt mich für einen Moment innehalten, weil ich nichts sehe als Hoffnung. Allerdings kann ich mir nicht erklären, worauf.

»Mia, du hast eine wirklich schwierige Zeit hinter dir«, beginnt sie, »keiner weiß das besser als ich. Nacht für Nacht habe ich dich in den Armen gehalten, wenn dich die Albträume wieder plagten, dir immer meine Hand gereicht, wenn du sie brauchtest. Ich wurde zum Mittelpunkt deines Lebens, eines Lebens, das man nicht wirklich als ein solches bezeichnen kann. In deinen Augen habe ich den Schmerz gesehen, den du jeden Tag durchlebt hast. Mir ist bewusst, dass es dir eine große Hilfe war, mich an deiner Seite zu haben, um all das zu überstehen. Aber ich konnte sie trotzdem sehen, deine verlorene Seele.« Sie holt tief Luft und muss genauso mit den Tränen kämpfen wie ich. »Du kannst dir nicht vorstellen, wie schwer es mir gefallen ist, hierher nach Edinburgh zu kommen – ohne dich. Es gab viele Tage, an denen ich kurz davor war, wieder zurückzufliegen. Ich machte mir solche Vorwürfe, weil ich dich zurückgelassen hatte. Natürlich hattest du mir gesagt, dass ich gehen soll und dass du zurechtkommst. Dennoch kämpfe ich noch heute mit meinem schlechten Gewissen.«

Ich drücke ihre Hand, damit sie mir in die Augen sieht und versteht, dass sie das nicht braucht. Es war gut, dass sie gegangen ist. Es war an der Zeit, dass sie ihr Leben lebt, ohne sich immer Sorgen um mich zu machen.

»Ich … ich möchte, dass du wieder glücklich bist, Mia. Es gibt nichts, was ich mir mehr wünsche. Und am meisten wünsche ich mir, dass du deine Worte wiederfindest und zu leben beginnst. Wie deine Eltern aus dem Leben gerissen wurden, ist schrecklich, aber sie hätten niemals gewollt, dass du aufhörst zu leben. Sie hätten sich gewünscht, dass du glücklich bist.«

Ich kann sie nur noch durch einen Schleier sehen, denn meine Tränen laufen, ohne dass ich etwas dagegen tun kann. Schließlich nimmt sie mich in ihre Arme und hält mich fest, so wie sie es in all der Zeit gemacht hat. »Es tut mir leid, ich wollte dich nicht aufwühlen, und ich bin auch von meinem eigentlichen Thema abgeschweift. Mia, der Grund, warum ich dich hierhergebracht habe, ist, dass ich dir diese unglaubliche Universität zeigen wollte. Hier werde ich nach Weihnachten ein Studium beginnen. Natürlich werde ich auch weiterhin für diese kleine Zeitschrift arbeiten, schon allein, um das Studium zu finanzieren, und ich … na ja, ich … oh Mann, okay. Ich habe gehofft, dass du auch hier studieren wirst, zusammen mit mir.« Sie beißt sich auf die Unterlippe, während ihre Augen mein Gesicht nervös mustern.

Tief in meinem Inneren wusste ich, dass sie mit etwas um die Ecke kommt, das mich total sprachlos machen würde. Doch niemals habe ich damit gerechnet, dass sie mich dabeihaben will in ihrem neuen Leben. Natürlich sind wir beste Freundinnen, dennoch dachte ich, dass es ihr gefällt, ihr Leben ohne mich und meine belastende Vergangenheit hier zu leben. Ich weiß nicht, ob ich nun lachen oder weinen soll. Zwar fühle ich mich so glücklich, dass sie mich das fragt, aber gleichzeitig nagt das schlechte Gewissen an mir. Kann ich ihr das wieder antun? Aktiv in ihr Leben zu treten, mit all den Problemen, die ich noch immer mit mir herumtrage?

Plötzlich nimmt sie mein Gesicht in ihre Hände. »Hey, denk nicht immer alles kaputt. Erlaube es dir einfach mal, endlich glücklich zu sein und so zu leben, wie du es verdient hast.«

Ich bekomme nur ein leichtes Nicken zustande.

»Komm, ich führe dich ein wenig herum. Du musst es sehen und auf dich wirken lassen.«

Je näher wir dem Gebäude kommen, desto mehr verschlägt es mir die Sprache. Diese Universität besticht in erster Linie durch ihr Äußeres. Sie steht wie eine Festung auf einem Berg. Und mein erster Gedanke ist: Wo ist Harry Potter? Ich habe das Gefühl, mich mitten in Hogwarts zu befinden, und das ist für einen Potter-Fan wie mich der reinste Wahnsinn.

»Oh, ich kann deine Gedanken bis hierher hören.« Laura schmunzelt. »Als ich das hier zum ersten Mal gesehen habe, musste ich direkt an dich und deine Liebe zu Hogwarts denken. Aber diese Uni hat mehr zu bieten als nur ihr Äußeres.«

Kaum haben wir die Festung betreten, überkommt mich das Gefühl, in einer anderen Welt zu sein, aus der man am liebsten gar nicht mehr wegmöchte. Zahlreiche Studenten wuseln mit ihren Büchern durch die Gänge, und würden sie jetzt noch Umhänge tragen, wäre ich mir sicher, dass ich das alles nur träume.

»Erde an Mia, hörst du mir überhaupt zu?«

Doch ich kann Laura nur anlächeln und weitergehen. Ich bin mir ziemlich sicher, dass ich mit meinem Gegrinse gerade total dämlich aussehe, aber das ist mir egal.

»Ich wusste, dass du begeistert sein wirst.« Natürlich wusste sie das, und ich frage mich, wie lange sie das schon geplant hat.

Auf einmal laufe ich gegen etwas, das hart wie eine Wand ist und gleichzeitig warm wie die Sonne. Ich versuche noch, mit meinen Armen das Gleichgewicht zu halten, indem ich unbeholfen mit ihnen rudere, aber es gelingt mir nicht. Ich schließe die Augen aus Angst vor dem Aufprall, wenn mein Hintern den Boden knutscht.

Doch bevor es so weit ist, werde ich von kräftigen Armen umschlungen, die mich am Fallen hindern, und der Duft, der mir mit einem Mal in die Nase steigt, kommt mir vertraut vor. Ohne dass ich die Augen öffne, weiß ich, wer mich da in seinen Armen hält. Ich spüre ein Verlangen, diese Arme nie wieder zu verlassen, und auch er bemüht sich nicht, mich wieder loszulassen. So stehen wir einfach nur da und sehen uns an. Für einen kurzen Moment ziehen seine Arme mich noch ein Stückchen näher zu sich heran, und erst jetzt merke ich, dass ich die Luft angehalten habe.

»Mia«, kommt es leise und nur für mich über seine Lippen.

Die Art, wie er meinen Namen ausspricht, treibt mir eine Gänsehaut bis hoch in den Nacken. In seiner Nähe fahren meine Gefühle auf einer Achterbahn mit zwanzig Loopings. Es ist, als hätte ich ihn eine Ewigkeit nicht gesehen, und ich spüre, dass ich ihn echt vermisst habe, auch wenn wir uns Textnachrichten geschrieben haben.

»Hey Finn, ich wusste nicht, dass du heute auch hier bist.« Mit diesen Worten reißt Laura uns aus unserer Starre, und er löst nur widerwillig die Arme von mir.

Langsam wandert sein Blick von mir zu ihr. »Tut mir leid, das nächste Mal schreibe ich eine Rundmail, damit jeder weiß, wann und wo er mir aus dem Weg gehen muss.« Ich höre Bitterkeit in seiner Stimme, und er nutzt Lauras Sprachlosigkeit, um mich noch einmal anzusehen, ehe er sich umdreht und geht. In seinen Augen wütete ein Kampf, das habe ich bemerkt, doch ich weiß nicht, gegen wen er diesen Kampf führt. Dieser Moment eben hatte nichts mit dem Finn zu tun, den ich kennengelernt habe.

Laura schaut ihm kurz nach und dreht dann den Kopf in meine Richtung.

Er hat einfach nur keinen guten Tag, so wie wir alle mal, schreibe ich auf meinen Block und zucke mit den Schultern.

»Er hat jeden Tag keinen guten Tag«, entgegnet sie. »Außer wenn du in seiner Nähe bist, dann ist es, als gäbe es keine grauen Wolken mehr am Himmel. Klingt zwar blöd, aber besser kann ich es nicht beschreiben.«

Um sie von den schlechten Gedanken abzulenken, breite ich die Arme aus und drehe mich einmal um die eigene Achse. Sie soll mir jetzt den Rest der Universität zeigen.

»Du hast recht.« Sie lächelt. »Komm, schauen wir uns weiter um.«

Und so sehen wir uns noch das übrige Gelände an, es ist einfach nur überwältigend.

»Nicht weit von hier hat J.K. Rowling in einem Café ihre Harry-Potter-Bücher geschrieben«, erzählt Laura mir. »Hast du das gewusst? Ist ja kein Wunder, dass hier alles an die Potter-Welt erinnert.«

Ich greife zu meinem Block und schreibe: *Ich habe darüber mal gelesen, aber das liegt so lange zurück, dass ich es schon komplett vergessen habe. Es ist einfach unglaublich, danke. Da geht mein Potter-Herz auf.*

»Ha, ich wusste, dass es dir gefallen wird!« Sie greift nach meiner Hand. »Weißt du noch? Früher haben wir immer davon geträumt und uns ganz doll gewünscht, auch einen Brief aus Hogwarts zu bekommen.«

Oh ja, daran kann ich mich noch gut erinnern, schreibe ich als Antwort.

Sie bleibt kurz stehen. »Versprichst du mir was?« Ich nicke. »Lässt du es dir, solange du hier bist, mal durch den Kopf gehen, ob du nicht hier in Edinburgh studieren möchtest? Du kannst dir natürlich auch eine eigene Unterkunft suchen, aber wie du ja gesehen hast, hättest du bei uns ein eigenes Zimmer. Zumindest wäre es für den Anfang perfekt für dich. Übrigens stammt der Vorschlag mit dem Zimmer von Ian.«

Ich weiß nicht, was ich sagen soll. Ja, ich fühle mich seit Langem endlich wohl, und das, obwohl ich erst so kurz hier bin. Aber es fühlt sich nicht so an, es ist eher, als wäre man an einen altvertrauten Ort zurückgekehrt, nach dem man Sehnsucht hatte.

Ich überlege es mir, schreibe ich.

»Für morgen habe ich auf dem Plan stehen, dass wir zum Brautladen gehen und ich dir endlich mein Kleid zeigen kann«, erzählt Laura mir jetzt. »Doch für heute habe ich mir gedacht, dass wir einfach noch ein bisschen durch die Stadt spazieren, uns die Schaufenster ansehen und vielleicht einen Kaffee trinken. Was meinst du, hast du Lust? Wir können zu Fuß gehen, bis zur Innenstadt ist es nicht weit. Ich muss nur noch mal kurz zum Auto, um meine Sonnenbrille zu holen.«

Ist das ihr Ernst? Ich kann mir gerade nichts Schöneres vorstellen, als durch die Straßen zu gehen, die ich schon bewundert habe, als ich mit Finn hier durchgefahren bin. Also halte ich den Daumen hoch und lächle so breit, wie ich nur kann.

»Perfekt«, entgegnet sie und greift nach meiner Hand.

Aber kaum haben wir das Auto erreicht, klingelt ihr Handy, und nachdem sie auf das Display gesehen hat, wirft sie mir einen entschuldigenden Blick zu. »Das ist die Redaktion, da muss ich leider rangehen.«

Ich verstehe zwar nicht, was die Person am anderen Ende sagt, aber Laura versucht zu erklären, wo sich ein bestimmtes Dokument auf ihrem Computer befindet. Allerdings scheint ihr Gesprächspartner das Gesuchte nicht zu finden. »Ich komme vorbei«, sagt sie nur noch, ehe sie das Telefonat beendet.

Nachdem sie aufgelegt hat, gibt sie erst mal ein genervtes Schnauben von sich. »Ich habe auf meinem Rechner im Büro ein Dokument, das ich meiner Kollegin schon gestern per Mail geschickt habe. Sie kann aber den Anhang nicht öffnen und findet die Datei auch nicht bei mir im System. Deshalb muss ich sofort in die Redaktion fahren, sie muss den Artikel heute noch fertig machen. Und außerdem soll ich unbedingt noch an einem wichtigen Meeting teilnehmen. Ich hoffe, das dauert nicht allzu lange.« Sie zuckt bedauernd mit den Schultern. »Wenn du willst, kannst du mitkommen und im Aufenthaltsraum warten. Oder ich lasse dich in der Stadt raus, und du schaust dich schon mal um. Ich schreibe dir dann, wenn ich wieder zurück bin.« Abwartend sieht sie mich an, während ich nach meinem Block greife.

Ich gehe zu Fuß, das kurze Stückchen musst du mich nicht mitnehmen. Mein Handy habe ich griffbereit, falls du mir dann schreibst. Ich kann dir ja auch meinen Standort schicken, damit du weißt, wo ich bin.

Laura nickt. »Prima, so machen wir es. Und schreib mir bitte unbedingt, wenn irgendwas ist, ja?« Dann steigt sie auch schon ins Auto und fährt los.

Währenddessen bleibe ich noch einen Moment an Ort und Stelle stehen, lasse meinen Blick über das Universitätsgebäude gleiten und verspüre schon jetzt eine gewisse Sehnsucht, diesen Schritt zu gehen.

Finn

Heute Nachmittag bin ich eigentlich nur hierher an die Uni gekommen, um ein paar Unterlagen abzugeben. Doch Mia plötzlich so nah zu sein, lässt mich alles um mich herum vergessen. Erst jetzt merke ich wirklich, wie sehr ich sie vermisst habe, und so möchte ich sie einfach nur fest an mich drücken und ihren süßen Duft einatmen, der die reinste Versuchung ist. Als sie mir dann in die Augen sieht, ist das Verlangen, meine Lippen auf ihre zu drücken, überwältigend. Ihre Atmung geht genauso schnell wie meine, und ich spüre, wie sie sich mit ihrer linken Hand in mein Hemd krallt, um auch mich enger an sich zu ziehen. Sie gibt mir das Gefühl, wieder atmen zu können, und ich weigere mich, dieses Gefühl aufzugeben. Denn es hält mich oben, obwohl ich mich kurz vor dem Fall befinde.

»Hey Finn, ich wusste nicht, dass du heute auch hier bist.« Mit diesen Worten reißt Laura mich aus meinen Gedanken, und ich bin gezwungen, den Blick von Mia abzuwenden und stattdessen Laura anzusehen. In ihren Augen spiegelt sich Verständnis, und das ist einfach zu viel für mich.

»Tut mir leid, das nächste Mal schreibe ich eine Rundmail, damit jeder weiß, wann und wo er mir aus dem Weg gehen muss«, presse ich hervor. Aber schon im nächsten Augenblick bereue ich meine Worte, denn ich erkenne in Lauras Gesicht, dass ich sie damit verletzt habe, und das war nie meine Absicht. Vor allem da sie, seit sie hier ist, sich wirklich Mühe gibt, einen Draht zu mir zu finden. Als eine der wenigen hatte sie von Anfang an keine Vorurteile mir gegenüber. Und doch stehe ich hier und werfe ihr diese beschissenen Worte um die Ohren.

Langsam drehe ich den Kopf wieder zu Mia. Sie scheint zu verstehen, dass ich das, was ich gesagt habe, bedauere. Schließlich lasse ich sie los, gehe in die andere Richtung davon, um meine Unterlagen abzugeben, und stürme dann zum Ausgang. Augenblicklich macht sich wieder dieses Gefühl der Einsamkeit in mir breit. Mia zu verlassen, fühlt sich an, als hätte ich etwas verloren. Wie kann das nur sein? Da es Laura ein paar Tage nicht gut ging, haben wir uns auf Textnachrichten beschränkt. Wobei es wirklich nicht geplant war, dass wir uns so oft schreiben. Es hat sich einfach so entwickelt.

Als ich das Gelände verlassen habe und mich auf den Weg zur Bar mache, habe ich Zeit zum Nachdenken, und dabei drängt sich nur eine Frage in meinen Kopf: Warum hat Laura ihr die Universität gezeigt? Plant Mia etwa, hierzubleiben, hier in Edinburgh? Allein der Gedanke daran lässt ein längst vergessenes Gefühl der Hoffnung in mir aufsteigen.

Das Handy in meiner Hosentasche vibriert, ich ziehe es heraus und sehe, dass ich eine Nachricht von Mia bekommen habe.

Mia: *Geht es dir gut?*

Sie soll sich doch nicht auch noch um mich Gedanken machen.

Ich: *Mir geht es gut, mach dir keinen Kopf.*

Mia: *Wieso glaube ich dir nicht?*

Weil du mich nach dieser kurzen Zeit schon besser kennst als alle anderen, und das macht mir Angst. Aber das schreibe ich Mia nicht. Ich lasse ihre Frage im Raum stehen und betrete die Bar durch den Hintereingang. Kaum habe ich den schmalen Gang durchquert, treffe ich auf Jamie, der hinter der Theke steht und

Cocktails mixt. Ich habe zwar noch keinen seiner Drinks probiert, weil ich keinen Tropfen Alkohol zu mir nehme, aber die Gäste schwärmen davon und finden es klasse, dass er immer neue Ideen für abgefahrene Geschmäcker aus dem Hut zaubert.

»Hey, wie läuft es?«, rufe ich ihm zu, und er hebt den Daumen.

»Perfekt, ich glaube, ich habe mich wieder mal selbst übertroffen.«

»Nun, ich habe nichts anderes erwartet.«

Ich will die Tür meines Büros hinter mir schließen, doch Jamie hindert mich daran, indem er seinen Fuß in den Spalt steckt. »Ist alles okay? Ich habe das Gefühl, dass du dich ein wenig zurückgezogen hast, nachdem du neulich …«

Ich habe nicht das Bedürfnis, das jetzt noch mal durchzukauen, also gebe ich wie immer meine Standardantwort von mir. »Mach dir keinen Kopf, es ist alles gut.« In seinem Blick erkenne ich, dass er mir kein Wort glaubt, also füge ich hinzu: »Ja, dieser Albtraum neulich hat mich aus dem Konzept gebracht, und ich kann dir nicht erklären, warum es mir für einen Moment den Boden unter den Füßen weggezogen hat. Aber ich steh da drüber, so wie immer.«

Ich weiß, dass ich damit nicht nur ihn, sondern auch mich belüge. Eigentlich hatte ich gedacht, dass ich das alles endlich hinter mir habe, bis ich mich nach diesem Albtraum auf einmal wieder so verloren fühlte und das starke Bedürfnis hatte, Mia davon zu schreiben. Schließlich habe ich mich aber doch zusammengerissen. Ich möchte nicht, dass sie mitbekommt, wie kaputt ich bin. Sie soll die Zeit, solange sie hier ist, genießen und sich nicht mit mir und meinen Problemen beschäftigen müssen.

»Finn …«

»Was?« Fragend sehe ich ihn an.

»Ich habe es dir schon oft angeboten, aber ich sage es noch mal: Ich bin immer da, wenn du reden willst, dafür gibt es Familie. In guten wie in schlechten Zeiten.«

»Ja, ich weiß, und dafür danke ich dir. Und das Gleiche gilt auch für dich.«

Jamie hat schon vor längerer Zeit beschlossen, sein Singleleben erst mal zu genießen und sich auf nichts Festes einzulassen. In meinen Augen ist das eine Schande. Er hat das größte Herz, das ich kenne, und unglaublich viel Liebe zu geben. Ich hoffe, dass auch er irgendwann die Eine trifft, die sein Herz höherschlagen lässt.

»Das weiß ich ebenso, und sobald ich mal das Bedürfnis habe zu reden, werde ich auf dich zukommen.« Er will sich abwenden, hält dann aber doch noch mal inne. »Ian hat erwähnt, dass … du und Lauras Freundin Mia einen guten Draht zueinander habt. Ich habe sie zwar noch nicht kennengelernt, weil Laura krank war und Ian meinte, ich soll lieber wegbleiben. Doch ich kann es kaum erwarten, die Frau zu treffen, die es schafft, den alten Finn zum Vorschein zu bringen.« Bevor ich etwas erwidern kann, hebt er die Hand. »Sag nichts, ich weiß, dass du gut darin bist, dich rauszureden. Ich mache jetzt mal weiter. Wenn was ist, du weißt ja, wo du mich findest.« Mit diesen Worten dreht er sich endgültig um und geht wieder an seine Arbeit.

Er hat recht. Mia schafft es, den alten Finn zum Vorschein zu bringen, und genau da liegt das Problem. Weil es mir eine Heidenangst einjagt, dass ihr nach so einer kurzen Zeit das gelingt, was bisher niemand geschafft hat. Denn ich habe es nicht zugelassen, dass jemand hinter meine Mauer treten kann. Manchmal erlaube ich mir einen Blick in die ewige Dunkelheit, ohne die ich die Sterne nicht sehen könnte, und Mia ist solch ein Stern, der hellste und strahlendste, dem ich je begegnet bin. Ich möchte ihr Licht, das es bis in mein Herz schafft, am liebsten für immer festhalten. Doch die Gefahr, sie mit in die Dunkelheit zu reißen, ist groß. Auch wenn mein Herz nach ihr schreit, sie an sich ziehen will, um sie nie wieder gehen zu lassen, darf ich nicht so egoistisch sein.

Zu viel Zeit ist vergangen, und jetzt, wo meine Chance zum Greifen nah ist, frage ich mich, was ich hier eigentlich mache.

Wieso stehe ich hier?

Wieso beobachte ich sie?

Wieso treibt mich mein Hass so an?

Wieso gewinnt mein innerer Dämon jedes Mal die Oberhand?

So wie jetzt auch.

Mia

Kaum zu glauben, wie schnell ich mitten in der Stadt angelangt bin. Jetzt stehe ich hier und weiß erst mal gar nicht, wo ich zuerst langgehen soll. Zwar fühlt es sich komisch an, allein unterwegs zu sein. Doch wohin ich auch sehe, ist es einfach überwältigend, und so fällt es mir heute leichter als sonst, allein zu sein. Mir war nicht bewusst, dass es hier so schön ist, und ich kann immer mehr verstehen, warum Laura sich entschlossen hat, hierherzuziehen.

Schon die Universität hat mich beeindruckt, und ich gewöhne mich immer mehr an die Idee, ebenfalls hierzubleiben. Allerdings werde ich das erst mal noch für mich behalten, da ich niemandem unnötig Hoffnung machen möchte – mir selbst eingeschlossen. Aber zum ersten Mal seit dem Tod meiner Eltern fällt es mir leichter, das Leben wieder einzuatmen und mir zu erlauben, ein bisschen Glück zu fühlen.

Ich weiß, dass Laura recht hat. Meine Eltern hätten nicht gewollt, dass ich mein Leben aufgebe. Sie hätten sich vielmehr für mich gewünscht, dass ich glücklich bin. Doch es sich zu wünschen und es zu sein, sind zwei Paar Schuhe. Man kann nicht vorhersehen, wie man mit einem Verlust umgeht. Einige schaffen es sehr gut und leben ihr Leben weiter, aber ich konnte es nun mal nicht. Ich hatte die Lust am Leben verloren und sah einfach keinen Sinn mehr darin, leben zu dürfen, während es meinen Eltern genommen wurde. Bis heute frage ich mich nach dem Warum. Was hat denjenigen dazu getrieben, eine solche Tat zu begehen?

Es gab noch nicht mal einen Anhaltspunkt, auf den sich die Ermittlungen hätten konzentrieren können, nichts. Das Haus von Lauras Familie wurde fast sechs Monate lang beschattet, weil die Polizei der Meinung war, dass der Täter wiederkommen könnte. Und meine Aussage war so gut wie unbrauchbar. Ich hatte den Mann - zumindest bin ich mir ziemlich sicher, dass es ein Mann war - zwar gesehen, aber es war dunkel, er war komplett schwarz angezogen und trug dazu noch eine dunkle Mütze auf dem Kopf. Abgesehen davon, dass er ungefähr einen Meter achtzig groß war, konnte ich nicht mehr zur Täterbeschreibung beisteuern. Und eine solche Beschreibung trifft leider auch auf zahlreiche andere Männer zu, die abends noch schnell an die Tanke fahren, um Bier oder Zigaretten zu kaufen. Das Seltsame war, dass er nichts mitgenommen hat, weder Schmuck noch Geld. Allerdings könnte es auch sein, dass er überrascht wurde, weil er eigentlich angenommen hatte, dass wir alle drei auf dem Markt sind. Was die Polizei dann auf den Gedanken brachte, dass der Täter eventuell jemand sein könnte, der unsere Familie kennt. Doch alle Überlegungen führten ins Nichts.

Selbst nach dieser langen Zeit gibt es noch immer Tage, an denen ich mich häufiger als nötig umsehe, vor allem dann, wenn es auf den Abend zugeht. Daher hoffe ich, dass Laura nicht mehr allzu lange im Büro braucht. Es kommt eher selten vor, dass ich mich abends noch draußen aufhalte, und ich kann mich erst recht nicht mehr daran erinnern, wann ich das letzte Mal im Dunkeln draußen war. Dabei habe ich es früher geliebt, bei Nacht spazieren zu gehen, um die Sterne zu beobachten. Für mich gibt es nichts Schöneres. Nur ist das leider schon eine Ewigkeit her. Gut, gesehen habe ich die Sterne schon, durch das Fenster oder vom Balkon aus, aber eben nicht mehr bei einem schönen Spaziergang am Abend. Ich wünsche mir so sehr, dass ich das irgendwann wieder schaffe.

Ein Stückchen weiter entdecke ich ein kleines Café und bekomme auf einmal richtig Lust auf einen Karamell-Latte. Es ist zwar noch immer heiß, aber dieses Getränk kann ich bei jedem Wetter zu mir nehmen. Wie angewurzelt bleibe ich vor dem Laden stehen. Soll ich da jetzt allen Ernstes reingehen und ihnen meinen Block vor die Nase halten, auf dem steht, was ich gern hätte? Natürlich nicht …

Mit hängenden Schultern gehe ich also weiter, als ich plötzlich meinen Namen höre und mich umdrehe.

»Hey, Mia. Hab ich doch richtig gesehen, dass du es bist.« Ian steht vor mir, doch er ist nicht allein. Er hat seinen anderen Bruder bei sich, den ich schon auf den Fotos im Haus gesehen habe. »Oh, tut mir leid«, sagt Ian, »wo sind nur meine Manieren? Das ist mein Bruder Jamie. Jamie, das ist Lauras beste Freundin Mia.«

Ein Lächeln zaubert sich auf Jamies Gesicht, und mir geht nur ein Gedanke durch den Kopf: Es sollte verboten sein, so verdammt attraktiv zu sein, erst recht im Dreierpack. »Freut mich, dich kennenzulernen, Mia.«

Ich lächle zurück und nehme seine Hand. Die drei Brüder sehen zwar alle gut aus, doch die Schmetterlinge fliegen nur bei Finn.

»Laura hat mir geschrieben, dass sie noch mal ins Büro musste und du inzwischen in der Stadt unterwegs bist«, erzählt Ian nun. »Ich freue mich, dass wir dich getroffen haben und du jetzt auch Jamie kennengelernt hast. Wir wollten uns gerade einen Kaffee holen. Soll ich dir einen mitbestellen?«, fragt er, als könnte er meine Gedanken lesen. Ich nicke und erkenne erst jetzt, dass er mir seinen Arm hinhält. »Komm, wir lassen dich doch nicht allein hier draußen stehen.«

Ohne groß darüber nachzudenken, hake ich mich bei ihm unter, und wir betreten zu dritt das Café. Das ist wieder einer dieser Momente, in denen ich mich unter Menschen wohlfühle. Verrückt. Da muss ich erst nach Schottland kommen, um mich frei zu fühlen – und das, obwohl uns die weiblichen Anwesenden mit ihren Blicken verschlingen, was aber mit größter Wahrscheinlichkeit nicht an mir liegt. Doch die Menschen hier schauen mich freundlich an, und ich merke, dass mein Gedanke von vorhin, nicht ins Café zu gehen, wirklich blöd war.

»Ich gehe mal schnell bestellen. Was soll ich dir mitbringen?«, fragt Ian.

Nachdem ich als Antwort meinen Wunsch ins Handy eingetippt habe, begibt er sich zur Theke. Ich hingegen bleibe allein mit Jamie, den ich noch nicht wirklich einschätzen kann, zurück.

Plötzlich hält auch er mir seinen Arm hin. »Wenn du dich damit wohler fühlst, kannst du dich gern auch bei mir unterhaken. Keine Angst, ich beiße nicht.«

Er zwinkert mir zu, und ich kann gar nicht anders, als meinen Arm durch seinen zu schieben. Ich kann Jamies Blick auf mir spüren, aber da ich nicht weiß, was ich machen oder wie ich reagieren soll, tue ich so, als würde ich mich nach Ian umsehen, der genau in diesem Moment wieder zu uns zurückkommt. Das ging ja flott.

»Einmal den Karamell-Latte für dich, Mia, und dann habe ich dir noch einen kleinen Schokomuffin einpacken lassen.« Dankend nehme ich beides entgegen. »Ist es okay, wenn wir dich wieder allein lassen?«, fragt Ian. »Wir müssen leider weiter.«

Ich sehe ihm nur in die Augen und hoffe, er erkennt, wie dankbar ich bin. Für mich ist das alles nicht selbstverständlich, immerhin kennen sie mich noch gar nicht lange, und ich gehöre auch nicht wirklich zur Familie. Trotzdem geben sie mir das Gefühl, ein Teil von ihnen zu sein.

»Es hat mich gefreut, Mia.« Lächelnd nickt Jamie mir zu. »Ich hoffe, wir sehen uns bald wieder.«

Dann wenden die beiden sich ab und gehen in die entgegengesetzte Richtung davon.

Ich kann nicht genau sagen, wie lange ich nun schon durch die Straßen von Edinburgh spaziere, doch wenn es nach mir ginge, könnte ich das noch ewig machen. Hier ist ein Geschäft schöner als das andere, und jedes schreit einen förmlich an, es zu betreten. So wie dieses, in dem ich mich jetzt befinde. Wo ich auch hinschaue, bin ich von Schneekugeln umgeben, und ich habe das Gefühl, im Himmel zu sein. Ich liebe Schneekugeln und besitze an die zwanzig Stück davon. Der Laden ist vorwiegend in Weiß dekoriert, und es riecht nach Plätzchen, was richtig Lust auf Weihnachten macht und so gar nicht zum Wetter und zur Jahreszeit passt. Ich hatte eigentlich nicht vor, jetzt eine Schneekugel zu kaufen, zumindest nicht heute. Aber kurz vor dem Ausgang fällt mir plötzlich eine ins Auge, die ich einfach mitnehmen muss. Sie soll nicht für mich sein, sondern für Laura und Ian.

Kaum habe ich den Laden verlassen, vibriert es in meiner Tasche, und ich ziehe mein Handy heraus.

Laura: *Tut mir leid, dass es so lange gedauert hat. Sag mir, wo du gerade bist, ich mache mich sofort auf den Weg zu dir.*

Nachdem ich ihr meinen Standort gesendet habe, fällt mein Blick auf die Uhrzeit im Display. Es ist doch schon ziemlich spät geworden, und so werde ich plötzlich nervös. Aber ich darf mich nicht verrückt machen, Laura wird jeden Moment hier sein, und dann sitze ich sicher in ihrem Auto. Hektisch gehe ich den Bürgersteig auf und ab, um mich von meinen negativen Gedanken abzulenken, und ich muss zugeben, dass mindestens die Hälfte von dem, was mir durch den Kopf rauscht, totaler Blödsinn ist. *Also mach dich nicht unnötig verrückt, Mia.*

In diesem Augenblick geht eine junge Frau mit einem Hund an mir vorbei. Der Hund bleibt einen kurzen Moment vor mir stehen und schnuppert an meinen Beinen. Er ist so süß, dass ich einfach in die Hocke gehen muss, um ihn zu streicheln. Freudig wedelt er dabei mit dem Schwanz.

Doch die junge Frau zeigt sich davon wenig beeindruckt. »Komm, Finlay, wir müssen weiter. Wenn man einmal anfängt, ihn zu streicheln, wird man ihn nicht mehr los«, erklärt sie mir, ehe sie den Hund hochhebt, mir zunickt und schließlich schnell davongeht.

Jetzt, wo ich den Kleinen gesehen habe, ist mein Verlangen, selbst einen Hund zu haben, noch viel größer geworden. Schon verrückt, was so ein kleines Wesen für eine Wirkung auf uns Menschen haben kann.

Gerade als ich nach meinem kleinen Rucksack greifen will, um die Wasserflasche herauszuholen, geht plötzlich ein heftiger Stoß durch mich hindurch. Ich verliere das Gleichgewicht, mein Gesicht kommt dem Asphalt immer näher, und dann spüre ich den Schmerz des Aufpralls, der durch meinen gesamten Körper fährt. Als ich versuche, mich abzustützen, und den Kopf hebe, blicke ich in zwei Scheinwerfer, die knapp vor mir zum Stehen kommen. Schon im nächsten Moment wird die Wagentür aufgerissen.

»Oh mein Gott, Mia!«, höre ich Laura rufen. »Ich … ich hätte es fast nicht mehr geschafft zu bremsen, es … es tut mir so leid.« Mühsam versucht sie, mir aufzuhelfen.

Nun scheint ihr ein Mann zu Hilfe zu kommen, denn ich spüre seinen festen Griff an meinem rechten Arm. »Miss, ich habe bereits einen Krankenwagen gerufen, er müsste jeden Moment hier sein.«

Alles tut mir weh, und mein Kopf fühlt sich an, als würde er jeden Moment explodieren. Ich weiß nicht, wie und warum das passiert ist, aber bei einem bin ich mir ganz sicher: Jemand hat mich geschubst. Auch wenn es keinen Sinn ergibt – dieser Stoß kann kein Versehen gewesen sein, dazu war er viel zu kraftvoll.

Nun spüre ich Lauras Hände an meinem Gesicht und versuche schwerfällig, die Augen zu öffnen. Für einen Moment gelingt es mir auch, und ich erkenne Besorgnis und Schuldgefühle in ihrem Blick. Ich muss ihr zu verstehen geben, dass sie keine Schuld trägt. Doch gerade ist es mir durch den pochenden Schmerz unmöglich, mich darauf zu konzentrieren, also kneife ich die Augen wieder zusammen.

Es dauert nicht lange, bis der Krankenwagen eintrifft. Nachdem der Notarzt mich kurz untersucht hat, unterhält er sich mit Laura, und ich höre ihn sagen: »Auf den ersten Blick können wir keine schwerwiegenden Verletzungen feststellen, aber um sicherzugehen, müssten wir sie ins Krankenhaus mitnehmen.«

Ich schreibe Laura auf meinen Block, dass ich das nicht möchte. Der Sturz hat unheimliche Schmerzen verursacht, aber zum Glück wurde ich nicht angefahren. Ich weiß, dass ich außer ein paar Kratzern und einem Schock, der sehr tief sitzt, nichts habe.

»Danke«, entgegnet Laura, »aber das wird nicht nötig sein. Ich werde sie mit nach Hause nehmen und mich um sie kümmern. Sollte ich merken, dass etwas nicht stimmt, werde ich umgehend mit ihr ins Krankenhaus fahren.«

Skeptisch schaut der Arzt erst sie an, dann mich. »Gut, dann müssen Sie mir noch das hier unterschreiben.« Er reicht mir ein Formular und einen Kugelschreiber. »Aber bei der kleinsten Auffälligkeit kommen Sie bitte sofort ins Krankenhaus.« Mit diesen Worten lässt er uns allein, und wir sehen dem Notarztwagen schweigend nach, bis er um die Straßenecke verschwunden ist.

Laura schüttelt den Kopf und fährt sich durch die Haare. »Ich weiß, du gibst mir keine Schuld, Mia, aber ich kann nicht glauben, dass ich dich fast angefahren habe. Und ich will mir gar nicht ausmalen, was passiert wäre, wenn ich es nicht geschafft hätte, rechtzeitig zu bremsen.« Ich greife nach ihrer Hand, damit sie aufhört zu reden, doch sie tut es nicht. »Ich habe Ian eine Nachricht geschrieben«, erzählt sie. »Er wird jeden Moment hier sein. In dieser Verfassung kann ich nicht fahren, dafür bin ich viel zu aufgewühlt.«

Ich kann sie voll und ganz verstehen, mir geht es ja selbst nicht anders. Zum ersten Mal seit langer, langer Zeit habe ich mich sicher gefühlt und geglaubt, dass ich vielleicht endlich meinen Platz gefunden habe, und dann passiert etwas, das ich nicht verstehe. Kann sein, dass ich es mir nur einbilde und überhaupt nichts dran ist. Aber wenn dieser Stoß wirklich nur ein Versehen war, warum war er dann so heftig? Und weshalb ist derjenige, der ihn verursacht hat, dann nicht geblieben, um sich zu entschuldigen oder zu vergewissern, dass es mir gut geht?

Plötzlich legen sich Finger um meine Handgelenke, und ich brauche den Blick nicht zu heben, um zu wissen, wer es ist.

»Mia … geht es dir gut?« Er hebt mein Kinn an, damit ich meine Augen auf seine richte. Ich weiß zwar nicht, wie er das schafft, aber er liest in ihnen wie in einem offenen Buch. Jetzt streicht er mit seinem Daumen meine Wange entlang. »Als Ian angerufen und gesagt hat, dass ihr einen Unfall hattet, ist mir das Herz beinahe stehen geblieben.« Er sagt es so leise, dass nur ich es hören kann.

Schließlich zieht Finn mich in seine Arme und hält mich einfach nur fest. Genau das ist es, was ich jetzt brauche. Ohne große Mühe hebt er mich hoch und trägt mich zum Auto. Unter anderen Umständen hätte ich wahrscheinlich protestiert und darauf bestanden, selbst zu gehen. Doch in diesem Moment habe ich das Gefühl, dass ich genau da hingehöre, wo ich jetzt bin. Meine linke Hand krallt sich wie von selbst in sein Hemd, ich lege den Kopf in seine Halsbeuge und habe so die Möglichkeit, meine Nase auf seine Haut zu drücken, um ihn einzuatmen.

Und ich nehme alles, was ich bekommen kann.

Finn

Mein Puls rast. Ohne zu zögern, habe ich sie in meine Arme gezogen und trage sie nun zum Auto. Ihre Hand krallt sich in mein Hemd, und ihre kalte, süße kleine Nase drückt sich in meine Haut, doch ich habe überhaupt kein Verlangen, das zu ändern.

»Ich habe Jamie noch schnell eine Nachricht geschrieben, er macht sich auf den Weg und nimmt Lauras Auto mit. Setzt euch nach hinten.« Mit diesen Worten hält Ian mir die Tür auf, und ich schaffe es, mich zusammen mit Mia ins Auto zu setzen, ohne sie loslassen zu müssen.

Laura wirft einen besorgten Blick zu uns nach hinten, und ich kann die etwas angetrockneten Tränen an ihrer Wange sehen. Reflexartig lege ich ihr eine Hand auf die Schulter und drücke sie kurz, was ihr ein kleines Lächeln entlockt.

Nachdem Ian losgefahren ist, lehne ich mich zurück und betrachte Mia. Sie hat die

Augen geschlossen, ihre Atmung geht ruhig und regelmäßig, und ihre kleine Faust, mit der sie mein Hemd festhält, lockert sich ein wenig.

Während der Fahrt spricht keiner von uns auch nur ein Wort, und es dauert nicht lange, bis wir da sind. »Ich bringe sie ins Bett«, sage ich. »Wenn es für euch okay ist, würde ich gern über Nacht bleiben. Ich schlafe in dem Sessel in Mias Zimmer, ich fühle mich dann einfach besser.«

Laura nickt. »Natürlich. Du kannst so lange bleiben, wie du willst, Finn.«

»Danke. Ich bringe sie hoch, komme aber gleich noch mal runter.«

Oben in ihrem Zimmer angekommen, lege ich Mia behutsam aufs Bett und streife ihr noch die Schuhe ab, ehe ich sie zudecke. »Ich bin gleich wieder da«, flüstere ich.

Gerade will ich den Raum verlassen, als ich plötzlich ein leises »Finn« hinter mir vernehme. Ruckartig drehe ich mich noch einmal zu Mia um, doch sie liegt noch genauso da wie eben. Ich warte einen Augenblick, aber ich höre nichts mehr. Natürlich, ich muss mir das eingebildet haben – sie redet nicht, also kann sie auch nicht meinen Namen gesagt haben.

Als ich unten ankomme und das Wohnzimmer betrete, sitzen Laura und Ian nebeneinander auf der Couch, Ian hat den Arm um Lauras Schultern gelegt. Ich lasse mich in den Sessel ihnen gegenüber fallen.

»Ich gehe es immer und immer wieder durch und kann mir einfach nicht erklären, wie das passieren konnte«, sagt Laura, aus deren Stimme noch immer Fassungslosigkeit klingt. In ihren Augen erkenne ich die Vorwürfe, die sie sich macht. »Wie aus dem Nichts lag sie plötzlich vor mir auf der Straße, und es grenzt an ein Wunder, dass ich es noch geschafft habe, rechtzeitig zu bremsen.«

»Du hast keine Schuld«, versichere ich ihr, »das hätte jeden treffen können.«

»Ich weiß, aber ihr könnt euch nicht vorstellen, wie das ist, zu wissen, dass man fast einen Menschen angefahren hat - und dann auch noch seine beste Freundin.«

Ich will etwas erwidern, doch auf einmal ertönt von oben ein Poltern. Ohne nachzudenken, springe ich auf und renne förmlich die Treppen hinauf, dicht gefolgt von Ian und Laura. Ich stürme in Mias Zimmer und drücke den Lichtschalter. Mia sitzt ganz hinten am Kopfteil des Bettes, die Decke bis unter das Kinn gezogen. Ihre Augen sind geschlossen, und sie atmet schwer. Langsam gehe ich auf sie zu und ignoriere dabei die Nachttischlampe, die neben dem Bett auf dem Boden liegt.

Doch Laura ist schneller als ich, sie läuft an mir vorbei, setzt sich zu Mia ans Bett und nimmt ihre Hand. »Hey, es ist alles gut. Du solltest versuchen, ein wenig zu schlafen.« Kurz schweift Lauras Blick zu mir, dann wieder zu Mia. »Finn würde gern über Nacht hier bei dir im Zimmer bleiben, er schläft im Sessel. Ist das okay für dich?«

Selbst wenn Mia es nicht wollte, könnte mich niemand davon abhalten, die Nacht hier in diesem Zimmer zu verbringen – und wenn ich unter dem Türrahmen schlafen müsste, das wäre mir auch egal. Mias Augen ruhen auf mir, und ich sehe, dass sie mir dafür dankbar ist. Nun bin ich erleichtert. Ich würde mich damit schwertun, etwas zu machen, das ihr widerstrebt.

Nachdem Laura und Ian gegangen sind, greife ich nach der kleinen Lampe, stelle sie wieder auf den Nachttisch und schalte sie ein. Dann gehe ich zur Tür und mache die Deckenbeleuchtung aus. Unschlüssig betrachte ich Mia von hier aus. Gerade als ich auf den Sessel zugehen will, bewegt sie sich und rückt ein Stück zur Seite. Sie sieht zu mir, und in ihren Augen tobt ein riesiger Sturm. Doch inmitten des Sturms, der bei mir die reinste Verwüstung anrichtet, erkenne ich diese winzig kleine Bitte, die ich ihr nicht abschlagen kann und ehrlich gesagt auch nicht abschlagen will.

Langsam setze ich mich in Bewegung, mein Blick noch immer mit Mias verschmolzen. Vor dem Bett bleibe ich stehen und streife mir die Schuhe von den Füßen. Kurz überlege ich noch mal, ob es wirklich richtig ist, mich zu ihr zu legen. Ich möchte nicht, dass sie sich unwohl fühlt, dennoch kann ich mich ihr in diesem Moment nicht entziehen. Schließlich entscheide ich mich für das, was sich richtig anfühlt.

Kaum habe ich mich neben sie gelegt, spüre ich, wie sie an mich heranrückt. Wie von selbst hebe ich meinen Arm, und sie nimmt diese Einladung an. Zögernd legt sie den Kopf auf meine Brust, woraufhin ich sie noch enger an mich ziehe. Ich halte es keine Sekunde länger aus, sie nicht zu spüren. Wie schon vorhin krallt sie erneut die Hand in mein Hemd.

Und so liegen wir einfach nur da und halten uns gegenseitig fest, um nicht zu ertrinken.

Mia

Die plötzliche Hitze zwingt mich dazu, die Augen zu öffnen. Und nun wird mir auch klar, woher die Wärme kommt: Ich liege noch immer in Finns Armen. Doch schneller, als mir lieb ist, wird mir auch bewusst, aus welchem Grund er neben mir liegt. Er ist gestern Abend meiner stillen Bitte nachgekommen und hat sich zu mir ins Bett gelegt. Ich hatte gar nicht darüber nachgedacht, ob er das überhaupt möchte. In diesem Moment wollte ich nur die Gedanken, die sich in meinem Kopf überschlugen, loswerden, und es gibt keinen Ort, an dem ich das besser kann, als in seinen Armen. Nur bei ihm ist es mir möglich, alles um mich herum zu vergessen, so wie in der Universität, als ich buchstäblich in seine Arme flog. Es war, als würde die Welt nur für uns einen Moment lang stillstehen, genau wie jetzt.

Seine Atmung ist flach und gleichmäßig, und ich verändere ein wenig meine Haltung, um sein Gesicht besser sehen zu können. Mit dem Finger fahre ich leicht über die Tätowierung auf seinem Arm, und nun erkenne ich, was zwischen den dicken Strichen steht: *The life between us*. Das Leben zwischen uns. Kaum habe ich die Worte gelesen, überzieht eine Gänsehaut meinen Körper, und ich möchte augenblicklich wissen, was er durchleben musste. Während meine Hand noch immer auf seinem Arm ruht, lasse ich meinen Blick weiterwandern zu seinen vollen, sinnlichen Lippen, die von seinem Bart umrahmt sind, und schließlich zu seinen rehbraunen Augen, die mich voller Neugier und mit einem Hauch von Sehnsucht anschauen. Er ist also doch schon wach. Wie lange hat er mich wohl dabei beobachtet, wie ich ihn so intensiv gemustert habe?

»Guten Morgen«, kommt es kratzig über seine Lippen, auf die sich ein kleines Lächeln gezaubert hat.

Ich möchte gern etwas erwidern, die Worte liegen mir auf der Zunge, doch sie schaffen es einfach nicht nach draußen, und so lasse ich den Blick wieder sinken. Er soll nicht sehen, wie ich es in diesem Augenblick hasse, dass ich kein Wort sagen kann, obwohl ich es so sehr möchte.

Er legt den Finger unter mein Kinn und hebt es wieder zu sich hoch. »Hab Geduld mit dir, irgendwann wird der Moment kommen, in dem deine Worte wieder den Weg zu dir finden. Und glaub mir, auch wenn ich es selbst nicht für möglich gehalten hätte, aber ich verstehe dich mehr, als du ahnst.« Seine Worte zaubern auch mir ein Lächeln ins Gesicht. »Ich habe dir schon gesagt, solange ich dieses Lächeln bekomme, ist mir alles recht«, fügt er leise hinzu.

Ich will aufstehen, doch dann fällt mir ein, dass ich außer einem Shirt und meinem Slip nichts trage. So möchte ich mich ihm auf keinen Fall präsentieren. Ich sehe an mir hinunter, und er scheint zu verstehen, was ich meine.

»Kein Problem«, sagt er. »Ich gehe mich mal eben frisch machen. Sehen wir uns gleich unten?«

Ich nicke, dann ist er auch schon verschwunden. Kaum hat er das Zimmer verlassen, macht sich wieder eine Leere in mir breit, und die Erinnerung an gestern stürzt mit voller Wucht auf mich ein. Immer wieder gehe ich das, was gestern Abend passiert ist, in meinen Gedanken durch, doch ich finde einfach keine plausible Antwort. Vielleicht mache ich mir darüber aber auch viel zu viele Gedanken. *Einmal tief durchatmen, Mia.*

Schnell steige ich aus dem Bett, was definitiv keine gute Entscheidung war, denn plötzlich zieht ein stechender Schmerz durch das Bein, auf das ich bei meinem Sturz gefallen bin. Nur mit Mühe und Not kann ich mir die Hose überziehen, dann schnappe ich mir meinen Block und gehe langsam die Treppen nach unten.

Als ich die Küche betrete, kommt Laura schon auf mich zu und schaut mir prüfend ins Gesicht. *Mir geht es gut,* schreibe ich ihr, woraufhin sie kurz meine Hand drückt.

»Ich hoffe, du hast Hunger. Von mir bekommst du die besten Pancakes der Welt«, ruft Ian, der gerade dabei ist, einen lecker duftenden Pancake in der Luft zu wenden. Augenblicklich macht sich mein Magen mit einem lauten Knurren bemerkbar.

»Na, wenn das nicht Antwort genug ist«, ertönt Finns Stimme dicht hinter mir.

Lachend dreht Laura sich um und stellt sich neben Ian an den Herd, während ich mich an den Tisch setze und dabei meinen Block fest umklammert halte. Ich bin mir sicher, dass sie die Ereignisse von gestern gleich noch mal ansprechen werden, und hoffe nur, dass wir nicht allzu lange darüber diskutieren müssen. Das Wichtigste für mich ist, dass Laura sich keine Schuld mehr daran gibt, alles andere ist nicht der Rede wert. Mit Sicherheit war alles nur ein blödes Versehen.

»Ich habe gehört, du stehst auf Kaffee mit extra viel Milchschaum.« Mit diesen Worten werde ich aus meinen Gedanken gerissen. Finn hält mir einen großen Becher meines Lieblingsgetränks vors Gesicht, und als ich ihn entgegennehme, berühren sich für den Bruchteil einer Sekunde unsere Finger. Augenblicklich erwachen die Schmetterlinge in meinem Magen aufs Neue zum Leben.

Laura grinst. »Lieben ist die Untertreibung des Jahrhunderts. Für dieses Getränk lässt Mia alles stehen und liegen. Nicht mal ich bin so verrückt nach Kaffee wie sie, dabei liebe ich dieses Getränk auch.«

Schmunzelnd nehme ich einen großen Schluck und schließe dabei die Augen. Für mich gibt es nichts Besseres auf dieser Welt. Wobei ich gestehen muss, dass Finn dem Kaffee ganz schön Konkurrenz macht, doch das werde ich natürlich für mich behalten. Genüsslich nehme ich noch einen weiteren Schluck, bevor ich die Tasse auf dem Tisch abstelle.

Finn setzt sich mir gegenüber auf den freien Platz, was es mir nun schwerer macht, seinem Blick auszuweichen, da er in meinen Augen wie in einem offenen Buch lesen kann. Ich bin nicht wirklich bereit, das, was mir gestern durch den Kopf ging, mitzuteilen. Sie würden sich nur unnötig Gedanken machen, und das möchte ich um jeden Preis verhindern. Laura und Ian haben mit ihrer Hochzeit genug um die Ohren, da müssen sie sich nicht auch noch mit etwas beschäftigen, was es am Ende vielleicht gar nicht wert ist.

Dankbar nicke ich Ian zu, als er einen gut gefüllten Teller mit Pancakes vor mir abstellt – eindeutig viel zu viele. *Du bist verrückt, die werde ich niemals alle schaffen*, schreibe ich auf meinen Block.

»Glaub mir«, entgegnet Ian, »wenn du sie einmal probiert hast, kannst du gar nicht mehr aufhören. Und falls du sie doch nicht schaffst, ist Finn ja auch noch da. Du glaubst nicht, was er alles verdrücken kann.«

Lächelnd nehme ich den ersten Bissen in den Mund und kann nicht glauben, wie unfassbar lecker diese Dinger sind. Es ist ja nicht so, als hätte ich noch nie welche gegessen, aber diese übertreffen wirklich alles, sogar

– auch wenn ich es nur ungern zugebe – die Pancakes meines Vaters.

Vorsichtig gehe ich die Stufen nach unten. Ich möchte nicht verraten, dass ich auf dem Weg bin, was in diesem alten Haus und bei den knarrenden Holzbrettern fast unmöglich ist. Und doch schaffe ich es wie durch ein Wunder. Als ich mich auf Zehenspitzen der Küche nähere, höre ich schon die Musik, die auf dem Plattenspieler läuft: When a Man Loves a Woman *von Percy Sledge, der Lieblingssong meiner Eltern. Der Duft von frisch gebackenen Pancakes steigt mir in die Nase.*

Unter dem Türrahmen bleibe ich stehen, und nun verstehe ich auch, warum meine Eltern mich noch nicht zum Frühstück gerufen haben. Sie tanzen eng umschlungen und mit geschlossenen Augen, weshalb sie mich nicht bemerken. Entschlossen greife ich nach meiner Kamera, die ich fast immer bei mir habe. Ich möchte diesen Moment der Zweisamkeit, in dem sie alles um sich herum vergessen und nur aufeinander fokussiert sind, festhalten. Das Klicken der Kamera lässt sie aufschrecken. Als sie mich entdecken, breitet sich ein Lächeln auf ihren Gesichtern aus. Schon im nächsten Augenblick öffnen sie die Arme, und ich lasse mich glücklich hineinfallen.

Bis zum Tod meiner Eltern war das Fotografieren meine große Leidenschaft, doch seitdem habe ich die Lust daran verloren. Auch wenn ich es gar nicht möchte und die Fotos von den beiden meine liebste Erinnerung an sie sind, nehmen sie mir jedes Mal, wenn ich sie betrachte, die Luft zum Atmen. Ich will aber nicht immerzu den Boden unter den Füßen verlieren, wenn ich an meine Eltern denke. Und ich möchte mich an die schönen Augenblicke erinnern können, ohne gleich in Tränen ausbrechen zu müssen – so wie jetzt.

Plötzlich legt sich eine Hand auf meine. »Alles okay?« Es ist Finn, der mich besorgt mustert.

Schnell schreibe ich drei Worte auf meinen Block: *Nur eine Erinnerung*.

Er will noch etwas sagen, das sehe ich in seinen Augen. Doch dann setzen sich Laura und Ian zu uns, und er schließt seine Lippen wieder. Diese Lippen, von denen ich plötzlich meinen Blick nicht mehr abwenden kann. Ob sie wohl so schmecken, wie er duftet – nach Kiefern, Lederjacke und frischer Minze?

»Wo bist du denn wieder mit deinen Gedanken, Mia? Hast du mir überhaupt zugehört?« Bei Lauras Worten lasse ich meinen Blick von Finns Lippen nach oben wandern und schaue geradewegs in seine wunderschönen braunen Augen. Ihm muss aufgefallen sein, dass ich seine Lippen fixiert habe, denn ein leichtes Lächeln umspielt nun seinen Mund. Ertappt sehe ich weg und wende mich Laura zu, die mich schmunzelnd ansieht.

Während ich mit gesenktem Kopf meine Pancakes esse, lausche ich den Gesprächen am Tisch. Dabei spüre ich immer wieder die Blicke der anderen auf mir. Ich hoffe nur, dass sie mich nicht auf gestern ansprechen. Ich möchte an diesem Morgen einfach nicht mehr darüber reden. Und vor allem will ich nicht, dass sie sich weiter Gedanken darüber machen. Bald steht Lauras und Ians großer Tag vor der Tür, und da soll und muss sich alles um die beiden drehen. Was passiert ist, war einfach nur ein Missgeschick, anders kann ich es mir nicht erklären. Aus welchem Grund sollte mich jemand auf die Straße vor ein fahrendes Auto schubsen? Zumal mich hier ja überhaupt niemand kennt. Trotzdem hat sich irgendwas dabei falsch angefühlt. Ich habe deutlich gespürt, wie mir jemand einen Stoß verpasste, aber vielleicht war es auch nur ein Versehen. Es kann schnell mal passieren, dass man jemanden ungewollt anrempelt. Ich wäre dann allerdings stehen geblieben, um sicherzugehen, dass es dem Gestürzten gut geht und nichts Schlimmeres passiert ist. Vielleicht hatte derjenige auch einfach Angst, jedoch wüsste ich nicht, wovor. Es ist doch viel schlimmer, jemanden einfach zurückzulassen, als nachzusehen, ob er in Ordnung ist.

Um mich abzulenken, greife ich nach meinem Block und schreibe eine Nachricht für Laura. *Was hast du für heute geplant?*

Bei meiner Frage breitet sich ein dickes Lächeln auf ihrem Gesicht aus. »Ich würde dich gern zur letzten Kuchenprobe mitnehmen, bevor wir danach zur Kleideranprobe fahren. Natürlich nur, wenn du Lust hast und dich nach gestern schon wieder bereit fühlst?«

Ist das ihr Ernst? Eine Kuchenprobe? Ich glaube, das ist das Beste an einer Hochzeit. Wenn es meine Hochzeit wäre, würde ich mindestens zehn Kuchen zur Probe essen, selbst wenn ich nach dem zweiten schon wüsste, welchen ich haben will. Wer sagt bei kostenlosem Kuchen schon Nein? Ich mit Sicherheit nicht. Einige würden wahrscheinlich bis zur Hochzeit nur noch Salat essen, doch so etwas würde mir nie in den Sinn kommen. Nicht ich muss mich dem Kleid anpassen, sondern das Kleid mir. Aber ich denke, dass ich diesbezüglich eine Ausnahme bin.

Ich will den gestrigen Tag einfach nur vergessen und freue mich auf die Kuchenauswahl, schreibe ich also.

»Ich weiß, und das geht am besten mit Kuchen. Die letzte Probe habe ich extra für dich aufgehoben.«

»Du wirst die Kuchen, die in die engere Auswahl gekommen sind, lieben«, erklärt Ian. »Wenn es nach mir gegangen wäre, gäbe es mindestens sechs verschiedene Kuchen, da ich mich nicht entscheiden kann. Deshalb bin ich froh, dass Laura den letzten Durchgang mit dir macht.« Er hat mittlerweile mit dem Abwasch begonnen, und ich staune immer mehr, wie toll er ist - vor allem zu Laura.

Ich gebe ihr zu verstehen, dass ich mir noch schnell die Zähne putzen gehe und wir dann gern loskönnen. Während ich aufstehe, wage ich noch einen Blick zu Finn, der mich anschaut.

Direkt.

Tief.

Bis in meine Seele.

Für einen Moment halte ich die Luft an und rühre mich keinen Zentimeter vom Fleck. Sein Blick geht bis zum Grund, und ich habe nicht das Bedürfnis, ihn aufzuhalten. Er ist der erste Mann, der es schafft, die Wand, die ich mir aufgebaut habe, zum Einsturz zu bringen, und das macht mir überhaupt keine Angst. Aus dem Augenwinkel sehe ich, dass Laura in ihrer Bewegung innegehalten hat und uns beide beobachtet, unschlüssig, was sie nun sagen oder tun soll.

Doch ich nehme ihr die Entscheidung ab, indem ich mich von Finn abwende und langsam die Stufen nach oben gehe, dabei spüre ich wieder ein leichtes Ziehen in meinem Bein. Vor meinem Zimmer angekommen, will ich gerade die Klinke nach unten drücken, als sich eine warme Hand auf meine legt. Sie gehört Finn, der direkt hinter mir steht. So nah, dass ich seinen Atem in meinem Nacken spüren kann.

Ohne auch nur ein Wort zu sagen, schiebt er mich ins Zimmer, schließt mit dem Fuß die Tür und drückt mich sanft mit dem Rücken dagegen. Ganz dicht steht er nun vor mir. So wie in der Universität - nur mit dem Unterschied, dass wir in diesem Moment allein sind. Seine Augen sind auf meine geheftet. »Ich mag dich, Mia, sehr sogar, und das ist verrückt«, raunt er mir zu. »Aber warum sollte es eine Rolle spielen, wie lange man einen Menschen kennt, um so zu fühlen? Was zählt, ist der Augenblick, und ich habe es satt, gegen mein Herz anzukämpfen.«

Während er mit dem Daumen über meine Unterlippe streicht, breitet sich ein sanftes Kribbeln in meinem ganzen Körper aus. Seine Worte kitzeln an der Oberfläche meines Herzens und nehmen es dann mit voller Wucht ein. Zum ersten Mal seit dem Tod meiner Eltern fühle ich die Worte, die sich auf meine Zunge gelegt haben, und verspüre das unbedingte Bedürfnis, sie einfach nur freizulassen.

»Finn«, hauche ich so leise, dass ich erst denke, ich hätte seinen Namen nur in meinem Kopf gesagt. Doch in meinem Hals kratzt es leicht, und als ich dann auch noch in seine weit aufgerissenen Augen schaue, wird mir klar, dass ich es wirklich getan habe. Seinen Namen laut auszusprechen, ist mehr, als ich erwartet hatte. Mehr werde ich wohl in diesem Moment nicht über meine Lippen bringen.

Also tue ich das, was ich normalerweise bei keinem anderen Mann machen würde: Mutig streiche ich mit den Händen über seine Arme bis zu seinem Nacken, schaue ihm ein letztes Mal tief in die Augen, stelle mich dann auf die Zehenspitzen und ziehe ihn noch dichter an mich. Als ich meine Lippen zaghaft auf seine lege, schmecke ich auf ihnen noch die Süße der Pancakes. Es dauert nur den Bruchteil einer Sekunde, bis er aus seiner Starre erwacht und den Kuss mit solch einer Leidenschaft erwidert, dass die Schmetterlinge in meinem Bauch explodieren.

Finn

Ihr Blick bohrt sich ganz tief in meinen, bis zum Abgrund - zu einem Abgrund, den ich niemandem zeigen will. Bisher hat sich auch keiner die Mühe gemacht, bis dahin schauen zu wollen. Und ehrlich gesagt habe ich es auch nie zugelassen, dass jemand so tief in mich hineinsehen kann.

Doch bei Mia ist es anders. Ihr möchte ich alles zeigen, das Gute und das Schlechte. Und auch sie lässt mich bis in den Abgrund ihrer Seele blicken. Aber nun atmet sie tief ein, wendet sich ab und verlässt mit schnellen Schritten die Küche. Laura sieht mich fragend an, doch ich hebe nur die Schultern und gehe, ohne lange nachzudenken, Mia hinterher. Auch wenn es verrückt ist, ich brauche ihre Nähe. Unbedingt.

Mit schnellen Schritten bin ich bei ihr und greife nach ihrer Hand, als sie die Klinke ihrer Zimmertür hinunterdrücken will. Ich stehe so dicht hinter ihr, dass ich ihren süßen

Duft einatmen kann. Ihre Atmung geht schneller - sie scheint auf mich genauso zu reagieren wie ich auf sie. Ich presse sie an meine Brust, betrete mit ihr das Zimmer, und nachdem ich die Tür mit dem Fuß zugeschlagen habe, drehe ich Mia um und drücke sie mit meinem Gewicht gegen die Tür. Ich halte ihre Hand immer noch in meiner, und sie gibt mir nicht das Gefühl, dies ändern zu wollen.

»Ich mag dich, Mia, sehr sogar, und das ist verrückt«, flüstere ich, während ich mit dem Daumen über ihre bebende Unterlippe streiche. »Aber warum sollte es eine Rolle spielen, wie lange man einen Menschen kennt, um so zu fühlen? Was zählt, ist der Augenblick, und ich habe es satt, gegen mein Herz anzukämpfen.« Ihr so nah zu sein, lässt mich alles um mich herum vergessen.

»Finn«, kommt es auf einmal zaghaft über ihre Lippen, so leise, dass ich im ersten Moment wieder denke, es mir nur eingebildet zu haben. Doch ein Blick in ihre wunderschönen Augen, in denen gerade ein Tornado tobt, reicht mir als Bestätigung.

Meinen Namen aus ihrem Mund zu hören, bringt mein Herz für einen Moment zum Stillstand. Bevor ich auch nur ein Wort erwidern kann, spüre ich ihre weichen Hände durch mein Shirt. Zart fährt sie meine Arme nach oben, bis sie an meinem Nacken angelangt ist. Mein ganzer Körper steht unter Strom. Mein Herz rast.

Nun sieht sie mir tief in die Augen, legt die Hände an mein Gesicht und zieht mich sanft zu sich herunter. Unsere Lippen sind nur noch Millimeter voneinander entfernt, als sie noch einmal ganz kurz innehält. Ihr Blick brennt sich in meinen und zeigt mir alles, was sie in diesem Moment fühlt. Verlangen. Angst. Und etwas, das ich nicht richtig deuten kann. Doch dann drückt sie schon ihre weichen Lippen fest auf meine. Hitze strömt durch meinen Körper, und ich habe das Gefühl, von innen heraus zu verbrennen. Keine Frau hat mein Herz bisher auf diese Art berührt, wie Mia es tut, und das fühlt sich verdammt noch mal gut an. Ihre Lippen auf meinen zu spüren, ihre Süße in mich aufzunehmen, ist mehr, als ich mir je zu fühlen erhofft habe.

Und ab diesem Zeitpunkt weiß ich, dass an ein Umkehren nicht zu denken ist. Ich brauche Mia. Zum Atmen. Zum Leben. Sie ist die Strömung, die meine Mauern zum Einfall bringen, um sie dann Stück für Stück einzusammeln. Vorsichtig lecke ich über ihre Lippen, die noch leicht nach Kaffee schmecken. Nun öffnet sie sie ein wenig, und ich tauche mit meiner Zunge in sie hinein. Als unsere Zungenspitzen sich berühren, kann ich ein Stöhnen nicht unterdrücken.

Ich halte Mias Gesicht in meinen Händen und küsse sie, wie ich noch nie eine Frau vor ihr geküsst habe. Und ich will nicht, dass dieser Kuss jemals endet. Denn bei einem bin ich mir sicher:

Ich. Habe. Mich. Unwiderruflich. Verliebt.

Und das macht mir eine Scheißangst. Dennoch kann ich mich ihr nicht entziehen - das Verlangen, sie zu berühren, sie noch einen Moment länger in den Armen zu halten, ist einfach viel zu groß. Ihr Körper schmiegt sich perfekt an meinen, als wäre er für mich gemacht. Sie hat es in ganz kurzer Zeit geschafft, mein Herz einzunehmen, und das ganz ohne Worte. Nur mit ihrem zarten Wesen ist sie zum Mittelpunkt meines ganzen Denkens geworden.

»Mia, bist du fertig?«, ertönt Lauras Rufen von unten. Widerwillig löse ich meine Lippen von Mias, stattdessen lege ich sacht meine Stirn an ihre. Sie hat die Augen noch geschlossen, und obwohl Laura nach ihr gerufen hat, bemüht sie sich nicht, Abstand zwischen uns zu bringen.

Als sie dann endlich die Augen öffnet, bewegt sie die Lippen, und ich kann erkennen, wie schwer es ihr fällt, denn sie bringt kein einziges Wort zustande. Ich möchte nicht, dass sie sich unter Druck gesetzt fühlt, auch wenn mein Name aus ihrem Mund das Schönste ist, das ich je gehört habe. Sie soll sich nicht gezwungen fühlen, etwas zu sagen. Also tue ich das, was sich gerade richtig anfühlt, und lege meine Lippen zu einem letzten Kuss so sanft wie möglich auf ihre.

»Es ist okay, Mia. Ich warte so lange, wie es eben dauert«, sage ich leise, ehe ich mich von ihr löse und sie mir das schönste Lächeln der Welt schenkt.

Auch wenn ich weiß, dass ein Leben mit ihr nie genug sein wird, möchte ich keinen Tag mehr ohne sie sein. In mir ist es dunkel, doch ohne die Dunkelheit könnte ich nicht diesen einen unübersehbaren Stern erkennen. Mia. Mein Stern. Mein Licht in der Dunkelheit.

Mit diesem Gedanken schaue ich ihr noch einen Moment in die Augen, streiche mit dem Daumen ein letztes Mal über ihre Lippen, die sie dabei leicht öffnet, und verlasse dann schweren Herzens das Zimmer. Ich bin immer noch hin- und hergerissen und weiß nicht, was ich davon halten soll. Wieder und wieder fliegen meine Gedanken zu diesem Moment zurück, als sie meinen Namen ausgesprochen hat, einfach so, als wäre es das Leichteste auf der Welt. Und dabei weiß ich, dass es für sie seit langer Zeit das Schwerste war.

Ich habe meine Worte vorhin ernst gemeint, als ich ihr sagte, dass ich keine Lust mehr habe, gegen das, was mein Herz schon längst weiß, anzukämpfen. Mia ist jeden gottverdammten Kampf wert.

Mia

Nachdem Finn das Zimmer verlassen hat, bleibe ich noch eine kleine Weile mit klopfendem Herzen an die Tür gelehnt stehen. Seine Worte gehen mir einfach nicht mehr aus dem Kopf. *Ich warte so lange, wie es eben dauert.* Vorsichtig fahre ich mit dem Zeigefinger über meine Lippen, die von dem Kuss noch immer prickeln. Dieser Moment hat mich für kurze Zeit die Welt um mich herum vergessen lassen. All meine Gedanken waren wie weggeblasen, es gab nur noch ihn und mich.

Schließlich gehe ich hinüber ins Bad, wo ich in den Spiegel schaue. Meine Wangen sind gerötet, was bei meiner hellen Haut natürlich noch viel mehr auffällt. So kann ich auf gar keinen Fall nach unten gehen. Sobald Laura mich auch nur eine Sekunde ansieht, wird sie erkennen, was ich nicht vor ihr verbergen kann, und eigentlich will ich das auch gar nicht. Sie würde sich freuen, das weiß ich, und da liegt auch nicht das Problem. Es liegt ganz allein bei mir und meinen Gedanken. Ich will Finn so sehr, dass es mir eine Heidenangst macht. Er lässt mich das Schlechte vergessen und berührt mich tief im Inneren, wie es noch nie jemand vor ihm getan hat. Schnell spritze ich mir ein paarmal kaltes Wasser ins Gesicht, und bereits nach dem ersten Mal spüre ich, wie es meine Wangen beruhigt. Nun sehen sie schon besser aus, ein wenig rötlich zwar noch, aber das könnte genauso gut der Hitze draußen geschuldet sein, nicht unbedingt der Hitze, die in mir brodelt.

Bevor ich das Badezimmer verlasse, muss ich mich zwingen, noch einmal kurz durchzuatmen. Ich weiß nicht, was mich erwartet, wenn ich gleich nach unten komme, ob Finn noch da sein wird, ob er genauso aufgewühlt ist wie ich - im Inneren wie im Äußeren. Noch weniger weiß ich, was das zwischen uns ist und ob ich dafür - was es auch immer sein mag - bereit bin. Zudem bin ich nicht in der Lage zu beschreiben, was dieser Kuss in mir ausgelöst hat, selbst wenn ich die richtigen Worte dafür finden würde. Ich kann auch nicht erklären, wie es sein kann, dass ich mich zu einem Menschen, den ich nicht mal richtig kenne und über den ich noch kaum etwas weiß, so hingezogen fühle wie zu ihm. Es ist verrückt, ja, aber es fühlt sich nun mal gut an.

Kaum habe ich die Küche betreten, sieht Laura mir fragend und zugleich schmunzelnd entgegen. Während sie ihre Haare noch schnell zu einem Zopf bindet, versuche ich, ihrem Blick auszuweichen und mich unbemerkt umzuschauen, ob er noch da ist.

»Er ist gerade gegangen«, sagt sie prompt.

Ich runzele die Stirn, als müsste ich überlegen, wen sie meint. Sie redet von Finn, das ist mir schon klar, doch das muss sie ja nicht wissen.

»Schau mich nicht so an, Mia, du weißt genau, von wem ich spreche. Aber ich werde dich nicht ausquetschen, sondern hoffen, dass du zu mir kommst, wenn du bereit bist, darüber zu reden.«

Dankbar nicke ich ihr zu. Zu gern würde ich mit ihr reden. Nicht mit meinem Block, sondern mit meinen eigenen Worten. Den Worten, die mir auf der Zunge liegen, aber noch bringe ich sie einfach nicht über meine Lippen. Dabei ist es mir bei Finn für einen Augenblick so leicht gefallen. Seinen Namen auszusprechen, hat sich so unglaublich angefühlt. So als würde eine tausend Kilo schwere Last von meinen Schultern fallen.

»Komm, lass uns gehen.« Mit diesen Worten greift Laura nach meinem Arm und zieht mich Richtung Haustür. »Du weißt, dass du mit mir über alles reden kannst, dazu gehört auch Finn - vorausgesetzt, über ihn gibt es was zu reden. Aber ich denke schon, wenn ich die Blicke sehe, die ihr euch zuwerft.«

Und damit lässt sie es auf sich beruhen, weil das nun mal ihre Art ist. Dafür liebe ich sie noch mehr, als ich es ohnehin schon tue.

Während der Fahrt schweift mein Blick ununterbrochen nach draußen. Immer noch fasziniert von den Gebäuden und kleinen Gassen, an denen wir vorbeifahren, habe ich das Gefühl, ein Teil von J.K. Rowlings Welt zu sein. Alles hier erinnert mich an Hogwarts. Auch wenn es verrückt klingt, ich habe mich schon lange nicht mehr so zu Hause gefühlt wie in diesem Moment. Was nicht nur damit zu tun hat, dass ich ein Potter-Head bin, es liegt einfach an allem hier.

Es ist nicht nur der Ort, es sind auch die Leute. Sie sind anders, offen, herzlich, und vielleicht bilde ich es mir nur ein, aber sie strahlen irgendwie mehr Menschlichkeit aus. Sie schauen mich nicht an, als wäre ich ein Fehler in diesem Universum. Vielmehr sehen sie mich als den Menschen, der ich bin, nicht als das, was das Schicksal aus mir gemacht hat: eine junge Frau, die kein Wort mehr über ihre Lippen bringt, der an manchen Tagen die Luft zum Atmen fehlt und die ihre Eltern auf brutale Weise verloren hat. Mit ihnen scheine ich auch ein Stück von mir selbst verloren zu haben, und ich weiß nicht, ob ich dieses fehlende Stück jemals wiederfinden werde. Aber ich gebe die Hoffnung nicht auf, dass es noch irgendwo in mir schlummert und einfach nur darauf wartet, wieder zum Leben erweckt zu werden.

Kaum haben wir die kleine Konditorei betreten, bin ich vom Duft nach frisch gebackenem Kuchen umgeben. Wie ich diesen Geruch liebe. Er erinnert mich an meine Kindheit, denn egal, wann ich früher zu meiner Oma kam, es roch dort stets nach Kuchen. Mein Lieblingskuchen war immer der mit purer Schokolade und einer dicken Schokoglasur obendrauf. Meine Oma konnte mit dem Grundsatz »weniger ist mehr« nichts anfangen. Für sie musste Kuchen nach Kuchen schmecken, nicht mehr und nicht weniger.

Nachdem Laura ein paar Worte mit der Frau hinter der Theke gewechselt hat, führt diese uns in den hinteren Teil des Ladens, in dem drei Tische stehen. Einer davon ist bereits mit einem Mann und einer Frau besetzt. Mein Blick bleibt an den vielen Tellern auf diesem Tisch hängen, und ich hoffe, dass wir genauso viele bekommen. Bei Kuchen kann und werde ich niemals Nein sagen.

»Sie können dann hier Platz nehmen.« Die Verkäuferin deutet auf einen freien Tisch, auf dem eine Wasserflasche und zwei Gläser bereitstehen. »Sie dürfen sich gern schon von dem Wasser einschenken, solange ich die Kuchen hole.«

»Das ist der dritte und letzte Durchgang«, sagt Laura, nachdem wir beide uns hingesetzt haben. »Heute bekommen wir die Sorten, die wir beim letzten Mal in die engere Auswahl genommen haben. Und dann entscheiden wir beide, welcher Kuchen es am Ende wird. Ich glaube, ich weiß schon, für welchen du dich entscheiden wirst.«

Bevor ich etwas darauf erwidern kann, werden uns auch schon die ersten Kuchenstücke serviert. »Das ist eine leichte Vanillemousse auf Génoisebiskuit - typisch französisch«, erklärt die Verkäuferin. »Auf dem Zettel hier können Sie Noten von Eins bis Sechs vergeben, und wenn Sie fertig sind, trinken Sie am besten ein paar Schlucke Wasser, damit bei der nächsten Sorte der Geschmack nicht verfälscht wird.«

Nickend greift Laura nach der Gabel und steckt sich einen Bissen Kuchen in den Mund, wobei sie die Augen schließt. Ich tue es ihr gleich, damit ich mich voll und ganz auf den Geschmack einlassen kann. Doch ich frage mich allen Ernstes, wie dieser Kuchen in die engere Auswahl kommen konnte. Wie soll ich den Geschmack nur beschreiben? Wie ein nasser Schuh, in dem Käsefüße gesteckt haben. Ich denke, das trifft es ganz gut, und so schreibe ich Laura eine Nachricht: *Warum??*

Plötzlich fängt sie an zu lachen, sodass das Paar am anderen Tisch kurz zu uns herübersieht. »Ian meinte, wir sollten diesem Kuchen noch eine Chance geben. Er wollte gern wissen, wie du ihn findest.«

Im ersten Moment bin ich etwas perplex, denn ich habe nicht damit gerechnet, dass er Wert auf meine Meinung legt oder besser gesagt in solch einem Moment an mich denkt. Das ist echt nett von ihm. Doch der Geschmack ist und bleibt widerlich.

Noch immer lachend hebt Laura die Hand, woraufhin diesmal eine andere Verkäuferin mit der nächsten Sorte zu uns an den Tisch tritt. »Hallo, ich bin Agnes und bringe Ihnen den nächsten Kuchen. Hier haben wir eine Mango-Quark-Mousse auf Génoisebiskuit.« Mit diesen Worten lässt sie uns allein, und ich werfe Laura einen skeptischen Blick zu.

»Keine Sorge, den habe ich in die engere Auswahl genommen. Na los, probiere ihn.«

Na gut, schlimmer als der erste kann dieser Kuchen sicher nicht schmecken. Auch wenn ich anfangs skeptisch war, nun bin ich sprachlos. Irgendwo habe ich damit gerechnet, dass die Mousse zu künstlich schmecken könnte, einfach gezwungen nach Mango, aber dem ist nicht so. Dieser Kuchen erinnert mich an den frischen Duft von Frühling und an romantische Spaziergänge am Wasser, auch wenn ich Letztere noch nie selbst erlebt habe. Doch ich stelle sie mir genauso vor, wie dieses Stück Kuchen schmeckt. Also schreibe ich auf den Bewertungszettel eine dicke, fette Eins. Laura nickt zufrieden.

Schon kommt Agnes mit zwei neuen Tellern. »Das ist die letzte Sorte. Hier haben wir einen Schokoladenbiskuitboden mit einer Schokocremefüllung und einem Hauch zarter Erdbeerkonfitüre.«

Sofort wandert mein fragender Blick zu Laura, die lediglich mit den Schultern zuckt und einen ersten Bissen nimmt. Sicher hat sie diese Geschmacksrichtung nur für mich ausgesucht, weil sie weiß, wie abgöttisch ich Schokoladenkuchen liebe, sie jedoch nicht. Abgesehen von Kinderschokolade in jeder Form hasst sie Schokolade, was ich absolut nicht nachvollziehen kann. Ich meine, hallo, wie kann man Schokolade hassen? Wenn sie sich nicht so auf die Hüften legen würde, gäbe es sie bei mir zum Frühstück, Mittag- und Abendessen. Leider brauche ich sie nur anzuschauen, und schon fühle ich, wie das Fett auf meine Hüften wandert, so wie jetzt. Aber das ist mir in diesem Moment egal. Dieses Erlebnis hier mit Laura ist mir jedes Hüftgold wert.

Ich brauche nicht zu beschreiben, wie dieses Stück Kuchen schmeckt, für mich ist es der pure Himmel. Das Einzige, das ihm Konkurrenz macht, ist der Kuss von Finn. Seine weichen Lippen auf meinen zu spüren, hat sich angefühlt, als stünde ich auf Wolke sieben.

»Bist du mit deinen Gedanken bei diesem Kuchen oder bei jemand anderem, der sich nicht in diesem Raum aufhält?« Lauras Frage holt mich aus meinen Gedanken, und das Einzige, das ich gerade zustande bringe, ist ein schiefes Grinsen. Warum sollte ich ihr irgendwas vormachen? Sie kennt mich besser als ich mich manchmal selbst. »Ha, ich wusste es.«

Mit einem wissenden Lächeln nimmt sie einen Bissen in den Mund und notiert dabei ihre Note auf den Zettel. Ich weiß, dass dieser Kuchen nicht ihr Favorit ist. Sie würde ihn nur meinetwegen nehmen, aber an Lauras besonderem Tag geht es nicht um mich, sondern einzig und allein um sie und Ian. Also schreibe ich auf meinen Block: *Mein Favorit ist Nummer zwei, weil er perfekt zu dir passt.*

Agnes tritt zu uns. »Wie ich sehe, sind Sie fertig. Konnten Sie schon eine Entscheidung treffen, welcher Kuchen es am Ende wird?«

Laura sieht mich fragend an, und ich nicke ihr bestätigend zu. »Wir haben uns für die Variante zwei entschieden: Mango-Quark-Mousse auf Génoisebiskuit«, erklärt sie lächelnd.

Zufrieden greife ich nach ihrer Hand und gehe mit ihr zurück in den vorderen Teil des Ladens, wo sie noch kurz ein paar Details mit Agnes durchgeht.

Nachdem wir die Konditorei verlassen haben, wendet Laura sich mir zu. »Ich würde dir jetzt wahnsinnig gern mein Kleid zeigen. Und während ich es anziehe, kannst du ja schon mal das Kleid anprobieren, das ich für dich ausgesucht habe.«

Abwartend blickt sie mich an, und ich spüre, wie es eng um meine Brust wird. Doch es geht jetzt nicht um mich, sondern um meine beste Freundin. Es ist ihr Tag, er soll perfekt für sie sein, und wenn ich dafür ein Kleid tragen muss, dann mache ich das auch. Ich hake mich bei ihr unter, zum Zeichen, dass ich einverstanden bin, dann gehen wir los.

Für einen Moment fühlt es sich an wie damals, als alles noch normal war und wir in allem, was wir taten, unbeschwert waren. Zu gern würde ich die Zeit zurückdrehen und damit verhindern, dass das Geschehene mich so aus der Bahn wirft und mir die Lust raubt, am Leben teilzunehmen.

Wie konnte ich mich nur so sehr davon beeinflussen lassen? Ich habe nicht nur mir das Leben schwer gemacht, sondern auch Laura und ihren Eltern. Sie haben ihr Leben meinem angepasst. Einfach so. Als wäre es das Selbstverständlichste auf der Welt. Und dafür liebe ich sie.

Da der Brautmodenladen nicht weit entfernt ist, gehen wir das Stück zu Fuß, dabei kommen wir an ein paar Geschäften vorbei, die ich am liebsten alle betreten würde. Doch dafür haben wir später immer noch Zeit.

»Hier gibt es einen Laden, der von oben bis unten voll ist mit Duftkerzen«, erzählt Laura mir. »Ian findet es ganz schrecklich, sich dort länger als nötig aufzuhalten, doch ich könnte da Stunden verbringen.«

Das hört sich genau nach meinem Geschmack an, dort müssen wir auf jeden Fall hin, schreibe ich auf meinen Block und halte ihn ihr vor die Nase.

»Das habe ich mir gedacht, deshalb werden wir in den nächsten Tagen da auch noch vorbeigehen.«

Plötzlich bleibt sie stehen, und als ich ins Schaufenster sehe, erblicke ich ein tolles Kleid nach dem anderen. Nun weiß ich, dass wir unser Ziel erreicht haben.

Finn

Ich bin noch nicht lange aus dem Haus, doch die paar Minuten reichen aus, um mich jetzt schon nach Mia zu sehnen. Dass ich die Nacht bei ihr verbringe, war nicht geplant. Na ja, zumindest nicht, dass ich bei ihr im Bett liege. Aber als ich ihren Blick sah und wie sie mir neben sich Platz machte, konnte ich einfach nicht widerstehen. In dem Moment, als sie den Kopf auf meine Brust legte und ihre kleine Hand genau auf meinem Herzen ruhte, war ich restlos verloren. Sosehr ich auch versuche, es zu ignorieren, weil ich mir immer wieder einrede, dass ich nicht gut für sie bin, mein Herz weiß es besser, und vielleicht sollte ich endlich anfangen, darauf zu hören.

Als ich in die Straße, die zu meiner Wohnung führt, einbiege, bekomme ich einen Anruf von Ian.

»Was gibt's?«, frage ich, nachdem ich abgehoben habe. »Ich bin doch eben erst von dir weggefahren.«

»Als ob ich das nicht wüsste.« Er lacht kurz auf, aber dann wird seine Stimme sofort ernst. »Theo hat mich gerade angerufen, er hat uns gestern gesehen. Seine Kamera außen am Laden hat etwas aufgenommen, das mit dem Vorfall mit Mia zu tun hat. Er hat der Polizei bereits eine Kopie des Videos gegeben und meinte, wir sollten uns das auch mal anschauen. Kommst du mit?«

»Das fragst du noch? Soll ich dich abholen?«

»Nicht nötig, ich bin kurz nach dir aus dem Haus und eh auf dem Weg. Ich brauche nicht lange und warte vor dem Laden auf dich.«

»Alles klar, bis gleich.«

Ohne Ians Antwort abzuwarten, lege ich auf, schaue mich um und wende in einem Zug das Auto. Meine Finger halten krampfhaft das Lenkrad fest. Was wird es sein, das wir auf dem Video zu sehen bekommen? Ich habe ehrlich gesagt nicht damit gerechnet, dass es überhaupt irgendetwas zu ermitteln gibt, geschweige denn zu sehen. Es deutet ja alles auf einen Unfall hin. Eine Frau stürzt auf die Straße, so was ist doch nicht zum ersten Mal passiert.

Nachdem ich den Wagen geparkt habe, gehe ich mit schnellen Schritten auf den Laden zu, wo mein Bruder schon auf mich wartet. »Na, das ging ja flott«, empfängt er mich. »Bist du geflogen?« Er versucht, witzig zu sein, doch ich merke, dass er genauso angespannt ist wie ich.

»Komm, lass uns reingehen.« Ich ziehe Ian am Ärmel seines Jacketts. »Ich will wissen, was es da zu sehen gibt.«

Kaum haben wir den Laden betreten, kommt auch schon Theo auf uns zu. »Danke, dass ihr kurz Zeit habt, euch das Video anzuschauen. Die Polizei sagte zwar, dass ich es niemandem zeigen soll, aber da es anscheinend eure Freundin betrifft, denke ich, dass ihr es sehen solltet. Ich kannte euch ja schon, als ihr noch in Windeln herumgerannt seid.«

Das stimmt. Egal, zu welchem Zeitpunkt wir in den Laden kamen, Theo hat uns immer eine kleine Süßigkeit in die Hand gedrückt, und das macht er teilweise sogar heute noch.

Wir folgen ihm nach hinten und betreten auf der rechten Seite des Ganges einen kleinen Raum. Aufgrund der Unordnung, die hier herrscht, ist er erst auf den zweiten Blick als Büro zu erkennen.

»Hier, ich zeige es euch.« Theo schiebt zwei Stühle neben seinen Schreibtischsessel und deutet darauf. »Hätte meine Frau mir heute

Morgen nicht gesagt, dass ich mal nachschauen soll, ob unsere Kamera von dem Vorfall gestern was aufgenommen hat, würde es dieses Beweisstück nicht geben. Die Polizei war sehr dankbar dafür.«

Nachdem Ian und ich uns hingesetzt haben, startet Theo mit wenigen Klicks das Video. Es dauert nicht lange, bis Mia darauf zu erkennen ist. Sie geht erst ein paar Schritte hin und her, dann wirft sie einen Blick auf die Uhr, ehe sie sich mit gesenktem Kopf an den Rand des Bürgersteigs stellt. Es wirkt alles ganz normal. Doch plötzlich kommt eine Gestalt ins Bild - der Statur nach vermutlich ein Mann -, komplett in Schwarz gekleidet, mit einer tief ins Gesicht gezogenen Mütze. Schon in der nächsten Sekunde gibt er Mia einen kräftigen Schubs, wodurch sie auf die Fahrbahn stürzt, direkt vor Lauras Auto.

Ich starre Ian an, weil mir einfach die Worte fehlen. Er ist genauso sprachlos wie ich.

»Ist euch was aufgefallen?« Theo setzt den Wiedergabepunkt ein paar Sekunden zurück und zeigt dann in die Ecke des Bildschirms. »Hier, schaut mal. Er hat dort schon eine Weile gestanden und sie beobachtet. Und wenn ich es richtig sehe, hat er sie auch mit dem Handy fotografiert.«

Ich gehe mit dem Gesicht näher an den Monitor, um es besser erkennen zu können. Ja, Theo hat recht, der Mann hat Mia beobachtet und tatsächlich ein Foto von ihr gemacht.

»Theo, kannst du uns das auf einen USB-Stick kopieren?«, fragt Ian. »Ich würde es gern Laura zeigen, vielleicht fällt ihr ja irgendwas auf.«

»Klar, kein Problem, aber es muss unter uns bleiben.«

Ian sieht mich an, dann nickt er. »Natürlich, du kannst uns vertrauen. Ganz sicher.«

Nachdem wir den Laden verlassen haben, setzen wir uns in Ians Auto, und für einen kleinen Augenblick ist es still. Ich versuche noch immer zu verarbeiten, was ich da gerade gesehen habe. Dass da ein Mensch war, der Mia scheinbar absichtlich auf die Straße geschubst hat, ohne mit der Wimper zu zucken.

Ian ist es, der zuerst das Wort ergreift. »Ich bin dafür, dass wir erst mit Laura sprechen, bevor wir Mia damit konfrontieren, dass sie wohl mit Absicht auf die Fahrbahn gestoßen wurde.«

Ich mustere ihn mit zusammengekniffenen Augen, weil mir der Gedanke, Mia etwas zu verheimlichen, nicht fair erscheint.

»Glaub mir, ich würde ihr das Video auch lieber sofort zeigen«, sagt Ian, der meine Gedanken erraten haben muss. »Aber ich bin der festen Meinung, dass wir zuerst mit Laura reden sollten, und zwar noch heute. Sie ist heute Vormittag mit Mia unterwegs, ich glaube, jetzt sind sie gerade auf dem Weg zu Kleideranprobe.« Bevor er weiterspricht, atmet er tief ein. »Wer auch immer das auf dem Video ist, er scheint es mit voller Absicht getan zu haben. Die Frage ist nur, warum. Und die noch größere Frage ist: Wird er versuchen, es zu wiederholen? Mia ist ja nichts passiert, zumindest nicht das, was er sich vielleicht erhofft hatte.« Er überlegt kurz. »Oder war das wieder einer von den Typen, von denen man in den letzten Monaten öfter gehört hat? Du weißt schon, was immer mal wieder in den Nachrichten kommt. Schwarz gekleidete Männer, die einfach so Menschen vor einen anfahrenden Zug schubsen oder bei einer roten Ampel auf die Straße und sogar die Treppen in der U-Bahn hinunter.«

Entsetzt über diesen Gedanken greife ich nach meinem Handy, um Mia eine Nachricht zu schreiben, doch Ian hält mich zurück. »Was hast du vor?«

»Ich will sie fragen, ob alles okay ist. Keine Angst, ich werde ihr nichts verraten.«

Ich: *Hey, wie läuft die Anprobe? ;-)*

Ich muss nicht lange auf eine Antwort warten.

Mia: *Ich kann nicht aufhören zu heulen. Laura ist so wunderschön. Sie in ihrem Kleid zu sehen, hat mich total umgehauen.*

Ich: *Das glaube ich gern. Ich bin aber auch schon sehr auf dein Kleid gespannt. Wann seid ihr wieder zurück?*

Mia: *Wer sagt, dass ich ein Kleid tragen werde? ;-) Ich weiß es nicht genau, ich frage Laura, wenn ich hier in der Umkleide fertig bin.*

Allein der Gedanke, dass sie, während sie mit mir schreibt, in Unterwäsche in dieser Umkleide steht, regt meine Fantasie in diesem Augenblick mehr an, als er es sollte.

Ich: *Ich bin ein Mann, Mia. Du kannst mir doch nicht schreiben, dass du in Unterwäsche in einer Umkleide stehst, während du mit mir schreibst.*

Mia: *Ich habe doch gar nicht erwähnt, dass ich in Unterwäsche hier stehe. Da geht anscheinend deine Fantasie mit dir durch, mein lieber Herr Wood. ;) Ich habe nur geschrieben: Wer sagt, dass ich ein Kleid tragen werde? Damit meinte ich die Hochzeit. lol*

Ich: **hust* Mein Fehler. Aber wie gesagt, ich bin ein Mann. ;) Gib mir bitte Bescheid, wenn ihr auf dem Heimweg seid.*

Mia: *Das mache ich. :-**

Jetzt auch noch ein Kussmund. Diese Frau macht mich echt fertig, und ich weiß gerade nicht, wohin mit all meinen Gedanken und Gefühlen.

»Und, wann sind sie zurück?«, will Ian wissen. Ich war so sehr in die Unterhaltung mit Mia vertieft, dass ich ihn total vergessen habe.

»Sie meldet sich, sobald sie auf dem Rückweg sind. Jetzt sind sie noch bei der Anprobe.«

Er nickt. »Gut. Ich rufe schnell im Büro an und sage Bescheid, dass ich heute vorerst zu Hause erreichbar bin.«

Nachdem er sein Telefonat beendet hat, verabschieden wir uns voneinander, und ich gehe zu meinem Auto. Während der Fahrt lasse ich das Radio aus. Alles ist still, meine Gedanken kreisen nur um das, was geschehen ist.

Es ist erschreckend zu sehen, wie manche Menschen handeln. Ian könnte recht haben, in den Nachrichten habe ich schon öfter davon gehört, dass ein dunkel gekleideter Mann andere Menschen einfach so auf die Straße oder vor einen fahrenden Zug schubst. Zum Glück ist bei all diesen Vorfällen noch nie jemand ums Leben gekommen, was schon an ein Wunder grenzt.

Jetzt brauche ich doch Musik. Ich schalte das Radio ein, und ganz zufällig ertönt ein Song von Eminem. Augenblicklich muss ich an den Moment denken, als Mia mich davon abhalten wollte, einen anderen Sender einzuschalten, und dann kurz meine Hand berührte. Wie ein kleiner elektrischer Stoß ging es mir durch und durch.

Mit den Fingern trommle ich auf das Lenkrad und versuche, mich so für einen Moment von allen Gedanken abzulenken.

Mia

Als wir das Brautmodengeschäft betreten, kommt die Verkäuferin auf uns zu.

»Laura, schön, dass du da bist. Deine Änderungswünsche habe ich bereits angepasst und hoffe, dass jetzt alles zu deiner Zufriedenheit ist.«

Laura beginnt, übers ganze Gesicht zu strahlen. »Perfekt. Es wäre toll, wenn du das Brautjungfernkleid für Mia raussuchen könntest, während ich in meins hineinschlüpfe.«

Die Verkäuferin wendet sich nun mir zu. »Oh, tut mir leid, wie unhöflich. Ich bin Alina und betreue Laura, was die Kleider anbelangt.« Sie lächelt und hält mir ihre Hand hin. Als ich sie ergreife, ernte ich keinen fragenden oder abschätzigen Blick, wie ich es sonst gewohnt bin, wenn ich keinen Ton über die Lippen bringe. »Dein Kleid hängt in der Umkleide schon bereit«, erzählt sie Laura jetzt. »Ich hole noch schnell das Kleid für Mia und komme dir dann zu Hilfe.«

Schon sind beide verschwunden. Nun stehe ich hier, umgeben von den schönsten Kleidern, die ich je gesehen habe, und mir wird schwer ums Herz. Als Laura und ich noch jünger waren, hat jede von uns ein »Hochzeitsbuch« gebastelt. Darin hielten wir alles fest, was wir uns einmal für unsere Hochzeit wünschten. Wir gaben sogar unser gespartes Geld für Brautmagazine aus, nur um daraus Fotos herauszuschneiden und in unsere Bücher zu kleben. Als wir am Ende fertig waren, tauschten wir die Bücher aus, um zu sehen, was die jeweils andere sich wünscht. Laura fand damals, dass mein Buch ein echtes Kunstwerk geworden sei. Ich habe noch ihren ungläubigen Gesichtsausdruck vor Augen, als sie durch die Seiten blätterte und dabei mit dem Kopf wackelte.

»Oh Mia«, rief sie, »ich wusste zwar, dass du im Zeichnen echt gut bist, aber das hier … ich bin total baff. Das ist einfach nur wunderschön, vor allem die Zeichnung von der Hochzeit im Freien. Man sieht das Paar nur von hinten, und doch spürt man die vollkommene Liebe.« Nach diesen Worten hob sie den Kopf. »Da ist so viel Liebe und Leidenschaft in dir, und ich hoffe, du hörst niemals mit dem Zeichnen auf. Ich bin mir sicher, eines Tages wirst du den richtigen Jungen finden, der diese Liebe zu schätzen weiß und dir die schönste Hochzeit der Welt schenkt.«

Das hatte ich auch immer gehofft. Ich wollte eine solche Liebe wie die meiner Eltern, aber diese Hoffnung gab ich nach meiner ersten und einzigen Beziehung auf. Oft musste ich mir anhören, dass man sich mit dem, was man bekommt, zufriedengeben müsse. Doch das sehe ich anders. Natürlich muss man Kompromisse eingehen, aber man sollte seine Wünsche und vor allem seine Träume nicht hintanstellen, nur um in eine Beziehung und in das Bild, das die anderen von einem erwarten, zu passen.

»Ihr Kleid hängt für Sie bereit.« Die Stimme der Verkäuferin reißt mich aus meiner Erinnerung. Lächelnd hält sie mir den Garderobenvorhang auf, und ich schlüpfe schnell hinein.

Als mein Blick auf das Kleid fällt, kann ich es fast nicht glauben. Es ist bodenlang, dunkelgrün, mit Chiffonspitze und ähnelt bis auf die Farbe sehr stark dem Brautkleid, das ich damals in mein Buch gemalt habe. Es ist lediglich etwas schlichter, denn es ist ja »nur« das Kleid der Brautjungfer, nicht das der Braut.

Zaghaft lasse ich meine Finger über den zarten Stoff gleiten. Ohne noch lange Zeit zu verlieren, entledige ich mich meiner Sachen und gleite behutsam in das Kleid. Gebannt betrachte ich die Frau vor mir im Spiegel. Ich sehe mich - und doch auch wieder nicht, denn zum ersten Mal seit langer, langer Zeit erkenne ich so etwas wie Hoffnung in meinem Blick und die Frau, die ich sein könnte, wenn ich es nur zuließe.

»Hey, alles okay da drin? Soll ich vielleicht reinkommen?«, ruft Laura, die bereits draußen auf mich wartet.

Wie in Zeitlupe gehe ich auf den Vorhang zu, bleibe jedoch noch einen Moment stehen und atme ein letztes Mal tief ein. Als ich dann nach dem Vorhang greife, zittert meine Hand. Wieso bin ich nur so aufgeregt? Ich meine, ich werde gleich doch nur meiner besten Freundin gegenüberstehen.

»Mia, wenn du in fünf Sekunden nicht hier draußen bist, sehe ich mich gezwungen, zu dir reinzukommen. Und dann ist es mir egal, ob du was anhast oder nicht.« Auch wenn Laura versucht, ernst zu klingen, ist die Belustigung in ihrer Stimme nicht zu überhören.

Ich möchte sie nicht länger warten lassen, also ziehe ich den Vorhang Stück für Stück zur Seite, bis ich in meiner vollen Kleiderpracht vor Laura stehe.

»Oh mein Gott«, wispert sie, noch bevor ich meinen Blick auf sie richten kann.

Langsam hebe ich den Kopf, und auch mir bleibt für einen Moment der Mund offen stehen. Ihr selbst laufen schon die ersten Tränen die Wangen hinab. Schließlich fallen wir uns in die Arme.

Nachdem wir uns nach einer gefühlten Ewigkeit wieder gefangen haben, fragt sie mich mit belegter Stimme: »Was meinst du?«

Und dann passiert es einfach. »Du bist wunderschön.« Die Worte kommen nur ganz leise und etwas kratzig über meine Lippen, aber trotzdem mühelos und leicht. Es ist irgendwie komisch, nach so langer Zeit meine eigene Stimme wieder zu hören. Zwar habe ich schon Finns Namen gesagt, doch das war nur ein einziges Wort und dazu noch geflüstert. Eine tonnenschwere Last fällt nun von mir ab.

Laura scheint es für einen Moment die Sprache verschlagen zu haben, was ganz und gar untypisch für sie ist. Doch schon wenige Sekunden später fällt sie mir erneut um den Hals, und wir halten einander einfach nur fest. Je länger wir so dastehen, desto mehr wird mir bewusst, wie sehr mir dieser ein Meter dreiundsechzig kleine Mensch gefehlt hat. Als sie damals wegging, gestand ich mir das nicht ein, denn ich wollte ihr - und vor allem auch mir - beweisen, dass ich es auch ohne sie schaffe. Zwar gelang es mir schon, allein zurechtzukommen, dennoch war es eine ziemlich einsame Zeit. Ich vertraue keinem Menschen auf diesem Planeten mehr als Laura, und deshalb ist es für mich auch so schwer, zu anderen Vertrauen aufzubauen. Aber hier und besonders in Finns Nähe habe ich das Gefühl, dass es mir gelingen könnte.

»Ich kann noch immer nicht glauben, dass ich deine Stimme wieder gehört habe«, sagt Laura nun. »Und dann stehst du auch noch in diesem Kleid vor mir. Ich ahnte schon, dass es dir super stehen würde, Mia. Aber wow, jetzt bin ich echt sprachlos, du bist wunderschön. Und es passt einfach perfekt zu dir mit deinen roten Haaren, deiner blassen Haut und diesen tiefgrünen Augen.«

Eigentlich bin ich nicht der Kleidertyp, ich mag es leger und bequem, und das geht am besten in meiner Lieblingsjeans und einem einfachen Top, dazu noch ein paar Sneakers, und das Outfit ist perfekt für mich. Doch jetzt sehe ich mich zum ersten Mal in einem Kleid, das dazu noch ideal zu mir passt, was mit Sicherheit kein Zufall ist, so wie ich Laura kenne. Voller Glücksgefühle drehe ich mich wie von selbst vor dem Spiegel. Nun bin ich mir sicher, was ich möchte und was ich mir selbst für mich wünsche. Und das ist einfach nur, im Hier und Jetzt glücklich zu sein und das Leben zu genießen, solange es möglich ist. Ich kann nicht vorhersehen, was morgen oder übermorgen sein wird, aber das muss ich auch nicht, weil nur heute zählt. Und genau diese Zeit werde ich nutzen, um das zu tun, wonach mir eben in diesem Moment der Sinn steht: das Leben einzuatmen. Es wird nicht immer einfach sein, und es wird auch Tage geben, an denen ich nicht weiß, wie ich wieder ausatmen soll, doch ich werde mein Bestes versuchen.

Als wir etwas später wieder in Lauras Auto sitzen, beschließe ich, Finn eine Nachricht zu schreiben, dass wir jetzt nach Hause kommen. Er hat ja schon, als ich noch in der Umkleide war, gefragt, wann wir zurück sind.

Doch bevor Laura losfährt, lege ich schnell meine Hand auf ihre, woraufhin sie den Kopf zu mir dreht. »Dass ...«, beginne ich stockend. Oh Mann, es ist gar nicht so einfach, nach einer so langen Zeit die passenden Worte zu finden. Als Laura nun leicht meine Hand drückt, geht es besser. »Dass ich vorhin gesprochen habe, war nicht das erste Mal.« Ich halte kurz inne. »Das erste Wort, das mir über die Lippen kam, war … na ja, es war Finns Name.« Auch wenn es beim Sprechen in meinem Hals noch sehr kratzt, fühlt es sich einfach gut an, die Worte wieder freizulassen. Eine Stimme zu haben.

Ein breites Grinsen überzieht ihr Gesicht. »Ich habe ja schon gespürt, dass es zwischen euch ziemlich knistert. Aber dass er dich so sehr berührt, dass du sogar seinen Namen sagst, und das zum ersten Mal nach dieser langen Zeit, macht mich einfach nur glücklich, Mia.«

Kurz halte ich den Kopf gesenkt, bevor ich ihr wieder in die Augen blicke. »Ich habe seinen Namen gesagt, und dann habe ich ihn einfach geküsst.« Kaum habe ich die Worte ausgesprochen, werden meine Wangen leicht warm.

»Hey.« Zart nimmt sie mein Gesicht in ihre Hände. »Denk nicht so viel nach, sonst denkst du am Ende noch alles kaputt und verlierst das Glück, das für dich bestimmt ist. Ich weiß, dass das alles nicht leicht für dich ist und dass es auch in der Zukunft noch schwere Tage geben wird. Aber du musst dir endlich erlauben, wieder glücklich zu sein und dein Leben zu leben. Du weißt, dass deine Eltern niemals gewollt hätten, dass du aufhörst, zu leben und glücklich zu sein.«

Erneut suchen sich meine Tränen ihren Weg nach draußen. Lauras Anblick verschwimmt vor mir, und keine Sekunde später liege ich in ihren Armen und spüre, wie auch durch sie ein Beben geht. Ich habe schon lange nicht mehr so viele Tränen vergossen wie in den letzten Tagen.

»Danke«, hauche ich, woraufhin sie mich noch stärker an sich zieht.

»Ich wiederhole mich zwar, aber es ist wirklich unglaublich schön, wieder deine Stimme zu hören, Mia.«

Ich schiebe sie leicht von mir und lächle sie an. »Komm, lass uns losfahren.«

Finn

»Was denkst du, was das alles zu bedeuten hat?«, fragt Ian, während ich am Fenster stehe und wir darauf warten, dass Mia und Laura zurückkommen.

»Ich weiß es ehrlich gesagt nicht, aber ich hoffe, dass wir ein paar Antworten bekommen. Vor allem darauf, was mit Mias Eltern passiert ist. Oder weißt du da mehr als ich?«

Als ich mich zu ihm umdrehe, legt er seine Stirn in Falten. »Glaubst du, dass es einen Zusammenhang gibt zwischen dem Tod von Mias Eltern und dem, was Mia jetzt passiert ist?«

Ich zucke mit den Schultern. »Ich weiß es nicht, aber noch weniger weiß ich darüber, was damals wirklich geschehen ist. Sie sind gestorben. Hat Laura dir jemals erzählt, wie sie zu Tode gekommen sind?« Mein Blick ist nun wieder nach draußen gerichtet.

Ian kommt zu mir her und stellt sich neben mich ans Fenster. »Nein, sie sagte mir nur, dass Mia ihre Eltern auf grausame Weise verloren hat und dass es an Mia ist, ihre Geschichte zu erzählen, sobald sie dazu bereit ist. Vielleicht erfahren wir ja heute mehr.«

In Gedanken gehe ich immer wieder dieses Video durch und verstehe es einfach nicht. Alles deutet darauf hin, dass dieser Mann nur darauf gewartet hat, Mia zu schubsen. Denn wenn es nicht so wäre, hätte er doch helfen müssen. Vielmehr ist er geflüchtet und hat sich nicht mal mehr nach ihr umgesehen oder sich vergewissert, dass es ihr gut geht. So verhält sich doch niemand - es sei denn, er hat es mit Absicht getan. Doch dann stellt sich mir die Frage nach dem Warum. Kann es wirklich mit ihren Eltern zu tun haben? Ich kann es mir ehrlich gesagt nicht vorstellen, am logischsten scheint mir Ians Gedanke von vorhin. Dass es einfach nur ein Teil dessen ist, was hier in den letzten Monaten immer wieder passiert.

Als ich an der Unfallstelle eintraf und Mias Blick sah, hat es mir fast den Boden unter den Füßen weggezogen. Ich erkannte die Angst in ihren Augen. Zwar versuchte sie, diese zu verbergen, doch bei mir ist ihr das nicht gelungen. Mir kommt es vor, als hätte ich noch nie einen Menschen so gut gekannt wie sie, und ich kann mir beim besten Willen nicht erklären, woher das kommt.

Selbst bei Alisa habe ich mich niemals so gefühlt. Wir kannten uns zwar von klein auf, sie hing immer mit uns Brüdern ab, und wir ließen es zu. Na ja, weil sie eben Alisa war. Von Anfang an wurden sie und ich in diese Schublade gedrängt, dass zwischen uns mehr ist als nur Freundschaft. Ich kann nicht behaupten, dass es nicht so war, zwischen uns funkte es anfangs schon. Ihr Lächeln haute mich damals echt um, vor allem, weil es anders war als das, mit dem sie meine Brüder bedachte. Die beiden zogen mich immer wieder mit ihren dämlichen Jungs-Sprüchen auf, nur weil ich der Einzige von uns dreien war, der noch keine sexuelle Erfahrung aufweisen konnte. Ich hatte ja noch nie eine Freundin gehabt. Mein Gott, ich hatte mir nun mal darüber niemals wirklich Gedanken gemacht.

Tja, und wie hätte es anders sein sollen? Am Ende kamen wir zusammen. Anfangs war es schon Liebe, zumindest glaube ich das, wobei es mir schwerfiel, diese Worte über meine Lippen zu bringen. Aber dann sagte ich sie ihr doch, weil ich mich nicht wohl dabei fühlte, Alisas Liebe nicht zu erwidern. Wir verbrachten sehr viel Zeit miteinander, manchmal mehr, als mir lieb war, und in jedem Blick, den sie mir zuwarf, erkannte ich die Liebe, die sie für mich empfand. Und so brachte ich es einfach nicht übers Herz, das, was zwischen uns war, zu beenden.

Und wie das nun mal so ist, man wird älter, bekommt auf viele Dinge eine andere Sichtweise und beginnt, manches zu hinterfragen. So ging es mir mit unserer Beziehung. Am Ende stellte ich mir die Frage, ob ich denn selbst in diesem Moment glücklich war – und ich war es nicht. Also beschloss ich, bei einem Abendessen mit Alisa zu reden, um ihr meine Gefühlswelt zu beschreiben und herauszufinden, wie sie überhaupt inzwischen über unsere Beziehung dachte. Dabei wurde mir klar, dass wir über dieses Thema eigentlich noch nie gesprochen und auch niemals gemeinsame Zukunftspläne geschmiedet hatten. Wir waren einfach zusammen. Und warum? Weil es einfach war, bequem.

An diesem Abend passierte etwas, mit dem ich nie im Leben gerechnet hätte. Ich hatte für uns gekocht, Kerzen auf den Tisch gestellt und Alisas Lieblings-CD aufgelegt. Als sie die Wohnung betrat, blieb sie wie angewurzelt stehen, musterte mich prüfend, ließ ihre Tasche und die Schlüssel auf die Anrichte fallen und kam dann langsam auf mich zu, Schritt für Schritt. Ich sah ihr in die Augen und konnte nicht nachvollziehen, warum ich dort so viel Kälte vorfand. Es war, als würde sie direkt von etwas Schlimmem ausgehen. Erst befürchtete ich, sie könnte vielleicht beim Anblick des gedeckten Tisches davon ausgegangen sein, ich würde ihr einen Antrag machen. Aber dieser Blick sagte mir, dass sie mit diesem Gedanken nicht spielte.

»Was soll das hier werden?«, fragte sie mich mit Bitterkeit in der Stimme. »Ich habe gespürt, dass du dich in den letzten Wochen zurückgezogen hast, dass irgendwas nicht stimmt. Heute war ich bei meiner Mutter und habe mit ihr darüber gesprochen. Sie hat da einen Gedanken geäußert, der mich stutzig machte. Und deshalb stelle ich diese Frage nur einmal, Finn: Schläfst du mit einer anderen? Betrügst du mich und planst, dich heute von mir zu trennen?«

Ich war wirklich auf vieles vorbereitet gewesen, aber nicht darauf. Nicht auf diese absurde Anschuldigung und vor allem nicht auf diesen Hass in ihren Augen. Augen, die mich eigentlich immer sanft angeblickt hatten, doch jetzt voller Groll und Misstrauen waren. Allein, dass sie überhaupt dachte, ich würde sie betrügen, versetzte meinem Herzen einen Stich. Ich würde das mit einer Frau niemals machen, selbst wenn ich sie nicht mehr liebte. Meine erste Entscheidung wäre immer, mich zu trennen, denn ich würde nie etwas tun, das ich am eigenen Leib auch nicht erfahren möchte. Wer will schon betrogen werden?

»Ich finde, wir sollten uns erst mal setzen, um uns in Ruhe zu unterhalten«, entgegnete ich in dem Versuch, sie zu beruhigen.

Doch ihre Augen wurden nun noch größer. »Dann stimmt es also, du betrügst mich?«

»Was? Nein, das tue ich nicht, und es verletzt mich, dass du auch nur ansatzweise darüber nachdenkst. Typisch, dass deine Mutter dir einen solchen Floh ins Ohr setzt. Nachdem sie von deinem Vater mehrfach betrogen wurde, ist in ihren Augen natürlich jeder Mann ein Fremdgänger.« Die letzten Worte kamen lauter als beabsichtigt über meine Lippen.

»Meine Mutter hat damit nichts zu tun und auch nicht die Tatsache, dass sie betrogen wurde. Hier geht es einzig und allein um dich und mich. Ich will wissen, was das hier werden soll. Warum machst du das alles mit den Kerzen, der Musik und dem ganzen Drumherum?« Jetzt stellte sie sich ganz dicht vor mich und drückte mir ihren Zeigefinger in die Brust. Auch wenn es wehtat, wich ich nicht zurück. »Sag schon, hast du vor, dich von mir zu trennen?«

Plötzlich machten sich Bedenken in mir breit, ihr Verhalten brachte mich durcheinander, und ihr Blick wirkte sogar etwas verloren. Also fragte ich das Erste, was mir in den Sinn kam. »Nimmst du deine Tabletten noch?«

Sie presste die Lippen aufeinander und nahm den Finger von meiner Brust. Ihre Augen wurden zu Schlitzen. »Wieso stellst du mir ausgerechnet jetzt diese Frage? Was hat das mit uns zu tun?«

Ihre Reaktion sagte mir, dass sie ihre Medikamente nicht mehr nahm, und ich schaute ihr prüfend ins Gesicht. »Du weißt, dass du sie ohne die Zustimmung deines Arztes nicht absetzen darfst. Und du weißt auch, warum du sie nehmen musst«, antwortete ich so sanft wie möglich. Wenn ich eines in diesem Augenblick nicht sein durfte, dann laut.

Es hatte sechs Monate zuvor angefangen, als sie mit ihren Gedanken in ein tiefes Loch gefallen war, aus dem sie nicht mehr herausgefunden hatte. Wir waren alle der Meinung gewesen, dass sie Hilfe brauchte und mit jemandem reden musste. Mit uns wollte sie ja nicht reden. Sie ließ sich darauf ein, nach ein paar Sitzungen verschrieb der Arzt ihr Tabletten, und damit ging es ihr Woche um Woche immer besser. Irgendwann hat sie sich dann doch mir anvertraut. Sie sagte, dass sie einfach so eine Leere in sich spüre, aber nicht wisse, warum. Es fühle sich an, als würde sie in ein tiefes Loch fallen, aus dem sie es nie wieder herausschafft. Aber die Tabletten würden ihr jetzt dabei helfen, nicht mehr zu fallen.

Und nun stand sie mit diesem Blick vor mir, in dem ich die gleiche Leere sah wie damals. Das Letzte, was ich jetzt tun durfte, war, mit ihr darüber zu reden, wie es in mir aussah und dass ich glaubte, sie nie wirklich geliebt zu haben.

»Ich wollte uns einfach nur einen schönen Abend machen, weil wir den schon lange nicht mehr hatten«, versuchte ich, sie zu besänftigen.

»Also liebst du mich noch immer?«

Unfähig, etwas zu entgegnen, stand ich einfach nur da. In ihren Augen sah ich nichts als eine tiefe Leere. Dann blinzelte sie ein paarmal. »Ich … ich muss mich erst mal frisch machen, es war ein langer Tag. Gib mir dreißig Minuten, dann können wir gern zusammen essen, das klingt wirklich toll.«

Ohne meine Antwort auf ihre Frage, ob ich sie noch liebe, abzuwarten, ging sie ins Schlafzimmer, und ich folgte ihr. »Ist wirklich alles gut?«, hakte ich nach.

Sie drehte ihr Gesicht zu mir. »Ja. Es tut mir leid, vielleicht hast du recht, und meine Mutter hat mich da ein bisschen verrückt gemacht.« Ein zaghaftes Lächeln legte sich auf ihre Lippen. »Ich brauche dringend ein Bad. Kann das Essen denn noch so lange warten?«

Ich nickte nur, schenkte ihr ebenfalls ein Lächeln, woraufhin sie im Bad verschwand. Zurück in der Küche setzte ich mich an den gedeckten Tisch und schrieb Ian eine Nachricht, wie das Gespräch mit Alisa bis dahin verlaufen war. Er versteht bis heute nicht, warum ich mich nicht schon früher von ihr getrennt habe, doch als Außenstehender kann man leicht reden, da sieht immer alles anders aus. Ehrlich gesagt kann ich gar nicht genau sagen, warum ich es nicht getan habe. Wahrscheinlich, weil mein schlechtes Gewissen mich davon abhielt, vor allem, als es Alisa dann nicht so gut ging. Aber was konnte ich schon großartig tun? Wie sollte ich auf das alles reagieren, ohne dass es falsch verstanden wurde?

Nachdem ich die Nachricht abgeschickt hatte, blieb ich unschlüssig weiter am Tisch sitzen. Irgendwann warf ich einen Blick auf die Uhr, und mir wurde bewusst, dass schon mehr als dreißig Minuten vergangen waren. Also machte ich mich auf den Weg zum Bad und klopfte zaghaft an die Tür. »Alisa, das Essen steht jetzt auf dem Tisch.« Kurz wartete ich, doch es kam keine Antwort, und so versuchte ich es mit einem lauteren Klopfen. »Alisa!«

Immer noch keine Antwort. Ich drückte die Klinke hinunter, aber die Tür war abgeschlossen. Mit einem Mal breitete sich ein merkwürdiges Gefühl in mir aus. »Hey Alisa, kannst du mich hören?«, schrie ich und hämmerte noch fester gegen die Tür, doch es kam immer noch kein Wort von ihr. Ich legte mein Ohr an die Tür - nichts. Mit Wucht warf ich mich gegen das Türblatt, einmal, zweimal. Erst beim dritten Mal brach die Tür aus den Angeln, und der Anblick, der sich mir nun bot und sich für immer in meinen Kopf eingebrannt hat, verschlug mir die Sprache. Alisa lag leblos in der Wanne, umgeben von einer Unmenge Blut. Sie hatte sich die Pulsadern aufgeschnitten - mit der Klinge aus meinem Rasierer. Als der Krankenwagen eintraf, konnten sie nichts mehr für sie tun. Es war zu spät.

Bis heute stelle ich mir die Frage, ob ich es hätte verhindern können. Hätte ich erkennen müssen, wie es wirklich in ihr aussah? Jeder sagt, dass mich keine Schuld trifft - bis auf Alisas Mutter. Und ich stehe manchmal kurz davor, mich ihrer Meinung anzuschließen.

»Sie sind da!« Ians Worte holen mich zurück ins Hier und Jetzt.

Mia

Kaum haben wir die Wohnung betreten, fällt mein Blick auf Finn, der am Fenster steht. Ich schlüpfe aus meinen Schuhen, gehe mit nackten Füßen auf ihn zu und lege die Hand auf seine Schulter.

»Finn«, flüstere ich nur, da es immer noch so ungewohnt für mich ist, dass überhaupt eine einzige Silbe über meine Lippen kommt.

Langsam dreht er den Kopf in meine Richtung. Was ich dann in seinen Augen erkenne, ist purer Schmerz. Er blinzelt ein paarmal, und ich kann buchstäblich zusehen, wie er seine unsichtbare Mauer nach oben zieht, bis all der Schmerz wie weggeblasen scheint. Stattdessen spiegelt sich jetzt Verwunderung in seinem Blick. »Träume ich, oder habe ich gerade noch mal meinen Namen aus deinem Mund gehört?«

Ich muss lächeln. »Du träumst nicht.« Auch diesmal sind meine Worte nur leise, dennoch bin ich stolz auf mich, dass ich es überhaupt schaffe zu sprechen.

Nun dreht er sich mit seinem ganzen Körper zu mir um, hebt die linke Hand und streicht mir mit dem Daumen sanft über die Wange, während er die andere Hand um meine Taille legt, um mich an sich zu drücken. Er will gerade etwas sagen, doch dann kommt Laura ins Wohnzimmer, gefolgt von Ian. Sie sieht mich an, ihr Blick geht mir durch und durch – und das nicht auf positive Weise, denn er versetzt mich in eine Zeit zurück, an die ich möglichst nicht mehr denken will. Eine Zeit, in der ich Nacht für Nacht von meinen eigenen Schreien geweckt wurde.

Finn hat sich mittlerweile von mir abgewandt und etwas Abstand zwischen uns gebracht.

»Mia, wir müssen reden«, sagt Laura.

Plötzlich wird mir ganz flau im Magen. Immer noch unfähig, etwas zu sagen, lasse ich mich von Finn zur Couch ziehen, wo ich mich neben ihn setze.

»Ian und Finn waren heute in dem kleinen Laden genau gegenüber der Stelle, an der du gestürzt bist«, erklärt mir Laura.

Was soll das bedeuten? Was hat denn ein Laden mit diesem Vorfall zu tun?

Doch ich komme nicht dazu, länger darüber nachzudenken, denn schon im nächsten Moment ergreift Ian das Wort und sieht mir dabei forschend ins Gesicht. »Theo, der Besitzer des Ladens, hat mich angerufen und mir gesagt, dass er der Polizei Videoaufnahmen übergeben hat. Darauf ist etwas, das wir uns anschauen sollten. Die Polizei darf aber nichts davon erfahren, weil wir dieses Beweismaterial eigentlich gar nicht sehen dürften.«

Beweismaterial? Jetzt bin ich total verwirrt. Was hat das denn mit mir zu tun?

»Ich verstehe nicht«, presse ich hervor.

Ungläubig sieht Ian zwischen uns dreien hin und her. »Du ... habe ich irgendwas verpasst?«

»Das haben wir Finn zu verdanken«, antwortet Laura lächelnd.

Kurz spüre ich, wie Finn sich neben mir anspannt, denn Ian deutet jetzt abwechselnd auf ihn und mich, und spontan lachen wir alle los, auch wenn es überhaupt nicht zu dem Anlass passt, weshalb wir uns hier getroffen haben.

Finn rückt noch etwas näher zu mir, sodass ich seinen Atem an meinem Ohr spüren kann, als er mir zuflüstert: »Dein Lachen haut mich um, Mia.« Ich lehne mich an ihn, um ihm zu zeigen, wie viel mir das bedeutet, weil ich in diesem Augenblick unfähig bin, mit Worten auf seine zu reagieren.

Ian wird nun schon wieder ernst und klappt den Laptop auf, der auf dem Tisch liegt. »Am besten zeige ich dir, wovon wir reden.« Er stöpselt einen USB-Stick ein, klickt ein paarmal mit der Maus, dann startet ein Video. Darauf sehe ich plötzlich mich, wie ich hin und her gehe und schließlich an der Stelle stehen bleibe, an der ich gestürzt bin.

Ian drückt die *Pause*-Taste und zeigt mit dem Finger auf eine Gestalt nicht weit von mir entfernt. »Achte bitte genau auf diese Person.« Er lässt das Video weiterlaufen, und keinen Augenblick später steht die Person hinter mir, schaut kurz nach links, ehe sie mir einen kräftigen Stoß verpasst, durch den ich auf der Straße lande. Erst jetzt realisiere ich, wie knapp Lauras Auto vor mir zum Stehen kam.

Nun bin ich diejenige, die die *Pause*-Taste drückt, und als ich die Gestalt genauer betrachte, ist mir, als würde ich um zwei Jahre zurückgeworfen. Mir ist klar, dass die Lichtverhältnisse in dem Video nicht die besten sind und man nichts mit Sicherheit sagen kann. Doch irgendwas hat sich ja schon unmittelbar nach meinem Sturz falsch angefühlt, und diese Aufnahme bestätigt meinen Verdacht. Aber kann das wirklich sein?

Erst als Finn seine Hand auf meine legt, wird mir bewusst, dass ich die Luft angehalten habe. Ich springe von der Couch auf, tigere nervös auf und ab, ohne die anderen anzusehen. Zu viele Gedanken prasseln auf mich ein, zu viele Empfindungen drohen, mich zu überschwemmen.

Plötzlich spüre ich eine Hand auf meiner Schulter, allerdings kann ich durch den Schleier aus Tränen nicht sehen, wer da vor mir steht. Aber das brauche ich auch nicht, ich erkenne es an seinem Geruch. Nun drückt er mich an seine Brust, und das Schluchzen, das über meine Lippen kommt, kann ich nicht verhindern. Ich habe keine Kraft mehr, es aufzuhalten. Würde Finn mich nicht mit seinen starken Armen halten, würde ich auf die Knie sinken, da ich unmöglich auch nur einen einzigen Moment noch aufrecht stehen könnte. Es ist total unlogisch, in dieser Situation in Tränen auszubrechen, aber ich kann sie einfach nicht zurückhalten. Und so erlaube ich mir, meinen Gefühlen freien Lauf zu lassen.

Ich kann nicht sagen, wie viel Zeit vergangen ist, aber es fühlt sich an wie eine Ewigkeit. »Geht es wieder?«, fragt Laura leise, während ich mich langsam aus Finns Armen löse. Ich habe sein T-Shirt mit meinen Tränen durchnässt und schaue ihn entschuldigend an, doch er lächelt nur.

»Hätte ich gewusst, dass es dich so aufwühlt, hätte ich dir das Video nicht gezeigt«, gesteht Ian, der gerade beinahe ein Loch in den Boden läuft. »Ich hätte es besser angehen müssen. Bitte verzeih mir.«

Ich drehe mich zu ihm um und schüttele den Kopf. »Du hast nichts falsch gemacht, ihr drei habt alle nichts falsch gemacht.« Meine Stimme ist ganz rau vom vielen Weinen.

»Warte, ich hole dir eine Flasche Wasser.« Laura verschwindet in die Küche, und Ian setzt sich auf seinen Platz. Auch ich lasse mich wieder auf die Couch sinken, gefolgt von Finn, der sofort nach meiner Hand greift.

»Es muss nichts mir dir persönlich zu tun haben«, erklärt Ian, während er den Laptop erneut in meine Richtung dreht. Er zeigt mir zwei Videos und verschiedene Zeitungsartikel darüber, dass seit ein paar Monaten Menschen einfach geschubst werden und dadurch in brenzlige Situationen geraten. »Finn und ich gehen davon aus, dass es auch bei dir einer von denen war, die ohne Gewissen handeln und Menschen einfach in Gefahr bringen.«

»Auch wenn es mit großer Wahrscheinlichkeit keine Rolle spielt«, ergänzt Finn und sieht mich mitfühlend an. »Meinst du, du kannst uns mehr über das, was damals passiert ist, erzählen? Es ist aber auch okay, wenn du jetzt nicht reden willst oder diese Geschichte für dich behalten möchtest. Laura hat nur gesagt, dass du deine Eltern auf grausame Weise verloren hast. Es liegt wirklich nur an dir, ob und wann du darüber reden willst.«

Abwartend sehen er und Ian mich an. Und ja, auch wenn dieser Vorfall vielleicht nichts damit zu tun hat, möchte ich ihnen doch meine Geschichte erzählen. Es wird nicht einfach werden, das ist mir bewusst, nicht zuletzt deshalb, weil all die Gefühle von damals erneut in mir hochkommen werden.

Als Laura nun mit der Flasche Wasser zurückkommt und mir ein Glas eingießt, nehme ich erst mal einen großen Schluck, bevor ich anfange. »Ich werde versuchen, mich kurz zu fassen und euch das Wesentliche mitzuteilen.«

Alle nicken zustimmend, auch Laura, obwohl sie die Geschichte ja kennt.

Ein Kloß bildet sich in meinem Hals, und mein Atem geht nur stoßweise. Auf einmal legen sich Finns Hände sanft um mein Gesicht.

Finn

Zärtlich halte ich Mias Gesicht in meinen Händen. Noch immer zittert sie, während sie unregelmäßig ein- und ausatmet. »Mia, mir ist klar, dass du am liebsten deine Siebensachen packen und dich auf und davon machen würdest. Das kann ich sehr gut verstehen, mir würde es nicht anders gehen. Aber du kannst uns vertrauen, wir sind an deiner Seite. Jetzt und immer, wenn du uns brauchst. Verstehst du?«

Als sie langsam den Kopf hebt und ich den Sturm aus Angst und Verzweiflung in ihren Augen sehe, halte ich für einen Moment den Atem an und lege meine Hände auf ihre. »Ich …« Sie holt noch einmal tief Luft und schließt die Augen. Mit dem Daumen zeichne ich kleine Kreise auf ihren Handrücken und merke, wie sie sich dabei immer mehr entspannt. Als sie die Augen wieder öffnet, spiegeln sich darin zwar immer noch Angst und Verzweiflung, doch jetzt hat sich auch Entschlossenheit daruntergemischt. Sie sieht mich so intensiv an, als wäre ich in diesem Moment ihr Fixpunkt.

Dann beginnt sie zu erzählen. »Mit meinem Papa bin ich wie jedes Jahr zum Weihnachtsbaumverkauf gefahren. Das war unser Ding, nur er und ich. Es war schon dunkel, als wir von zu Hause aufbrachen – nicht nur, weil um diese Zeit weniger los war. Wir haben es einfach geliebt, auf dem Markt herumzustöbern, wenn die ganzen Lichter brannten.« Ihre Stimme bricht, und ich will mir gar nicht vorstellen, wie sehr sie diese Erinnerung schmerzt. »Meine Mama hat sich in der Zwischenzeit immer um die Beleuchtung gekümmert. Wenn wir dann wieder zurückkamen, brannten überall in den Fenstern schon die Lichter, genauso ums Haus herum. Doch nicht an diesem Abend. Nicht nur die Lichter waren aus, das ganze Haus war dunkel, so als wäre kein Mensch zu Hause.« Sie greift sich an den Hals und räuspert sich kurz. »Das war ganz und gar untypisch für sie. Als wir angehalten hatten, sagte Papa, ich solle im Auto warten. Irgendwas in seiner Stimme und seinen Augen hielt mich davon ab, das Auto zu verlassen. Mein Körper war so angespannt, dass ich anfing zu zittern. Mein Gesicht klebte praktisch an der Fensterscheibe. Plötzlich war da rechts vom Haus eine schwarze Gestalt, die durch den Garten rannte und gleich darauf verschwunden war.«

Sie trinkt noch einen Schluck Wasser, bevor sie weiterspricht. »Ich schaute dann wieder zur Haustür, die noch immer offen stand. Von meinen Eltern war weit und breit nichts zu sehen, also stieg ich doch aus und ging ins Haus. Es ... es war so still, dass ich nur meinen hektischen Atem hörte. Ich rief mehrmals nach ihnen, bekam aber keine Antwort. Und als ich dann um die Ecke zur Küche bog, sah ich zuerst meine Mutter, die dort lag. Alles war voller Blut. Der Boden, ihre Kleidung, einfach alles. Ich blieb wie angewurzelt stehen, jeder Zentimeter meines Körpers bebte. Sie schaute mich aus leeren Augen an, und da wurde mir klar, dass sie tot ist.« Ein leises Schluchzen kommt über ihre Lippen. »Auf einmal hörte ich ein Wimmern und lief weiter in die Richtung, aus der das Geräusch gekommen war. Und dann entdeckte ich meinen Papa in der Ecke, auch bei ihm war alles voller Blut. Ich kniete mich zu ihm und versuchte, mit meinen Händen die Blutungen zu stillen, aber es hörte einfach nicht auf. Kurze Zeit später legte er seine linke Hand auf meine, und ich sah, dass er weinte. ›Mia‹, hauchte er ganz leise.«

Ihr ganzer Körper fängt jetzt noch mehr an zu beben, und die Tränen rinnen wie ein Wasserfall ihre Wangen hinab. Ich will sie in den Arm nehmen, doch sie entzieht sich mir. »Nein, wenn du mich jetzt tröstest, werde ich nicht mehr in der Lage sein, weiterzureden.« Ich antworte nichts, sondern nehme einfach nur wieder ihre Hand.

Schließlich fährt sie leise fort: »Mit seiner letzten Kraft hob er die rechte Hand, streifte kurz meine Wange, doch gleich darauf fiel sie runter. Seine Augen waren nun geschlossen, und er würde sie nie wieder öffnen. Als das in meinem Kopf angekommen war, habe ich geschrien, bis ich keinen Atem mehr hatte. Ich habe so viel Schmerz aus mir rausgebrüllt, und doch ist es bis heute nicht genug. Keine Ahnung, wie viel Zeit vergangen war, als mich plötzlich zwei Arme hochhoben. Es war Lauras Papa, aber ich verstand nicht, was er zu mir sagte. Ich hörte nur das Rauschen meines Blutes in den Ohren. Und dann wurde mir schwarz vor Augen. Als ich wieder zu mir kam, lag ich in einem Krankenwagen.«

Sie blickt zu Laura, die ebenfalls tränenüberströmt dasitzt und sich dicht an Ian schmiegt. »Lauras Papa war noch immer bei mir und hielt meine Hand. Auf einmal kam Laura schreiend angerannt, gleich hinter ihr ihre Mutter. Laura fiel mir um den Hals, und wir hielten uns lange Zeit fest. In ihren Armen konnte ich mich wieder beruhigen. Später kamen noch zwei Polizisten, ihnen musste ich alles erzählen, was ich wusste. Kaum war ich fertig, sah ich, wie zwei Bahren aus dem Haus getragen wurden, und ich wusste, dass in diesen schwarzen Säcken meine Eltern lagen. Da wurde mir endgültig bewusst, dass ich sie nie wiedersehen, sie niemals mehr berühren, nie wieder ihr Lachen hören würde. Von diesem Augenblick an konnte ich einfach kein Wort mehr über meine Lippen bringen. Es war nicht so, dass ich es nicht wollte, aber es ging einfach nicht. Es fühlte sich an, als hätten mich die Worte genauso verlassen, wie meine Eltern es getan hatten. Aus Sicherheitsgründen wollte die Polizei mich weiter weg bei einer fremden Familie unterbringen, bis sie den Täter geschnappt haben. Der Gedanke daran, nicht nur meine Eltern verloren zu haben, sondern auch noch Laura und ihre Familie verlassen zu müssen, hat mich richtig in Panik versetzt. Doch dann schlug Lauras Papa vor, dass ich doch bei ihnen wohnen könnte, und das, solange ich möchte. Die Polizei war zuerst alles andere als begeistert, da es ja das Haus gleich nebenan war. Die Gefahr war viel zu groß, dass der Täter wiederkommen und an mir sein Werk vollenden würde. Allerdings war das nur eine Vermutung, sie wussten ja nicht, was seine Absichten waren und ob er überhaupt wiederkommen würde. Am Ende haben sie sich dazu entschlossen, das Haus rund um die Uhr von Polizisten bewachen zu lassen, und jeder von uns bekam einen Notfallknopf, den wir immer bei uns tragen mussten. Das ging etwa ein halbes Jahr so. Die Ermittlungen verliefen im Sand, sie hatten keine einzige Spur zum Täter. Parallel dazu hat Lauras Papa das ganze Haus gesichert, es gab am Ende unzählige Sicherheitsvorkehrungen, die es selbst einer Fliege fast unmöglich machten, unbemerkt ins Haus zu kommen.«

Jetzt legt sich ein zaghaftes Lächeln auf ihre Lippen. »Lauras Familie hat mich gerettet und ist bis heute bedingungslos für mich da. Ohne sie würde ich mit Sicherheit nicht hier sitzen. Es gab viele Tage, an denen ich nicht mal mehr die Kraft zum Atmen hatte. Lauras Tante Mara hat mir irgendwann angeboten, in ihrem kleinen Buchladen zu arbeiten, dort brauchte ich keinen Kontakt mit Kunden zu haben und war trotzdem beschäftigt. Das hat mir sehr geholfen, die Tage zu überstehen, doch in den Nächten war ich nach wie vor meinen Albträumen ausgeliefert. Ich kann gar nicht sagen, wie oft Laura mich aus ihnen gerettet hat. Nacht für Nacht.«

Mit diesen Worten steht Mia auf, geht vor Laura in die Hocke und greift nach ihren Händen. »Ich … ich weiß, dass du keinen Dank erwartest, und ich habe dir deswegen ja schon unzählige Briefe geschrieben. Doch jetzt, wo ich meine Worte wiedergefunden habe, möchte ich dir … oh Gott, Laura, ich danke dir und deiner Familie so sehr. Für alles. Du warst Tag und Nacht für mich da, immer und immer wieder. Egal, wie viel Stress du hattest, oder nachts, wenn du eigentlich hättest schlafen sollen – immer warst du da. Bedingungslos. Du bist meine beste Freundin, und ich kann nicht in Worte fassen, wie sehr ich dich liebe und wie dankbar ich dir bin.«

Keine Sekunde später liegen die beiden sich weinend in den Armen. Auch mich haben Mias Worte tief im Herzen getroffen. Ich kann mir nicht mal ansatzweise vorstellen, was sie durchleben musste, wohin ihre Gedanken sie getrieben hätten, wenn Laura und ihre Familie nicht an ihrer Seite gewesen wären.

»Ich liebe dich auch so sehr, Mia«, antwortet Laura leise. »Als du auf die Straße vor mein Auto gestürzt bist, hatte ich solche Angst, und jetzt, nach diesem Video, ist sie noch größer geworden. Ich weiß nicht, was das alles bedeutet.« Bei den letzten Worten sacken ihre Schultern nach unten, und die Angst um Mia, die ich in ihren Augen sehe, macht mich nervös.

Mia deutet auf den Laptop. »Wir können nicht wissen, ob es einen Zusammenhang gibt. Im Moment sieht es für mich eher so aus, als ob das wirklich einer von denen ist, die hier ihr Unwesen treiben und Menschen in gefährliche Situationen bringen.«

Ian nickt nachdenklich. »Ich finde, wir sollten einfach zur Polizei gehen und nicht unsere Zeit damit vergeuden, selbst Überlegungen anzustellen. Im Vordergrund steht jetzt deine Sicherheit, Mia.«

»Das finde ich auch«, stimmt Laura ihm zu. »Wir wissen nicht, was dahintersteckt. Vielleicht war es wirklich nur jemand, der gern Menschen auf die Straße schubst und gar nichts mit dem Täter von damals zu tun hat. Leider gibt es solche Menschen. Dennoch sollten wir es nicht auf die leichte Schulter nehmen.« Ihr Blick wandert erst zu Ian, dann zu mir.

Gerade als ich etwas antworten will, erhebt Mia sich ruckartig. »Das stimmt natürlich«, sagt sie, »wir sollten damit sofort zur Polizei. Aber ich denke, es wäre vielleicht auch besser, wenn ich so schnell wie möglich einen Flieger zurück nach Berlin nehme. Nur um auf Nummer sicher zu gehen.« Sie legt Laura eine Hand auf die Schulter. »Jetzt ist deine Zeit. Ich kann und will dir mit diesen Dingen nicht zur Last fallen und dir alles verderben. Oder noch schlimmer, dich in Gefahr bringen. Ich sollte gehen, das wäre für euch alle am besten, auch wenn es voreilig ist und ich dir völlig recht gebe. Wir können nicht wissen, ob es eventuell nur ein Verrückter ist, der anderen Menschen gern Leid zufügt. Trotzdem müssen wir es ja nicht herausfordern.«

Auch Laura steht nun auf, sie wirkt niedergeschlagen und sauer zugleich. »Nein. Ganz sicher lasse ich dich jetzt nicht gehen. Denkst du, wenn du gleich zurückfliegst, dass ich mich gut damit fühle und mir keine Gedanken mache? Ganz im Gegenteil, ich bin überzeugt, dass ich verrückt werde vor Sorge um dich. Ja, es ist meine Zeit, aber sie funktioniert nicht ohne dich. Verstehst du nicht, dass ich meine beste Freundin an meiner Seite brauche? Also schlag dir das mal schön aus dem Kopf. Du bleibst. Wir werden das hinbekommen.«

Ich wusste gar nicht, dass solch ein Feuer in Laura lodert. Als ich Ians verblüfften Gesichtsausdruck sehe – ihm scheint es wohl ähnlich zu ergehen wie mir –, muss ich unweigerlich auflachen, woraufhin sich alle drei Köpfe gleichzeitig in meine Richtung drehen. Erst wirkt es, als wüssten sie nicht, was sie sagen sollen, doch dann beginnen auch sie zu lachen. Ein weiteres Mal höre ich Mias Lachen, und es berührt mich tief im Herzen. In diesem Moment fasse ich einen Entschluss: Ich möchte sie noch ganz oft so lachen hören – und vor allem will ich der Grund dafür sein.

Ich mache einen Schritt auf Mia zu, greife nach ihrer Hand und ziehe sie an mich. Ihr Brustkorb hebt und senkt sich genauso schnell wie meiner. Ohne lange darüber nachzudenken, senke ich meine Lippen auf ihre. Ganz zart, nur ein Hauch, doch das reicht, um meine Mauern zum Einsturz zu bringen. Mir ist egal, was Ian und Laura nun denken – alles, was für mich zählt, ist Mia. Ich weiß, das ist egoistisch, denn ich bin nicht gut für sie, aber ich brauche sie genauso, wie sie mich braucht. Alles andere spielt keine Rolle. Ich hoffe einfach nur, dass es uns beiden am Ende nicht das Herz bricht.

Nachdem ich meine Lippen wieder von ihren gelöst habe, schaut sie mir noch einen Moment lang in die Augen, ehe sie den Kopf an meine Brust sinken lässt. Ihre Hände legen sich um mich, und ich tue es ihr gleich. Ich spüre Lauras und Ians Blicke, sehe aber nicht auf, sondern drehe meinen Kopf so, dass er an Mias liegt. Dann schließe ich die Augen und atme sie einfach nur ein.

Mia

Noch immer kribbeln meine Lippen von Finns Kuss. Er war nur kurz, aber das Zärtlichste, das ich jemals gespürt habe. Ich weiß nicht, wohin das mit uns beiden gehen wird, doch ich möchte es einfach zulassen, weil ich seit Langem endlich wieder atmen kann.

Bei der Polizei haben sie alles zu Protokoll genommen. Allerdings gehen sie stark davon aus, dass mein Fall nicht mit dem Tod meiner Eltern zusammenhängt. Schließlich ist es in den letzten Monaten öfter vorgekommen, dass jemand einfach so geschubst wurde, jedoch ist dies erst die dritte Videoaufnahme, die sie haben. Auch hiervon werden sie einen Bildausschnitt in der Zeitung abdrucken und die Bevölkerung um Hinweise bitten.

Ich muss zugeben, es beruhigt mich sehr, zu wissen, dass die Polizei davon ausgeht, dass es keine Verbindung zwischen dem Vorfall und mir gibt. Dennoch spiele ich mit dem Gedanken, ob es nicht doch besser wäre, einfach meine Sachen in den Koffer zu stopfen und zum Flughafen zu fahren, um den nächsten Flieger nach Hause zu nehmen.

Aber ich habe es so satt, wegzulaufen und mich von meiner Angst leiten zu lassen. Auch wenn es nicht einfach werden wird, wieder einen normalen Alltag zu leben, will, nein, muss ich es versuchen. Lauras und Ians Hochzeit steht vor der Tür, und darauf muss ich jetzt meinen Fokus legen. Laura wünscht sich nichts sehnlicher, als mich an diesem Tag an ihrer Seite zu haben. Und mein größter Wunsch ist es, gerade an diesem Tag für sie da zu sein und mich darum zu kümmern, dass sie sich um nichts Sorgen zu machen braucht. Vor allem nicht um mich.

Als ich etwas später zaghaft an Lauras Schlafzimmertür klopfe und sie mir öffnet, wirkt sie noch immer besorgt. Ich hebe den Daumen und streiche ihr über die Stirn, in der Hoffnung, die Sorgenfalten darauf glätten zu können. Sofort zaubert sich ein Lächeln auf ihr Gesicht. »Du musst aufhören, dir so viele Gedanken zu machen«, sage ich leise.

»Das sagst du so einfach.«

»Weil es einfach ist. Du wirst heiraten, und genau darauf wirst du dich konzentrieren. Du wirst sehen, alles wird gut, du musst nur daran glauben. So wie ich.«

Auch wenn mir sowohl mein Kopf als auch mein Bauch zwischendurch etwas anderes sagen, muss ich ihr das Gefühl geben, dass es so ist. Was bringt es mir, in Angst zu leben? Angst davor zu haben, dass dieser Mensch mir an jeder Ecke auflauern könnte? Nichts. Es macht mich nur verrückt, und das will ich nicht, ich will niemandem eine solche Macht über mich geben. Ich möchte nie mehr vor Angst so sehr gelähmt sein, dass ich aufhöre zu reden oder mich wieder von allem und jedem zurückziehe.

Laura sieht mich eindringlich an. »Versprich mir eines: Wenn dir irgendwas auffällt oder du glaubst, dass etwas nicht stimmt, dann sagst du es sofort. Du darfst damit nicht warten, weil du vielleicht denkst, dass du dann meine Hochzeit gefährdest. Bitte versprich mir das.«

»Ich verspreche es. Auch Finn musste ich dieses Versprechen schon geben.« Sein Name geht mir ungewohnt leicht über die Lippen.

»Will ich wissen, woran du gerade denkst?« Sie zieht eine Augenbraue nach oben, und ich gebe ihr einen leichten Klaps auf den Arm.

»Ich weiß nicht, was du meinst. Ich denke an nichts.« Außer an das Gefühl seiner Lippen auf meinen.

»Ist klar. Dein Gesicht sieht natürlich auch so aus, als würdest du an nichts denken.«

Laura kann ich einfach nichts vormachen. Ich weiß ja selbst nicht, was mit mir los ist. Eigentlich bin ich einem praktisch Fremden gegenüber nicht so offen, von dem Kuss ganz zu schweigen. Oder besser gesagt, von den Küssen. Hätte mir das früher mal jemand vorhergesagt, ich hätte ihn für verrückt erklärt.

»Ich weiß nicht, was ich sagen soll«, gestehe ich. Nicht nur wegen der Gefühle, die er in mir auslöst, sondern weil ich es wirklich nicht weiß. Wenn man wie ich eine so lange Zeit überhaupt nicht gesprochen hat, ist es in gewissen Momenten schwierig, die richtigen Worte zu finden.

Laura schüttelt den Kopf. »Wenn du nicht willst, musst du gar nichts sagen. Ich bin einfach nur überglücklich, deine Stimme wieder zu hören. Du weißt, ich bin jederzeit für dich da. Egal, wie viele Kilometer mal zwischen uns liegen werden, du wirst immer ein wichtiger Teil meines Lebens sein, und das wird sich niemals ändern.«

Gerührt von ihren Worten ziehe ich sie in eine feste Umarmung. »Ich hoffe, du weißt, dass es umgekehrt genauso ist. Auch wenn ich es in den letzten zwei Jahren nicht wirklich gezeigt habe.« Ja, es war tatsächlich keine einfache Zeit, nicht nur für mich, sondern auch für Laura und ihre Familie.

»Ich weiß. Das ist dir vielleicht nicht bewusst, aber du hast es mehr als gezeigt.«

Langsam schiebe ich Laura von mir, und plötzlich fangen wir beide gleichzeitig an zu lachen.

Doch ein leises Klopfen an der Tür unterbricht uns. Ian steckt seinen Kopf durch den Türspalt. »Ist alles gut bei euch?« Er ist wirklich süß, und ich bin so froh, dass Laura an einen solch tollen Kerl geraten ist.

»Klar, alles gut.« Laura lächelt ihm zu.

»Ich fahre noch mal zum Supermarkt. Soll ich euch was mitbringen?«

Laura sieht mich kurz an, bevor sie den Blick wieder auf Ian richtet. »Ja, du kannst uns Irn Bru mitbringen. Ich habe Mia so oft von diesem Getränk vorgeschwärmt, wenn wir uns geschrieben haben, aber leider habe ich keins mehr da.«

Daran kann ich mich erinnern. Ich weiß schon gar nicht mehr, wie oft sie dieses Getränk erwähnt hat. Irgendwann habe ich mal danach gegoogelt und gesehen, dass man es bei Amazon bestellen kann, es hätte nur einen Klick gebraucht. Doch ich wollte und konnte es nicht, weil Laura sich so sehr darauf freute, es mit mir zusammen zu trinken, wenn ich sie zur Hochzeit besuchen komme.

»Wird erledigt.« Mit diesen Worten zieht Ian Laura in seine Arme und gibt ihr einen zarten Kuss, erst auf die Lippen, dann auf ihre Nase. Schließlich gehen wir gemeinsam nach unten.

Würde man Ian in einem Liebesroman mitspielen lassen, gäbe es sicher nicht wenige Leserinnen, die sich einen Mann wie ihn wünschten, da bin ich mir sicher. Er ist wie einer dieser Traumtypen aus den vielen Büchern, die ich in den letzten zwei Jahren gelesen habe. Im Buchladen von Lauras Tante hatte ich natürlich vollen Zugriff auf die neuesten Romane, von denen ich einen nach dem anderen verschlungen habe, teilweise sogar mehr als einmal.

Unten im Flur ist jetzt Finn aufgetaucht. Ich sehe ihm erst in die Augen, dann wandert mein Blick beinahe automatisch zu seinen Lippen, auf denen sich ein leichtes Lächeln zeigt. Doch mir bleibt keine Zeit, ihn länger zu betrachten, da Ian an mir vorbeigeht und mir die Sicht blockiert. »Ich bin gleich wieder da«, sagt er noch, ehe er seinen Autoschlüssel von der Kommode nimmt und zur Wohnungstür geht.

»Vielleicht kannst du ja auch einen Schokokuchen mitbringen«, ruft Laura ihm hinterher. »Nach dieser Aufregung kann ein gutes Stück Kuchen nicht schaden. Oder was meinst du, Mia?«

Jetzt sind alle Augen auf mich gerichtet. »Ähm … ja, also, da sage ich nicht Nein.« Was soll ich auch sonst antworten? Ich bin immer noch zu sehr von Finns Anblick abgelenkt und muss mich jetzt regelrecht zwingen, mich auch mal Laura und Ian zuzuwenden. Ich möchte nicht, dass es unhöflich rüberkommt, wenn sie mit mir reden und ich sie dabei nicht mal anschaue. »Ich hätte aber auch nichts gegen ein gutes Stück Käsekuchen, falls es den hier überhaupt gibt.«

Ian lächelt. »Alles klar, Schoko- und Käsekuchen plus Irn Bru. Euer Wunsch ist mir Befehl.«

Nachdem Ian sich auf den Weg gemacht hat, betreten wir drei anderen die Küche. Finn beginnt, an der Kaffeemaschine zu hantieren, und es scheint, als wüsste er nicht so recht, wo er anfangen soll. Ich stelle mich neben ihn, greife nach dem Siebträger, befülle ihn mit Kaffee, stampfe diesen kurz mit dem Tamper und setze ihn dann in die Maschine ein.

»Wieso macht man sich das so kompliziert?«, fragt er. »Warum nicht einfach Kaffeebohnen oben rein, Wasser auffüllen, Tasse drunter und Knöpfchen drücken?«

Ich spüre seinen Atem in meinem Nacken, bin aber unfähig, mich zu ihm zu drehen. Stattdessen drücke ich das *Kaffee*-Knöpfchen.

»Achtung!«, ruft er plötzlich, und dann erst realisiere ich, dass ich vergessen habe, eine Tasse darunterzustellen. Doch er hat schnell reagiert, noch ehe der erste Tropfen aus der Maschine kommt.

Ich räuspere mich kurz und wende mich ihm zu, sein intensiver Blick nagelt mich fest. Keiner von uns sagt etwas. Finns Gesicht kommt meinem immer näher, und bevor ich auch nur ansatzweise etwas sagen kann, liegen seine Lippen auf meinen. Ganz zart, als ob ich zerbrechen könnte, zieht er mich an sich, und wie von selbst lege ich die Arme um ihn.

»Ich will ja echt nicht stören, aber die Tasse Kaffee ist mehr als voll.«

Ruckartig fahren wir auseinander und blicken beide zu Laura, die einfach nur dasteht und uns angrinst. Dann geht sie zum Spülbecken und befeuchtet einen Lappen.

»Warte, lass mich das machen.« Mit wenigen Schritten steht Finn neben ihr und nimmt ihr den Lappen aus der Hand. Kurz blickt er über die Schulter in meine Richtung und zwinkert mir zu.

Nachdem wir die Überschwemmung beseitigt haben, trudelt auch schon Ian wieder ein, dabei fühlte es sich so an, als wäre er gerade erst zur Tür hinaus.

Jetzt habe ich zum ersten Mal Irn Bru getrunken, und ich muss sagen, ich liebe es. Man kann den Geschmack gut mit dem roten Bum-Bum-Eis mit dem Kaugummistiel vergleichen. Es ist zwar unglaublich süß, aber man kann einfach nicht damit aufhören.

Auch wenn ich meine Worte wiedergefunden habe, ist mir im Augenblick nicht nach Reden zumute. Deshalb kommt es mir ganz gelegen, dass wir erneut einen Filmabend machen, nur mit dem Unterschied, dass diesmal Finn dabei ist. Wir haben beschlossen, einen Actionfilm zu schauen, damit die beiden Männer auch ein bisschen Spaß haben. Finn hat sich direkt neben mich gesetzt und seinen Arm hinter mir auf die Sofalehne gelegt, seine Finger spielen mit meinen Haaren.

Als ich später einen Blick zu Laura und Ian werfe, präsentiert sich mir das gewohnte Bild: Lauras Kopf liegt auf Ians Schulter, ihre Augen sind geschlossen. Es hätte mich auch gewundert, wenn es einmal anders gewesen wäre. Vom Film habe ich nicht wirklich viel mitbekommen, Actionfilme sind einfach nicht mein Ding. Zwar hatte ich mir vorgenommen, mich auf den Film zu konzentrieren, jedoch ist mir mehr als bewusst, dass Finn neben mir sitzt, und ich möchte eigentlich nur eines tun: mich an ihn drücken. Und so tue ich es dann auch einfach. Prompt lässt Finn meine Haare los, legt stattdessen den Arm um meine Schultern und malt mit den Fingern kleine Kreise darauf.

»Darauf habe ich gewartet«, haucht er mir ins Ohr und zieht mich noch fester an sich, sodass ich den Kopf auf seine Brust legen kann. In dieser Position verharren wir, bis der Film zu Ende ist.

An diesem Abend schläft Finn wieder hier.

Bei mir.

Und wir halten uns gegenseitig.

Mia

Die letzten Tage waren ruhig, na ja, mal abgesehen vom Hochzeitsstress. Wobei es mich doch gewundert hat, dass Ian aufgeregter war als Laura. Bei ihr war es eher so, dass sie, je näher der Tag kam, immer ruhiger wurde. Diese Ruhe hat sie dann zum Glück am Tag der Hochzeit auch ein bisschen auf Ian übertragen. Und dieser Tag ist heute.

Gestern sind auch Lauras Eltern Frank und Marie sowie ein, zwei Freunde aus Deutschland angereist. Leider konnten einige nicht kommen, da ihnen der Aufwand einer Reise hierher zu groß war.

Nach der Begrüßung nahm Frank mich zur Seite und fragte mich, wie es mir gehe. Von Laura hatte er direkt am Tag des Unfalls noch erfahren, was passiert war. Dass ich wieder spreche, hatte er auch schon mitbekommen, schließlich skypen Laura und ich des Öfteren mit den beiden. Sie konnten es erst nicht glauben, doch dann konnten sie ihre Freude darüber nicht verstecken. Vor allem Marie ist sehr nah am Wasser gebaut, und sie war es auch, bei der die Tränen zuerst liefen.

Ich versicherte Frank, dass es mir gut geht, was ja auch der Wahrheit entspricht. Ich glaube, dass wir uns alle zu viele Gedanken gemacht haben über etwas, das am Ende gar nichts ist. Heute bin ich überzeugt, dass die Polizei mit ihrer Vermutung recht hatte und der Vorfall nichts mir persönlich zu tun hatte. So hatten wir auch Zeit, uns auf das zu konzentrieren, weshalb ich eigentlich hier bin: Lauras Hochzeit.

Ein leises Klopfen an der Tür reißt mich aus meinen Gedanken. »Mia?« Schon sehe ich Maries Kopf im Türrahmen. »Laura bräuchte mal kurz ihre Freundin«, sagt sie, ehe sie das Zimmer betritt und mich mit strahlenden Augen von oben bis unten betrachtet. »Wow, du siehst wunderschön aus.«

»Danke«, flüstere ich und streiche mit den Fingern über den Stoff. »Laura hat das perfekte Kleid für mich ausgesucht.«

»Ja, das hat sie wirklich.«

Lächelnd hake ich mich bei ihr unter. »Dann lass uns mal zur Braut gehen und nachsehen, wo der Schuh drückt.«

Sie antwortet mit einem hellen Lachen und zieht mich mit sich zur Tür hinaus. Draußen im Flur angekommen, entdecke ich am Ende des Ganges Finn, der sich gerade mit Jamie unterhält. Als würde er meine Anwesenheit spüren, schweift sein Blick plötzlich in meine Richtung, und das Lächeln, das er mir zuwirft, haut mich um.

In den letzten Tagen sind wir uns immer nähergekommen, und er ist auch endlich über seinen Schatten gesprungen und hat mir seine und Alisas Geschichte erzählt, die mich zu Tränen rührte. Ich hatte schon gewusst, dass auch er sein Päckchen mit sich herumträgt, doch bis zu diesem Zeitpunkt war mir nicht klar gewesen, wie schwer dieses auf seinen Schultern lastet. Ein Beben ging durch ihn hindurch, als er sich mir anvertraute, und ich hielt ihn einfach nur fest, so wie er auch mich immer festhält. Unsere Vergangenheit formt uns, doch es liegt an uns, wie wir unsere Zukunft schreiben.

Nun drückt Marie meinen Arm leicht, und ich wende mich ihr zu. Ihr Blick ist so warm und voller Liebe, dass ich einfach losheulen könnte, dabei hatte ich in den letzten Tagen meine Emotionen gut im Griff. Auch jetzt muss ich mich zusammenreißen und darf auf keinen Fall mein Make-up versauen.

»Als ich Frank kennenlernte, hat er mich mit genau dem gleichen Blick angeschaut wie Finn dich gerade«, erzählt mir Marie leise. »Bei uns war es auch Liebe auf den ersten Blick. Ich musste mich bei meiner Mutter um Kopf und Kragen reden, weil sie einfach nicht verstand, wie ich mich in jemanden verlieben konnte, den ich so gut wie nicht kannte. Aber so ist das nun mal, die Menschen können etwas, das sie selbst nicht erlebt haben, nicht verstehen. Deshalb lass dir von jemandem, der weiß, wie es in dir aussieht, eines gesagt sein: Blende den Gedanken aus, was andere darüber denken könnten. Was du fühlst, ist echt, Mia. Man kann es nicht steuern, selbst wenn man sich einredet, dass es eigentlich unmöglich ist, diese Gefühle jetzt schon zu haben. Etwas, das sich in deinem Herzen richtig anfühlt, kann niemals falsch sein. Du liebst ihn, und er liebt dich, man sieht es euch deutlich an. Wer dann immer noch nicht daran glaubt und es nicht erkennt, hat keinen Funken Romantik in sich. Liebe kann man nicht auf einen Tag, einen Monat oder ein Jahr festlegen. Wenn sie da ist, ist sie da, und dann kommt es auf dich an, was du daraus machst.«

Ich habe mit vielem gerechnet, aber nicht mit diesen ehrlichen Worten. In den letzten Tagen habe ich mir zahlreiche Gedanken um Finn und mich gemacht. Vor allem, da wir viel Zeit miteinander verbrachten. Er war einfach immer da. Abends beim Fernsehen. Später im Bett, wo wir uns einfach nur festhielten, über Gott und die Welt sprachen oder uns küssten. Auch Lauras Rat habe ich mir sehr zu Herzen genommen: damit aufzuhören, alles kaputtzudenken. »Danke«, sage ich und drücke Maries Hand.

Sie schüttelt den Kopf. »Nicht dafür, meine Liebe.«

Als ich wieder in Finns Richtung schaue, wandert sein Blick an mir hoch, und ich sehe das Feuer in seinen Augen. Doch ich darf mich davon nicht ablenken lassen. Also gehe ich gemeinsam mit Marie auf ihn zu, denn Lauras Zimmer, wo ich jetzt hinmuss, befindet sich ebenfalls ganz am Ende des Flurs. Als ich an ihm vorbeigehe, spüre ich, wie seine Finger meine streifen. Diese kurze Berührung reicht aus, dass tausend kleine Schmetterlinge in mir explodieren und mein Herz wild gegen meinen Brustkorb hämmert.

Zaghaft klopfe ich schließlich an Lauras Zimmertür und trete ein. Laura steht mit dem Rücken zu mir, doch ich kann ihr Lächeln im Spiegel sehen. »Sie haben nach mir verlangt«, witzele ich, woraufhin sie sich umdreht. Mittlerweile fällt es mir leicht, die Worte, die sich in meinem Kopf geformt haben, auch auszusprechen.

»Ja. Ich wollte, dass du endlich aufhörst, dich im Spiegel zu betrachten und zu grübeln. Deine Gedanken konnte ich bis hierher hören.«

»Ach, und was habe ich gedacht?«

»Viel zu viel.« Sie lacht und greift nach meiner rechten Hand, da meine linke noch immer bei Marie untergehakt ist.

»Gut, ihr beiden«, meint diese. »Ich lasse euch dann mal allein und gehe runter zu deinem Vater. Er ist mit Sicherheit auch sehr aufgeregt, seine Tochter zum Altar zu führen. Sagt man das eigentlich auch, wenn die Hochzeit unter freiem Himmel stattfindet?« Ohne eine Antwort abzuwarten, gibt sie uns beiden noch einen Kuss auf die Wange, dann verlässt sie den Raum.

Eigentlich war geplant, dass ich bei Laura bin, wenn sie ihr Brautkleid anzieht, doch ich wollte ihr diesen Moment nur mit ihrer Mutter geben. Mein Gefühl sagte mir, dass die beiden es brauchen.

»Du siehst wunderschön aus«, sage ich zu Laura. Und das tut sie wirklich. Ich habe das Kleid zwar schon im Laden an ihr gesehen, doch jetzt, mit dem Make-up und der lockeren Hochsteckfrisur, wird alles noch mal abgerundet.

»Danke, du aber auch.«

Lauras Vater hat mir meine Kamera aus Berlin mitgebracht. Ich ziehe sie aus meiner kleinen Tasche und führe Laura zum Fenster. Das Licht, das gerade hereinfällt, ist perfekt. »Ich muss einfach noch ein Bild von dir machen, bevor wir dieses tolle Licht verlieren.«

»Wie soll ich mich denn hinstellen?«, fragt sie, während sie versucht, sich in die richtige Position zu bringen.

»Bleib genau so stehen, schau nach draußen und denk dabei an Ian.«

Kaum habe ich seinen Namen ausgesprochen, wird ihr Blick richtig verträumt. In genau diesem Augenblick drücke ich ab, und es ist perfekt.

Auf einmal erklingt Musik, und Laura atmet tief durch. Die Anspannung ist ihr nun deutlich anzumerken. »Ich glaube, das ist mein Zeichen.«

Ich halte ihr meinen Arm hin, denn ich werde sie nun zu ihrem Vater geleiten. »Wenn ich bitten darf?« Auch wenn es blöd ist, spüre ich, dass Sprüche wie dieser sie ein wenig auflockern.

»Sehr gern«, erwidert sie mit einem Augenzwinkern.

Als wir am Ende der Treppe ankommen, empfängt uns Frank bereits. Ich hauche Laura einen ganz leichten Kuss auf die Wange - schließlich möchte ich ja ihr Make-up nicht zerstören -, ehe ich mich nach vorn begebe, wo Finn schon bei Ian und Jamie steht.

Sowohl Ian als auch Jamie lächeln mir kurz zu, wenden dann aber den Kopf wieder ab, als Laura mit ihrem Vater den Gang entlangkommt. Nur Finn sieht weiter zu mir. Erneut wandert sein Blick langsam von unten nach oben, verweilt für einen kurzen Augenblick auf meinen Lippen und bleibt schließlich auf meinen Augen hängen. Er beißt sich auf die Unterlippe und lächelt dabei, wodurch seine Grübchen zum Vorschein kommen. Aus dem Augenwinkel erkenne ich, dass Laura und ihr Vater gleich vorne angekommen sind. Als ich mich zu ihnen umdrehe, legt Frank gerade Lauras Hand in die von Ian. Schnell halte ich meine Kamera hoch und bin froh, diesen berührenden Augenblick noch eingefangen zu haben.

Nachdem sich die beiden das Ja-Wort gegeben und die Ringe ausgetauscht haben, zieht Ian Laura an sich und legt seine Lippen auf ihre. Alle Gäste stehen von ihren Stühlen auf, jubeln und klatschen. Ich kann ein paar Tränen nicht verhindern, was das Fotografieren nicht leichter macht, dennoch will ich so viel wie möglich im Bild festhalten.

Nach der Trauzeremonie im Garten des kleinen Cottages, das Laura und Ian für die Hochzeit gemietet haben, geht es drinnen und draußen mit einer kleinen Feier weiter. Es ist einfach unbeschreiblich und wunderschön – genau, wie ich es mir für Laura gewünscht habe. Nachdem sie und Ian den Tanz eröffnet haben, werden auch alle anderen aufgefordert, auf die Tanzfläche zu kommen. Eigentlich hatte ich gerade vor, mich zu drücken und irgendwo in einen abgelegenen Teil des Gartens zu verschwinden, als Finn mir seine Hand hinhält: »Darf ich um diesen Tanz bitten?«

Wie um alles in der Welt könnte ich da Nein sagen? Lächelnd lege ich meine Hand in seine und lasse mich zur Tanzfläche führen, wo ich nun unschlüssig vor ihm stehe. »Ich kann nicht tanzen«, gestehe ich verlegen.

Doch er antwortet nichts, sondern reicht mir seine Hand, die andere legt er um mich. Als er mich an seine Brust zieht, kommt er meinem Gesicht so nah, dass ich seinen Atem auf meiner Haut spüre. »Schau nicht auf deine Füße«, raunt er mir zu, »sonst bist du zu sehr darauf fokussiert. Schau mir lieber in die Augen, du weißt, ich beiße nicht. Immerhin haben wir schon mehr als einmal in einem Bett geschlafen.«

Ich kann förmlich spüren, wie sich die Röte auf meinem Gesicht ausbreitet. Wieso muss er immer so … na ja, so direkt sein? Dass wir zusammen in meinem Bett geschlafen haben, ist mir mehr als bewusst.

Langsam hebe ich den Blick und lege meine freie Hand ebenfalls um seine Hüfte, womit er augenscheinlich nicht gerechnet hat. »Nein, das habe ich nicht vergessen«, entgegne ich. Dann lasse ich den Kopf an seine Schulter sinken und halte mich einfach nur an ihm fest.

Nun zieht er mich noch enger an sich. »Du. Ich. Jetzt. Der beste Moment«, flüstert er, und sein Atem verschafft mir eine Gänsehaut, während seine Worte mein Herz einen Takt schneller schlagen lassen.

Ich kann nicht sagen, wie viel Zeit wir letzten Endes auf der Tanzfläche verbringen, aber das spielt auch keine Rolle, es ist einfach perfekt. Doch nach so vielen Stunden in diesem Kleid und den hohen Schuhen muss ich irgendwann aus beidem raus. Laura war da etwas schlauer als ich, sie hat schon früher ihr Outfit gewechselt und sitzt nun in einem schlichten Sommerkleid auf Ians Schoß. Als sie mich ansieht, zwinkere ich ihr zu, was ihr ein Lächeln entlockt.

Ich sage Finn, dass ich mich schnell umziehen werde, ehe ich mich auf den Weg in mein Zimmer mache. Da auch von Ians Seite nicht viele Gäste da sind, nur die wichtigsten aus der Familie und ein paar Freunde, konnten alle in dem kleinen Cottage untergebracht werden.

Als ich nun in meinem Zimmer am Fenster stehe, lasse ich meinen Blick nicht nur über den Garten schweifen, wo noch die letzten Überbleibsel der Hochzeitsparty zu erkennen sind, sondern auch zu dem kleinen See im Hintergrund. Die Abendsonne wirft ein perfektes Licht über das ganze Anwesen, und ich spüre, dass dies der richtige Moment ist, um eine spontane Entscheidung zu treffen. Behutsam ziehe ich mir das Kleid aus und hänge es auf einem Bügel am Kleiderschrank auf. Dann schlüpfe ich in meine Jeans und eine Bluse und gehe wieder nach unten, wo sich nur noch vereinzelt Hochzeitsgäste aufhalten.

Nachdem ich das Haus verlassen habe, durchquere ich den Garten in Richtung des kleinen Weges, der zum See führt. Zum Glück habe ich beim Rausgehen noch nach meiner Strickjacke gegriffen und sie mir um die Taille gebunden, denn so langsam wird es doch etwas frisch. Ich löse sie nun von meiner Hüfte und ziehe sie mir über. Je weiter ich mich vom Haus entferne, desto ruhiger wird es. Am See angekommen setze ich mich auf einen kleinen Steg, lasse die Beine baumeln und atme dabei die frische Luft ein. Schon lange habe ich mich nicht mehr so frei und unbeschwert gefühlt.

Doch bin ich wirklich bereit, mein altes Leben in Deutschland aufzugeben, dieses wohlbekannte und vertraute Leben? Weg von all dem, was ich kenne? Aber wenn nicht jetzt, wann dann? Ich bin wieder einigermaßen zurück im Leben, habe meine Stimme wiedergefunden und ein bisschen auch mich selbst.

Und ich kann nicht immer nur weglaufen und mich in Sicherheit wiegen. Die Vergangenheit darf nicht meine Gegenwart sein, sie darf mich nicht daran hindern zu leben. Natürlich wird es gute und schlechte Tage geben. Doch wichtig dabei ist es zu wissen, dass ich stark genug bin und nicht weglaufen werde. Ich werde jeden Tag kämpfen. Für mich. Ich will keine Angst mehr vor dem Leben haben, vor der Liebe.

Ich fühle alles und noch so viel mehr, und das möchte ich Finn zeigen. Oh Gott, es ist so verrückt, das einzugestehen, aber ich liebe ihn. Punkt. Ich kann es nicht begründen, weil es dafür keine Begründung gibt. Manchmal geschehen Dinge im Leben, die man nicht in Worte fassen kann. Sie passieren einfach, man ist darauf nicht vorbereitet, es trifft einen.

Mitten.

Ins.

Herz.

Finn hat sich vom ersten Moment an in mein Herz geschlichen, ohne dass ich es zu diesem Zeitpunkt realisiert habe, doch mein Herz wusste es bereits. Schon die ganze Zeit.

Plötzlich nehme ich ein Geräusch hinter mir wahr. Ich drehe meinen Kopf und sehe, wie Finn auf mich zukommt. Die untergehende Sonne tut ihr Möglichstes, damit sich dieser Anblick in meinen Kopf brennt. Finn mit seinem verschmitzten Lächeln, seinen Grübchen und dazu noch das Licht - all das gilt nur mir. Ich stütze mich auf meinen Händen ab, um aufzustehen.

»Nein, warte«, ruft er. Kurze Zeit später kniet er sich hinter mich, zieht mich an sich, und ich lasse mich nur zu gern in seine Arme sinken. »Ich habe dich gesucht«, flüstert er, während er versucht, meine Haare, die mir durch die leichte Brise ins Gesicht geweht sind, wegzustreichen. Doch es bringt nichts, sie fliegen immer wieder zurück.

»Wie hast du mich gefunden?«, frage ich.

»Du warst nicht in deinem Zimmer. Unten habe ich mich dann nach dir erkundigt, und jemand meinte, du seist Richtung See gegangen.«

»Ja, ich wollte einen Moment für mich, zum Nachdenken.«

Jetzt kommt er ganz dicht an mein Ohr. »Brauchst du noch Zeit für dich? Dann gehe ich wieder zurück und warte oben auf dich.«

Aber ich will nicht, dass er geht, dass dieser Augenblick jetzt schon vorbei ist. »Nein. Bitte bleib.«

»Gut. Ich möchte nirgendwo lieber sein als hier mit dir in meinen Armen.« Er hält kurz inne. »Ist das verrückt?«

Im ersten Moment weiß ich nicht, was er meint. »Was denn?«

»Das hier. Wir beide. Das, was ich fühle.«

Langsam drehe ich den Kopf zu ihm und blicke in Augen, in denen ich so viel Sehnsucht und Liebe erkenne. »Mag sein. Ich bin lieber gemeinsam mit dir verrückt als einsam.«

Er hebt seine Hand und legt sie unter mein Kinn, fährt mit dem Daumen über meine Unterlippe. Keine Sekunde später liegen seine Lippen auf meinen, und wir lassen uns gemeinsam in diesen Moment fallen.

Mia

Seit der Hochzeit sind nun schon ein paar Tage vergangen. Bald werden Laura und Ian in die Flitterwochen aufbrechen – um ihre Zeit auf den Malediven beneide ich die beiden jetzt schon. Ich selbst werde bereits einen Tag vorher nach Hause fliegen, dann wird es für uns alle nicht so stressig.

Inzwischen habe ich mir fest vorgenommen, meine Gedanken nicht auf das Negative zu lenken, sondern auf das Positive, das vor mir liegt. Denn eines habe ich gelernt: Angst ist nicht der Weg. Sie hält dich davon ab, deinen Kurs zu finden und deinen eigentlichen Träumen zu folgen.

Finn ist heute Morgen mit Ian los, um ein paar Besorgungen zu machen, und ich nutze die Zeit, um noch schnell eine Dusche zu nehmen, bevor ich zu Laura runtergehe.

Ich weiß nicht, wie lange ich unter dem heißen Wasserstrahl gestanden habe, jedenfalls hat es richtig gutgetan. Als ich den vom

Wasserdampf beschlagenen Spiegel mit einem trockenen Handtuch abwische, betrachte ich mich eine Weile darin, und was ich sehe, gibt mir Hoffnung. Weil ich die Mia erkenne, die ich vor diesen zwei Jahren war. Selbstbewusst, offen und im Hier und Jetzt verankert. Dieser Mensch möchte ich bleiben, ich will nicht mehr zurück in mein Schneckenhäuschen, mich nicht mehr von der Angst lenken lassen.

Entschlossen trete ich aus dem Bad und tapse in mein Zimmer, wo ich mir Jeans und eine Bluse überziehe. Dabei fällt mein Blick auf das Kleid, das ich bei der Hochzeit getragen habe und das jetzt in einem Kleidersack am Schrank hängt. Die Atmosphäre in dem kleinen Cottage hat es uns allen sehr schwer gemacht, wieder in den Alltag zurückzukehren. Vor allem der Moment zwischen Finn und mir am See ist aus meinem Herzen nicht mehr wegzudenken.

Gerade als ich mir meine Kette um den Hals legen will, ertönt im unteren Stockwerk ein dumpfes Geräusch. Da Finn und Ian schon weg sind, kann es nur von Laura kommen.

»Ist dir mal wieder eine Tasse aus der Hand gerutscht?«, rufe ich lachend, doch ich bekomme keine Antwort. Ich stecke den Kopf aus der Tür und frage noch einmal: »Erde an Laura, ist alles gut bei dir da unten?« Erneut keine Reaktion.

Auf Zehenspitzen gehe ich hinunter ins Wohnzimmer, um sie zu ertappen, doch da ist niemand, und es liegt auch nichts auf dem Boden, was das Geräusch erklären wurde. Vielleicht ist sie ja in der Küche?

Kaum habe ich diese betreten, bleibe ich wie angewurzelt stehen. Laura sitzt gefesselt und mit zugeklebtem Mund auf einem der Stühle. Sofort bilden sich Schweißperlen auf meiner Stirn, und mein Herz droht mir aus der Brust zu springen. Ich will zu ihr hingehen, doch dann nehme ich plötzlich im Augenwinkel eine Gestalt wahr, die in der Zimmerecke kauert. Ich schließe kurz die Augen, bevor ich genauer hinsehe. Der Mann trägt eine Mütze, die er tief ins Gesicht gezogen hat, eine Sonnenbrille und ein Tuch um den Mund.

»Was …«, stammle ich, weil mein Gehirn gerade auf *Pause* gedrückt hat.

»Hier werden keine Fragen gestellt.« Seine Stimme klingt bedrohlich, und sein Blick haftet auf mir. »Schon viel zu lange musste ich darauf warten, dich endlich in die Finger zu bekommen. Seit diesem einen Abend damals kurz vor Weihnachten waren ständig Leute um dich herum. Nie warst du allein unterwegs, und ich hätte dich niemals erwischen können, ohne mich zu enttarnen. Ich hatte es schon aufgegeben.«

In diesem Moment wird mir klar, dass ich verloren bin. Ich weiß zwar nicht, wer er ist und warum er mich anscheinend so sehr hasst. Aber egal, was es ist, er wird keine Ruhe geben, bis er auch mir das Leben genommen hat. Ich kann sagen und tun, was ich will, er wird seine Entscheidung nicht ändern. Sonst würde er jetzt nicht vor mir stehen.

»Ich werde deiner kleinen Freundin vor deinen Augen die Kehle aufschlitzen. Sie ist zwar nicht blutsverwandt mit dir, aber ich werde sie nicht verschonen, wenn du mir blöd kommst oder irgendeine Dummheit begehst. Die Entscheidung, wie das hier ausgeht, liegt ganz bei dir.«

Lauras Augen sind tränenverschmiert, und ich erkenne in ihrem Blick ein Flehen, mich nicht darauf einzulassen. Doch sie weiß ganz sicher auch, dass ich das niemals zulassen würde und meinen Entschluss schon gefasst habe. »Ich … ich liebe dich, bitte vergiss das niemals«, sage ich mit bebender Stimme zu ihr.

Automatisch greife ich nach meiner Halskette, was ihn dazu bringt, zu mir zu sehen. Selbst durch seine dunkle Brille erkenne ich, dass er mich mit zusammengekniffenen Augen mustert. Dann stellt er sich genau vor mich, reißt mir die Kette vom Hals und wirft einen Blick in das kleine Medaillon, in dem ich ein Foto meiner Eltern habe. Angewidert wirft er sie in die Ecke des Zimmers, lässt mich dabei aber nicht aus den Augen.

»Ich werde es nicht hier beenden«, sagt er. In seiner Stimme liegt so viel Kälte, dass sie Wasser zu Eis gefrieren könnte – und das mitten im Sommer. »Du kommst jetzt mit mir, und solltest du draußen auf der Straße irgendeinen Blödsinn versuchen, um jemanden auf dich aufmerksam zu machen, werde ich nicht nur sie hier, sondern auch ihren Ehemann und dessen Bruder töten. Ist das klar und deutlich bei dir angekommen?«

Mein Herz zieht sich schmerzhaft zusammen, als ich einen letzten Blick auf Laura werfe und begreife, dass ich sie nie wiedersehen werde. Schluchzend bringe ich ein Nicken zustande. Schließlich greift er nach meinem Arm und zieht mich mit sich. Weg von Laura, weg von meinen Träumen und wieder zurück zu meiner Angst.

Wie in Trance gehe ich mit ihm die Stufen vor der Haustür hinunter. »Ich will keinen Mucks von dir hören«, raunt er mir zu.

Als wir die Straße betreten, hält er den Kopf gesenkt, vermutlich soll man nicht viel von seinem Gesicht sehen. Doch da hier so gut wie niemand unterwegs ist, würde ohnehin keiner darauf achten. Nun legt er zusätzlich den Arm um mich. Wahrscheinlich, um es so aussehen zu lassen, als wären wir ein Paar. Während wir um die nächste Straßenecke biegen, holt er einen Schlüssel aus seiner Jackentasche, drückt einen Knopf, und ein Stück entfernt blinken die Lichter eines roten Opel Meriva mit getönten Scheiben auf. Ich erkenne die Marke nur, weil meine Mutter so einen besaß und sich nie davon trennen konnte.

Als wir ihn erreicht haben, öffnet er die Tür. »Steig ein«, fordert er mich auf, klettert dann nach mir ins Auto und zieht die Tür hinter sich zu. Erst jetzt fällt mir auf, dass er perfekt Deutsch spricht.

Noch immer ist der Großteil seines Gesichts unter einer Maske versteckt, und ich versuche, an seinen Augen zu erkennen, ob er mir eventuell bekannt vorkommt.

»Schau mich nicht so an«, zischt er. »Es wird dir nicht gelingen, mich zu enttarnen.

Weil du mich nicht kennst. Du bist mir noch nie begegnet, wir hatten niemals etwas miteinander zu tun – bis auf dieses eine Mal, als ich in der Buchhandlung war. Da hast du kurz zu mir aufgeschaut, aber schnell den Kopf wieder gesenkt. Schließlich hast du es ja vermieden, Augenkontakt mit anderen Menschen zu halten. Als ich dann gemerkt habe, dass auch in diesem Scheißladen alles voll mit Kameras ist, wusste ich, dass ich mich gedulden muss, um dich in die Finger zu bekommen. Doch dann sah ich dich vor ein paar Tagen hier auf der Straße, allein, und ich konnte mein Glück nicht fassen. Ich habe dich beobachtet und gab dir dann einen heftigen Stoß. Aber ich hatte nicht damit gerechnet, dass hinter dem Steuer des Autos deine Freundin sitzt, zu schnell reagiert und bremst.«

Nun fesselt er mich und verdeckt meine Augen mit einem Schal. Kurze Zeit später höre ich, wie er die Musik aufdreht und den Motor startet. Je länger wir fahren, desto bewusster wird mir, was heute noch mit mir passieren wird. Und je mehr ich darüber nachdenke, umso schlimmer male ich es mir aus. Wer ist er nur, und warum hegt er einen solchen Hass meinen Eltern und auch mir gegenüber? Was haben wir Schlimmes getan, dass er auf eine solch grausame Art und Weise mordet? Und es muss etwas Schlimmes sein, immerhin hat er sehr lange darauf gewartet, dass sich eine Chance ergab, an mich ranzukommen.

Ich kann nicht sagen, wie lange wir schon unterwegs sind, aber es fühlt sich an wie Stunden. Irgendwann wird der Wagen immer langsamer, bis er ganz stehen bleibt. Der Mann schaltet den Motor aus, dann wird eine Tür zugeschlagen und keinen Moment später die Tür neben mir aufgeschoben. Er greift nach meinen Händen, befreit sie von den Fesseln und zieht mir den Schal vom Gesicht. Blinzelnd schaue ich mich um, und es dauert kurz, bis ich etwas erkennen kann. Als ich sehe, wo wir sind, wird mir so schlecht, dass ich mich im hohen Bogen übergeben muss.

»Erschreckend, wie düster so ein Ort wirken kann, nicht wahr?« Seine Stimme klingt zynisch und drohend zugleich.

Er zieht mich immer weiter in das teilweise bereits verfallene Gebäude. Durch das einfallende Licht erkenne ich an den alten Wänden in seinem Inneren kunstvolle Graffitischriftzüge. Mit jedem Schritt wird das flaue Gefühl in meinem Magen immer schlimmer. Dieser

Ort ist nicht nur düster, er ist auch kalt – so eiskalt wie die Stimme des Mannes. Mit einem Mal wird mir bewusst, dass ich an diesem ekeligen Ort sterben werde. Sosehr ich auch versuche, mich dagegen zu wehren, dass er mich noch weiter in die Dunkelheit hineinzieht, ich habe keine Chance.

»Du kannst mir nicht entkommen, Mia. Nicht mehr.«

Finn

Wir haben beschlossen, heute Abend alle zusammen zu grillen, auch Jamie wird dabei sein. Als Ian und ich nach dem Einkaufen zurück nach Hause fahren, wirft er mir einen kurzen Blick zu. »Ich bin froh, dich wieder lachen zu sehen«, meint er. »Viel zu lange warst du unglücklich.«

Ja, ich war unglücklich. Weil ich es nicht zugelassen habe, nicht zulassen konnte, nicht nach dem, was passiert war. Ich hatte kein Glück verdient. Auch jetzt habe ich das nicht. Doch je mehr ich über das Zusammentreffen mit Mia nachdenke, desto mehr komme ich zu der Erkenntnis, ob ich nicht doch etwas Glück verdient habe. Hat das nicht jeder Mensch auf der Welt? Darf nicht jeder auf etwas Glück in seinem Leben hoffen, selbst wenn es nur so groß ist wie der Krümel eines Kekses? Warum sollte man nicht glücklich sein dürfen, auch wenn man in der Vergangenheit Fehler begangen hat? Irgendwann kommt doch bei jedem der Zeitpunkt, an dem er für seine Fehler genug Buße getan hat, oder nicht?

Mia hat mehr als das verdient, mehr als jemanden wie mich, der so viel Ballast mit sich herumträgt - vor allem angesichts dessen, was sie alles durchmachen musste. Doch ich kann mich nicht länger von ihr fernhalten. Nicht nach dem, wie es sich vor und während der Hochzeit zwischen uns entwickelt hat. In ihrer Nähe zu sein, fühlt sich so verdammt richtig an, auch wenn es verrückt klingt, wenn man bedenkt, wie kurz wir uns erst kennen. Manchmal triffst du einfach auf den einen Menschen im Leben, der dich so tief berührt, dass es dir Angst macht. Aber diese Angst wird überstrahlt von einem Gefühl, das dich an zu Hause erinnert.

»Ich bin auch froh«, antworte ich. »Ich kann nicht sagen, was das zwischen Mia und mir ist, aber es fühlt sich gut an.«

»Das sieht man euch auch an. Ich hoffe, sie hat jetzt Ruhe und kann ein bisschen abschalten, solange sie noch hier ist. Habt ihr euch eigentlich schon über ihre Pläne unterhalten? Wird sie in Deutschland bleiben, oder kommt sie vielleicht doch hierher?«

Diese Frage schwirrt mir schon die ganze Zeit im Kopf herum. Ich möchte sie damit nicht drängen, doch ich hoffe so sehr, dass sie sich dazu entschließt, nach Edinburgh zu ziehen. Denn ich kann mir nicht vorstellen, sie nicht um mich zu haben.

»Ich weiß es ehrlich gesagt noch nicht«, sage ich nur.

Beladen mit unseren Einkaufstüten betreten wir kurze Zeit später das Haus. »Wir sind wieder da«, ruft Ian, doch es kommt keine Antwort. Wahrscheinlich sind Mia und Laura draußen auf der Terrasse.

Plötzlich nehme ich ein leises Wimmern wahr, das aus der Küche zu kommen scheint. »Hast du das gehört?« Mit schnellen Schritten betritt Ian vor mir die Küche. »Scheiße, Laura!«

Dann sehe ich sie auch schon. Sie sitzt gefesselt auf einem Stuhl, ihr Mund ist zugeklebt. Während Ian sie befreit, renne ich wie ferngesteuert hoch in Mias Zimmer, doch es ist leer. Mein Herz zieht sich krampfhaft zusammen.

Als ich wieder zurückkomme, hat Ian gerade Laura das Klebeband vom Mund abgezogen.

»Er … er hat sie mitgenommen.« Sie weint, und die Worte kommen nur abgehackt über ihre Lippen. »Er trug eine Mütze, Sonnenbrille und ein Tuch um den Mund, ich konnte ihn nicht erkennen. Seine Stimme war so eiskalt. Er hat … gesagt, dass er es nun endlich beenden kann. Wenn Mia keine Dummheit begeht, wird er mich am Leben lassen, weil ich nicht blutsverwandt mit ihr bin. Oh Gott, Ian, er wird sie umbringen.« Ihr Körper bebt, und sie ringt nach Atem. »Als sie mich angeschaut hat, wusste sie es ganz sicher. Sie wusste, dass wir uns das letzte Mal gesehen haben. Und sie … sie hat gesagt, dass sie mich liebt.« Mit diesen letzten Worten bricht sie in Ians Armen zusammen.

Ohne zu zögern, rufe ich die Polizei, die sofort vorbeikommt. Sie nehmen alles zu Protokoll, was Laura ihnen sagen kann, jedes noch so kleine Detail ist von Bedeutung. Vor dem Haus wird eine Wache postiert werden. Anschließend hören sich die Polizisten auch noch in der Nachbarschaft und bei den Passanten um. Den einzigen brauchbaren Hinweis bekommen sie von einer älteren Dame, die ein kleines rotes Auto gesehen hat, das nicht lange hier stand. Weil in dieser Straße alle Parkplätze vermietet sind, ist ihr der Wagen aufgefallen, nicht zuletzt auch wegen seiner Farbe.

Leider kann sie sich nicht an das Kennzeichen erinnern, aber sie kann wenigstens beschreiben, wie er aussah. Doch was wird das bringen?

Was Mia wohl gerade durchmachen muss? Was hat der Kerl mit ihr vor? Und … und ist sie überhaupt noch am Leben? Das ist die schlimmste Frage, die ich mir stellen muss. Allein der Gedanke daran bringt mich um. Er nimmt mir alles. Meine Hoffnung, mein Gefühl von zu Hause. Er bringt mein Herz zum Stillstand, und ich weiß nicht, ob es danach noch bereit ist, weiterzuschlagen.

Ich spüre eine Berührung an meiner Schulter, und als ich den Kopf hebe, sehe ich in Lauras verzweifeltes Gesicht. Ohne zu zögern, stehe ich auf und ziehe sie in meine Arme. »Ich habe solche Angst, Finn«, flüstert sie. Ihr ganzer Körper bebt, und auch ich kann nicht verhindern, dass Tränen aus meinen Augen drängen.

»Ich auch.« Ein Gefühl von unendlicher Leere breitet sich in mir aus.

Mia

Dieses Gebäude scheint Tausende von Gängen zu haben. Ich weiß nicht, wie lange er mich durch dieses Labyrinth geschleust hat, als er vor einer verriegelten Tür stehen bleibt. Er öffnet sie und schaltet das Licht an, und ich wundere mich, dass es hier überhaupt Strom gibt. Hektisch wandert mein Blick durch den Raum, und was ich sehe, lässt mich ein paar Schritte zurückweichen. Eine Liege, wie man sie aus dem Krankenhaus oder einer Arztpraxis kennt, steht mitten im Raum, daneben ein kleiner Tisch auf Rollen, auf dem mehrere Gegenstände liegen, die ich von hier aus nicht erkennen kann.

Schweiß bildet sich auf meiner Stirn und meinen Händen. Mein Herz pumpt so laut, dass ich sonst nichts anderes hören kann. Mein einziger Gedanke ist: Ich will hier nicht sterben. Mit einer ruckartigen Bewegung reiße ich die Hände nach unten, was ihn für einen Moment überrascht. Ich drehe mich um und renne, so schnell ich kann, nehme nichts wahr außer den dumpfen Schritten meiner Füße. Mein Blick ist nach vorn gerichtet, aber ich habe keine Ahnung, ob ich den richtigen Weg eingeschlagen habe.

Plötzlich packen mich zwei Arme und schleudern mich zu Boden. Ein stechender Schmerz breitet sich in meinem Rücken aus, und als ich die Augen öffne, hat er sich über mich gebeugt. Die Wut in seinem Blick scheint mich jeden Moment töten zu wollen. »Je mehr du dich wehrst, desto schlimmer wird es für dich. Ich sagte dir ja schon, dass du mir nicht entkommst, also versuche es gar nicht erst.« Dann greift er mich an den Händen und zieht mich hoch.

»Welcher Mensch wehrt sich nicht, wenn ihm klar ist, dass er sterben soll?«, frage ich mutig, nachdem ich wieder zum Stehen gekommen bin. »Vor allem, wenn er nicht mal den Grund dafür kennt.«

»Keine Angst, du wirst schon noch erfahren, warum ich das tue. Ich lasse dich nicht in Ungewissheit sterben, so ein schlechter Mensch bin ich nicht.«

Wäre das alles hier nicht so furchtbar, würde ich jetzt laut auflachen. Ja, er ist wahrlich kein so schlechter Mensch. Er hat meine

Eltern ermordet und will nun auch mich umbringen. Wenn das keinen schlechten Menschen ausmacht, dann weiß ich auch nicht. Er war offensichtlich hinter mir her, und ich habe mich damit abgefunden, heute zu sterben.

Nun zerrt er mich zurück in diesen kalten Raum zu der Liege und befiehlt mir mit seinem Blick, mich hinzulegen. Doch ich beschließe, so zu tun, als hätte ich ihn nicht verstanden. Als er merkt, dass ich mich von selbst nicht hinlegen werde, drückt er mich mit Gewalt nach unten und kommt meinem Gesicht ganz nah. »Mach es dir nicht noch schwerer. Du weißt, das hier wird dein Ende sein, aber es liegt an dir, wie schmerzhaft es werden wird. Zu lange habe ich auf diesen Tag gewartet, als dass ich meine Zeit damit vergeuden möchte, es lange hinauszuzögern. Ich will dich und auch mich nicht unnötig quälen, verstehst du? Bei unseren Eltern ging es auch schnell, ich bin kein Fan von Quälerei.«

Weil ich ihn nicht noch mehr provozieren will, setze ich mich auf die Liege, und als er merkt, dass seine Worte wohl bei mir angekommen sind, breitet sich ein selbstsicheres Lächeln auf seinen Lippen aus. Doch auf einmal stutze ich. Was hat er da zum Schluss gesagt? *Unsere Eltern?* Das kann nicht wahr sein. Nie und nimmer. Ich muss mich verhört haben, meine Ohren müssen mir einen Streich gespielt haben. Das würde ja bedeuten, dass er mein Bruder ist oder mein Halbbruder oder … Nein, das kann absolut nicht sein.

Ich bin so überfordert mit meinen Gedanken, dass er mich ohne Probleme fesseln kann.

»Na los, frag mich schon«, frotzelt er. »Ich sehe doch in deinem Blick, dass du es vor Neugier kaum noch aushältst.«

Ich weiß nicht, ob ich die Antwort auf meine Fragen hören will, ob ich bereit dazu bin. Also schweige ich.

»Da du ja anscheinend zu schüchtern bist, um mich zu fragen, werde ich es dir erzählen.« Er dreht sich um, holt etwas aus der Tasche, die gegenüber der Liege auf einem Stuhl steht, und hängt es an eine Stange. Unweigerlich erinnert es mich an einen Infusionsständer aus einem Krankenhaus.

»Was ist das?«, will ich wissen.

»Das, meine liebe Mia, habe ich aus einem schäbigen, zwielichtigen Onlineshop, und ich habe scheiße viel dafür riskiert. Es wird dich zum Schlafen bringen. Mit einem klitzekleinen Unterschied: Wenn du einschläfst, wirst du nicht mehr aufwachen. Das mit unseren Eltern war eine sehr blutige Angelegenheit, aber jetzt hatte ich ja viel Zeit, mir Gedanken darüber zu machen, was ich mit dir anstellen werde.« Er hält kurz inne, schaut mich an, und ich nutze diesen kurzen Moment.

»Warum … wenn du mein Bruder bist, wieso hast du unsere Eltern umgebracht? Und warum willst du mich umbringen?« Ich verstehe es einfach nicht, muss es jetzt aber unbedingt wissen.

Er grinst. »Die Frage aller Fragen nach dem Warum. Genügt nicht die Tatsache, dass du mich nicht kennst?« Er wendet sich ab, zieht die Mütze vom Kopf, legt die Brille und das Tuch ab und dreht sich dann wieder in meine Richtung.

Für einen Moment muss ich die Luft anhalten. Sein Gesicht ist komplett entstellt, es sieht aus, als wäre eine Gesichtshälfte verrutscht. Seine Augen hängen etwas herunter und wirken dadurch traurig, und man könnte meinen, dass er keine Wangenknochen hat, da sie leicht eingefallen sind. Ich bin schockiert. Nicht wegen dem, was ich sehe, sondern wegen der Art und Weise, wie er mich nun mustert. Ich bin kein Mensch, der andere anstarrt oder über sie urteilt, nur weil sie anders aussehen. Auch ich habe oft merkwürdige Blicke und Reaktionen geerntet, wenn ich den Menschen nicht geantwortet, sondern alles nur mit einem Lächeln abgetan habe. Deshalb kann ich die Bitterkeit in seinem Blick nachvollziehen, doch gleichzeitig läuft es mir eiskalt den Rücken runter.

»Grausam, nicht wahr? In dieses Gesicht zu sehen, ist nicht für jedermann einfach. So wie du jetzt haben mich wahrscheinlich auch unsere Eltern angeschaut, als sie mich zum ersten Mal in den Armen hielten. Mich, ein hässliches Etwas, das sich nur nach Liebe gesehnt hat.« Er senkt den Kopf, und ich merke, wie er mit sich kämpft. »Sie haben sich gegen mich entschieden, mich weggegeben wie ein Stück Fleisch, das vergammelt ist und bei dem man von seinem Rückgaberecht Gebrauch macht.« Jetzt hebt er den Blick wieder, und ich sehe Hass und Verbitterung in seinen Augen.

»Ich kann mir nicht vorstellen, dass sie sich gegen dich entschieden haben«, sage ich. »Es muss eine andere Erklärung dafür geben. So waren meine … unsere Eltern nicht«, versuche ich es einfühlsam und nett, in der Hoffnung, damit die Zeit hinauszögern zu können.

Doch er schüttelt den Kopf, während meiner nicht aufhört, sich zu drehen. Ich kann einfach nicht glauben, was er mir da sagt.

»Es ist genetisch bedingt, was bedeutet, dass es dich genauso hätte treffen können.« Er mustert abschätzig mein Gesicht. »Aber das hat es nicht. Du wurdest verschont und mit Liebe aufgezogen. Mich dagegen haben sie schon nach gerade mal achtundvierzig Stunden zur Adoption freigegeben. Ganze zwei Tage haben sie sich Gedanken darüber gemacht, ob sie sich ein Leben mit einem Kind vorstellen können, das Missbildungen im Gesicht hat. Und wie du siehst, sie konnten es nicht. Sie haben sich für ein Leben ohne mich entschieden und mich komplett daraus gelöscht, so als hätte es mich niemals gegeben.«

Tränen laufen mir nun die Wangen hinunter. Seine Worte lassen keinen Zweifel daran, dass sie so gehandelt haben. Aber wir sprechen hier von meinen Eltern, die immer nur das Beste für mich wollten und mir all ihre Liebe geschenkt haben. Und jetzt sollen sie sich nur wenige Stunden nach der Geburt gegen ihr eigenes Baby entschieden haben?

»Du kannst dir nicht vorstellen, wie ich unter dieser Krankheit leide, bis heute. Man wird von der Gesellschaft verstoßen, und je älter ich wurde, desto schlimmer wurden die

Attacken gegen mich. Tagein, tagaus wurde ich von meinen Mitschülern schikaniert und gemobbt. Weißt du, wie schlimm es ist, von Heim zu Heim geschickt zu werden, weil kein Paar sich je dafür entscheidet, dich zu adoptieren?« Nun stockt er und wirkt, als würde er sich in seinen Gedanken verlieren. »Nein, das kannst du nicht. Schau dich doch an. Als du auf die Welt kamst und sie in dein hübsches Babygesicht schauten, waren sie sicher mehr als erleichtert, dass nicht auch das zweite Kind eine Missbildung hatte.«

Bei diesen Worten tritt er den Stuhl mit voller Wucht in die Ecke, und ich zucke zusammen. Je mehr er darüber redet, desto mehr scheint es in ihm zu brodeln. »Mein Leben war die reinste Hölle. Irgendwann habe ich dann beschlossen, meine leiblichen Eltern ausfindig zu machen. Ich habe lange gebraucht, um sie zu finden, doch mit etwas Geld kann man auf den dunklen Seiten des World Wide Web, fernab der süßen Katzenvideos und beschissenen Make-up-Tutorials, auch Sinnvolles finden. Nachdem ich dann die Information, die ich wollte, bekommen hatte, machte ich mich auf den Weg, und es war ein weiter Weg, das kannst du mir glauben. Als ich vor dem Haus stand, sah ich unsere Mutter durchs Fenster, sie schmückte gerade die Räume. Irgendwo muss ein Fenster offen gewesen sein, denn es drang Weihnachtsmusik heraus. Da es draußen dunkel war, konnte sie mich nicht sehen, als ich mich auf den Weg zum hinteren Teil des Hauses machte. Ohne Probleme gelangte ich durch die Terrassentür ins Wohnzimmer, da sie nur angelehnt war. Sie konnte mich auch nicht hören, da die Musik recht laut war und sie auch noch mitgesungen hat. Ich legte meine Tasche ab und ging in die Küche, wo ich blöderweise gegen einen Stuhl stieß, der daraufhin umfiel. Sofort hörte sie auf zu singen. Ihre Schritte kamen näher, und dann stand sie vor mir. Sie wollte etwas sagen, aber ich kam ihr zuvor. ›Hallo Mutter, hast du mich vermisst?‹, fragte ich. Ein paar Sekunden lang rührte sie sich nicht, dann aber wollte sie nach dem Telefon greifen. Ich hob mein Messer in die Luft, doch sie ignorierte es. So nahm ich ihr als Erste das Leben. Geplant war es jedoch ganz anders, ich wollte eigentlich, dass ihr alle drei zu Hause seid. Ich machte dann im ganzen Haus das Licht aus, und kurz darauf hörte ich, wie eine Autotür zugeschlagen wurde und unser Vater an der Haustür nach unserer Mutter rief. Er schien gemerkt zu haben, dass etwas nicht stimmt. Vielleicht deshalb, weil alles dunkel war. Mein Fehler. Als er dann das Haus betrat, habe ich nicht lange gezögert und ihn auf die gleiche Weise getötet wie sie. Ich sagte kein einziges Wort zu ihm, doch als er mir ins Gesicht sah, wusste ich, dass er ahnt, wer ich bin. Eine Missbildung erkennt man eben, egal, wie viele Jahre vergangen sind. Schließlich verließ ich das Haus mit dem Wissen, dass beide tot sind. Mir war nicht bewusst, dass du draußen im Auto sitzt. Ich dachte eher, dass du bei einer Freundin bist, und wollte mich später um dich kümmern. Dann habe ich in der Zeitung über die Sache gelesen. Ich sah dein Gesicht auf dem abgedruckten Foto, dein hübsches und perfektes Gesicht. Du kannst dir nicht vorstellen, wie sehr ich dich in diesem Moment töten wollte.«

Die Heftigkeit seiner Worte lässt mich für einen Augenblick die Luft anhalten.

»Die Medien haben sich voller Gier auf diese Story gestürzt, und der Trubel um dich und das, was passiert war, wurde einfach zu groß. Ich hatte absolut keine Chance, an dich heranzukommen, man hätte meinen können, dass die ganze gottverdammte Stadt auf dich aufpasst. Vor allem die Eltern deiner Freundin machten es mir einfach unmöglich. So war ich gezwungen, auf Abstand zu bleiben und für eine Weile Gras darüber wachsen zu lassen. Ist ja nicht so, als würde ich optisch nicht auffallen. Also bin ich erst mal weg. Abgetaucht.«

Zu wissen, dass auch ich an diesem Abend hätte sterben sollen und seinetwegen zwei Jahre meines Lebens wie in einem Schneckenhaus verbracht habe, macht mich wütend. Wütend auf ihn, doch am meisten auf mich selbst. Jetzt, wo ich endlich wieder leben will, soll ich sterben.

»Und dann habe ich mitbekommen, dass du nach Edinburgh fliegst«, erzählt er weiter, »also habe ich ein paar Sachen gepackt und bin sogar noch vor dir angekommen. Ich habe mich ein wenig umgesehen und schließlich dieses schöne Gebäude hier gefunden. Allerdings war es nur meine zweite Wahl, denn ich hatte Hoffnung, dass mein Plan, dich vor ein Auto zu schubsen, funktioniert. Aber das hat er nicht. Jetzt sind wir hier, und doch sind wir es gleich nicht mehr.«

Mia

Fassungslos über seine Worte, die sich tief in mein Herz bohren, muss ich den Blick von ihm abwenden. Eine Mischung aus Hass und Mitleid breitet sich in mir aus. Hass darüber, wie er den Schritt gehen konnte, unsere Eltern umzubringen, ohne mit der Wimper zu zucken. Ihnen die Kehle durchzuschneiden und sie einfach sterben zu lassen.

Doch dann kommt auch ein Teil in mir hervor, der Mitleid mit ihm hat. Ich kann mir nicht vorstellen, was er durchmachen musste. Und mir will einfach nicht in den Kopf, dass meine Eltern diesen Schritt gewählt haben. Wie konnten sie sich nur gegen ihr eigenes Kind stellen und es nach kurzer Zeit zur Adoption freigeben, das eigene Fleisch und Blut?

»Siehst du«, sagt er voller Bitterkeit, »selbst du wendest dich von mir ab und kannst es nicht ertragen, einer Missgeburt ins Gesicht zu schauen.«

Wie kann er es wagen? Schnell drehe ich den Kopf wieder in seine Richtung. »Du kennst mich doch gar nicht und willst dir auch nicht die Mühe machen, mich kennenzulernen. Im Gegenteil, du willst mich umbringen. Obwohl ich überhaupt nichts dafür kann, wie sie damals gehandelt haben. Und wenn ich mit der gleichen Krankheit geboren worden wäre, hätten sie sich dann auch gegen mich entschieden? Na ja, ich würde mal sagen, im Leben stehen die Chancen immer fünfzig zu fünfzig, oder?«

Immer mehr Tränen sammeln sich in meinen Augen. Tränen der Angst, aus solch einem Grund mein Leben zu verlieren. Und Tränen aus Unverständnis darüber, wie unsere Eltern gehandelt haben. Die Frage schwelt immer noch in mir: Hätten sie mich genauso von sich gestoßen? Die Liebe zu einem Kind sollte doch bedingungslos sein und nicht von etwas Äußerlichem abhängig gemacht werden.

»Du verstehst das nicht«, kommt es leise von ihm. »Du …«

»Hör zu«, unterbreche ich ihn. »Egal, wie unsere Eltern sich entschieden haben, diese Entscheidung hat nichts mit mir zu tun. Von mir aus hättest du sie weiter hassen können, aber du hättest dich für einen anderen Weg entscheiden müssen. Zum Beispiel hättest du zu mir Kontakt aufnehmen können. Auch wenn du mir das vielleicht nicht glaubst, aber ich hätte dir zugehört. Ich bin nicht meine Eltern. Ich bin ich. Das ist etwas, das … du nicht verstehst. Ich weiß ja noch nicht mal, wie du heißt.«

Lange blickt er mir ins Gesicht. »Lukas – auch wenn es keine Rolle mehr spielt«, stößt er dann hervor.

Erneut greift mich die Angst. »Bitte … Lukas, tu das nicht.«

»Ich kann nicht anders«, schreit er und wirft dabei irgendwelche Gegenstände, die auf dem Boden liegen, durch den Raum.

»Wieso hast du es dann nicht gleich richtig gemacht, als du mich auf die Straße geschubst hast?« Meine Stimme bebt.

»Wie ich vorhin schon sagte: Ich habe nicht damit gerechnet, dass ich dich ausgerechnet vor das Auto deiner Freundin stoße. Sie hat verdammt gut und schnell reagiert, das muss ich ihr lassen. Also musste ich mich noch ein wenig gedulden und dich beobachten, um abschätzen zu können, wer mir gefährlich werden könnte bei dem Versuch, dich mitzunehmen. Und als du mit deiner Freundin allein warst, habe ich meine Chance genutzt. Die starken Männer waren weit genug weg, somit hatte ich für mein Vorhaben genug Zeit.« Er schluckt ein paarmal hart. »Und gib dir keine Mühe. Wenn es um das eigene Leben geht, kann man plötzlich alles sein: lieb, nett, verständnisvoll - und das, obwohl es auch deine Eltern waren, die ich umgebracht habe. Aber mir kannst du nichts vormachen. Mir kann niemand was vormachen. Ich weiß, wie Menschen ticken, ich erlebe sie tagtäglich von ihrer hässlichsten Seite. Jeder ist ein Lügner, Betrüger und Schauspieler, genau wie du. Du spielst mir jetzt Verständnis vor, doch in deinem Inneren hasst du mich und würdest mich gern umbringen, wenn du den Mut dazu hättest. Ich kann es dir ja nicht mal übelnehmen, schließlich haben sie dir Liebe geschenkt.«

Je mehr er redet, desto größer wird die Angst in mir. Weil seine Stimme mit jedem Wort kälter wird und mir immer mehr bewusst macht, dass ich keine Chance habe, dagegen anzukommen.

Abrupt steht er auf und lässt mich in diesem kalten Raum allein. Mein Blick fällt auf die Flüssigkeit über mir an der Stange, und ich frage mich, um was genau es sich wohl dabei handelt. Doch wenn ich ehrlich bin, will ich es gar nicht wissen. Ich weiß nur, dass es mich umbringen wird, das allein genügt. Ich werde heute sterben, ohne etwas dagegen tun zu können.

Wie viel Zeit wohl vergangen ist? Ich hatte noch nie ein gutes Zeitgefühl, und so ganz abgeschottet ohne Licht, das durch ein Fenster hereinfällt, kann ich schlecht beurteilen, wie spät es ist. Vielleicht bin ich auch erst eine Stunde hier - ich weiß es nicht. Ob Finn und Ian schon zu Hause sind und Laura gefunden haben? Allein ihr letzter Blick hat mich bis ins Mark erschüttert. In ihren Augen habe ich gesehen, dass sie genauso wenig Hoffnung hatte wie ich, dass wir uns noch mal wiedersehen werden. Das war das letzte Mal, ganz sicher.

Und auch Finn werde ich niemals wiedersehen. Ich werde ihm nicht mehr sagen können, was ich empfinde, nie wieder seine Lippen auf meinen spüren, sein Lachen hören, in seiner Umarmung aufblühen. Der Gedanke zerreißt mich innerlich. Das kann doch nicht mein Ende sein, das darf es einfach nicht sein. Also schreie ich, so laut ich kann. Ich presse alles aus mir heraus, was in mir ist, in der

Hoffnung, dass mich irgendjemand hört. Mir ist klar, dass die Chancen gering sind, doch ich muss es versuchen. Ich kann nicht sterben ohne jeden Versuch, am Leben zu bleiben. Ich zerre an meinen Fesseln, die mir mit jedem Rütteln nur noch tiefer ins Fleisch schneiden, aber das ist mir egal, ich ignoriere den Schmerz. Denn er ist nicht so groß wie der Schmerz zu wissen, dass ich hier sterben werde.

Plötzlich legt sich eine Hand auf meinen Mund. »Hör auf zu schreien, dich kann hier keiner hören, und das führt höchstens dazu, dass dir noch vor deinem Ende die Stimme versagt. Also sei ruhig.«

Was für eine Ironie ungewollt in seinen Worten liegt, denke ich mir. Ich habe doch erst vor ein paar Tagen meine Stimme wiedergefunden.

Nun zieht er langsam seine Hand weg, und ich würde ihm so gern etwas sagen, aber ich weiß nicht, was. Was sagt man zu einem Menschen, der fest entschlossen ist, einen umzubringen?

»Eines kann ich dir versprechen.« Er dreht sich zu mir, und ich erkenne, dass er eine Nadel in der Hand hält, an die ein dünner Schlauch angeschlossen ist. »Du wirst nichts spüren, keinen Schmerz, du wirst einfach nur friedlich einschlafen in einen langen Traum, aus dem du allerdings nie mehr erwachen wirst. Irgendwie hoffe ich, dass es ein Albtraum wird.«

Kaum hat er die Worte ausgesprochen, spüre ich einen Stich an meiner Hand. Er hat den Tropf befestigt, und ich kann nichts mehr daran ändern. Mit verschleiertem Blick schaue ich nach oben auf die Flüssigkeit. Noch hat er das Ventil nicht geöffnet.

Mit der einen Hand streichelt er mein Gesicht, die andere bewegt er zu der Flasche und dreht langsam das Ventil auf. »Jetzt wirst du zur schlafenden Schönheit«, raunt er mir zu, dabei stiehlt sich eine Träne aus seinen Augen und rollt ihm die Wange hinab.

»Bitte, Lukas«, presse ich hervor, »du musst das nicht tun.«

Er sieht mich an, und sein Blick scheint mich zu durchbohren. »Ich weiß, aber ich kann nicht anders. Es ist ein Drang, dem ich nicht entkommen kann. Erst wenn du eingeschlafen bist, weiß ich, dass ich es geschafft habe. Dann ist der Zeitpunkt gekommen, dass ich auch gehen kann, verstehst du? Der Hass in mir ist zu groß, ich komme einfach nicht gegen ihn an.«

Ich halte seinem Blick stand. »Wie meinst du das? Wo wirst du hingehen?«

Er deutet hinüber zum Tisch, auf dem noch eine identische Flasche liegt. »Ich werde dir folgen.«

Ich kann nicht glauben, was ich da gerade aus seinem Mund gehört habe. Er will mir das Leben nehmen, um sich im Anschluss selbst zu töten? Und wofür? Ich muss nachdenken, solange ich es noch kann, muss einen Weg finden, ihn davon abzubringen. Wie überzeugt man jemanden, der so voller Hass ist? Wie kann man ihm verständlich machen, dass das, was er vorhat, keine Lösung ist? Ich weiß es nicht. Was könnte ich schon großartig sagen, um ihn davon abzuhalten?

Ich beschließe, es trotzdem zu versuchen. »Lukas, ich kann mir nicht mal ansatzweise vorstellen, was du in all der Zeit durchmachen musstest. Und ich weiß auch nicht, ob ich so stark wäre wie du.«

Kurz stutzt er, doch dann schüttelt er den Kopf. »Stark? Ich bin alles andere, aber ganz bestimmt nicht stark. Siehst du, du versuchst es schon wieder mit dieser Schauspielerei, so wie alle anderen auch. Aber egal, was du sagst, es ändert nichts daran, wie dieser Tag heute für uns enden wird. Verstehst du, das ist alles hier in meinem Kopf fest verankert.« Er tippt sich mehrmals mit dem Zeigefinger an die Stirn.

Plötzlich beginnt es, in meinem ganzen Körper zu kribbeln. Es ist nicht unangenehm, eher so, als würden Tausende von Ameisen durch mich hindurchwandern. Ohne dass ich es will, entspanne ich mich zusehends. So muss es sich anfühlen, auf Watte zu liegen.

Erneut spüre ich seine Hand an meiner Wange. »Die Wirkung setzt jetzt langsam ein, ich kann es an deiner Atmung und deinem Blick sehen.«

Ich sollte nun etwas sagen, doch ich kann nicht.

»Eins musst du mir glauben«, fährt er fort, »ich hätte dich gern besser kennengelernt, und vielleicht wäre das in einem anderen Leben auch möglich gewesen. Doch in diesem hatte ich keine Chance dazu. Ich hoffe, dass wir uns wiedersehen werden, wo auch immer diese Reise hingehen wird. Vielleicht schaffst du es dann dort, mich nicht zu hassen. Das ist das Einzige, was ich mir wünsche. Ich finde, das ist ziemlich egoistisch, wenn man bedenkt, dass ich dabei bin, dir das Leben zu nehmen.«

Er holt die andere Flasche mit der Flüssigkeit, hängt sie neben meine und legt die Nadel neben sich. Dann nimmt er sich einen Stuhl und setzt sich, während die Müdigkeit mich nun immer stärker überkommt. Wortlos sehen wir einander an. Ich kann nichts sagen, möchte einfach nur die Augen schließen und ein wenig schlafen. Doch sobald ich das tue, werde ich sie nie wieder aufmachen.

Lukas

Mittlerweile wird ihre Atmung immer flacher, und ihr Brustkorb bewegt sich zunehmend langsamer auf und ab. Ihre Lider fallen immer wieder zu, und sie reißt sie jedes Mal erschrocken auf.

Sie führt einen Kampf
gegen die Müdigkeit,
gegen mich,
gegen den Moment.
Aber diesen Kampf wird sie verlieren.
So wie ich.
Wir werden ihn beide heute verlieren,
Hand in Hand.
Bruder und Schwester.
Eins.
Und doch so unterschiedlich.

Für einen Moment denke ich darüber nach, wie falsch es ist, was ich tue, doch mein innerer Dämon gewinnt diesen Kampf, so wie immer.

»Lukas.« Ihre Stimme ist nur noch ein Hauch. »Bitte. Noch ist es … nicht zu spät.«

Ich weiß, ich könnte sie retten.

»Ich kann nicht, Mia.« Ich bin innerlich zerrissen, noch mehr als sonst, fühle mich gut und gleichzeitig schlecht. So sollte es nicht sein. Es sollte mir viel leichter fallen, aber sie macht es mir so verdammt schwer. Ich kann nicht einschätzen, was von ihren Reaktionen echt ist und was gespielt. Wenn ein Mensch weiß, dass es bald mit ihm zu Ende geht, obwohl es das nicht sollte, dann ist er wahrscheinlich bereit, alles zu sagen, was ihn retten könnte. Ich würde es nicht anders machen, sicher würde ich mich um Kopf und Kragen reden. Doch all das sollte mir egal sein. *Sie* sollte mir egal sein. Sie ist einfach nur ein weiteres Puzzleteil, das ich entsorgen muss.

Ich habe den Blick gesehen, den sie ihrer Freundin zuletzt zugeworfen hatte, bevor ich sie aus dem Haus zerrte. Sie scheint ein netter Mensch zu sein, aber für mich gibt es kein Zurück mehr. Der Zug ist abgefahren. Ich werde nie wieder Freiheit erfahren. Nicht dass das, was ich bis jetzt erlebt habe, auf irgendeine Weise befreiend gewirkt hätte. Ja, ich hätte Mia gern kennengelernt, sie als meine Schwester an meiner Seite gehabt, sie beschützt mit allem, was ich habe. Ich wäre gern ihr Bruder gewesen, ihr Beschützer, ihr Freund. Doch diese Chance wurde mir nie gegeben. Ich hatte sie schon verloren, noch bevor ich sie überhaupt kannte, und das schmerzt in jeder Faser meines Körpers. Pausenlos musste ich Schikane, Hass und Mobbing über mich ergehen lassen. Fehlende Liebe hat mich zu diesem Monster werden lassen, das ich heute bin.

Wie oft habe ich mich gefragt, wie mein Leben wohl verlaufen wäre, wenn sie mich nicht aufgegeben hätten. Wenn sie mich so akzeptiert hätten, wie ich bin. Doch sie wollten mich nur so lange, bis sie erkennen konnten, was ich war. Ein kleiner Junge, der nicht perfekt ist und dennoch genauso das Recht darauf hat, geliebt zu werden. Bedingungslos. Aber diese Liebe wurde mir nicht gegeben. Ich wurde von einem Heim zum nächsten geschoben, und wenn mal ein Paar kam, um sich ein Kind für eine Adoption auszusuchen, wurde ich nie auch nur ansatzweise in Betracht gezogen. Mehr als ein nettes Lächeln hatten sie für mich nicht übrig. Das ging so lange, bis ich volljährig war. Dann musste ich plötzlich auf eigenen Beinen stehen. Mich darum kümmern, ein Dach über dem Kopf und Essen im Kühlschrank zu haben. Aber wie sollte ich das schaffen, wenn mich keiner darauf vorbereitet hatte? Ich wurde abgestempelt als nicht vermittelbar, niemand wollte einen Sonderling wie mich einstellen, und so haben sie mich zum Amt geschickt. Dort bekam ich zwar Hilfe, doch sobald das erledigt war, war ich nichts weiter als Luft, die zwar da ist, die man aber nicht sieht.

»Lu… Lukas«, kommt es abermals leise über ihre Lippen.

Ich beuge mich vor und berühre ihre Wange mit meiner Hand. Eine Geste, die nicht zu mir passt, doch sie kommt aus einem Impuls heraus. Was mache ich hier eigentlich? Ich bin ein kaltes Monster, damit kenne ich mich aus, darin bin ich gut.

Plötzlich legt sie ihre Hand auf meine, und das trifft mich völlig unvorbereitet. Trotz der Kälte ihrer Hand breitet sich Wärme in mir aus. »Ich … verzeihe dir, Lukas«, flüstert sie.

Eine Träne läuft aus ihrem Auge direkt auf meine Hand, und ich bin wie erstarrt über ihre Worte und das Gefühl, das sich in mir ausbreitet. Mein Kopf kann ihr nicht glauben, aber mein Herz schlägt trotzdem ein wenig schneller.

Ungewohnt.

Fremd.

In ihren Augen suche ich nach der Lüge, nach dem Schauspiel. Doch ich sehe nichts als die Wahrheit, und diese zieht mir den Boden unter den Füßen weg.

Schnell reiße ich meine Hand weg. »Wie kannst du mir verzeihen?«, schreie ich sie an, weil ich nur so meine Gefühle im Zaum halten kann. »Ich habe deine Eltern auf brutale Weise ermordet. Du musstest sie in dem Zustand vorfinden, in dem ich sie hinterlassen hatte.«

Dieser Mord war mein erster, und es hat mich erschreckt, wie sehr er mich am Ende doch getroffen hat. Ich hatte danach mit einem anderen Gefühl gerechnet, mit mehr Befriedigung. Doch da war nichts. Ich sah ihre Körper, sah die beiden Menschen, die sich gegen mich entschieden und dieses Ende verdient hatten. Aber ich fühlte mich schrecklich und musste da einfach raus, weg von dem, was ich fühlte, jedoch nicht fühlen wollte. Also zog ich mir die Mütze tief ins Gesicht und rannte einige Straßen weiter bis zu meinem Auto, stieg ein, schlug mehrmals auf das gottverdammte Lenkrad ein, blickte dann in den Rückspiegel – und sah dort wieder das Monster, das ich bin.

»Ich habe sie dir genommen und mit ihnen dein Leben. Wie verdammt noch mal kannst du mir das verzeihen, wenn ich mich selbst dafür hasse?« Schwer atmend entferne ich mich von ihr. Scheiße. Mein Herz schlägt so schnell, dass ich das Gefühl habe, es müsste mir jeden Moment aus der Brust springen.

»Das Leben hat das aus dir gemacht«, entgegnet sie matt. »Und unsere Eltern haben ihren Teil dazu beigetragen. Ja, sie waren sogar der ausschlaggebende Faktor. Mein Hass auf den Menschen, der mir das angetan hatte, der mir meine Eltern genommen hatte, war sehr groß, glaub mir. Auch auf dem Weg hierher in dieses heruntergekommene Gebäude habe ich dich gehasst, und selbst jetzt ist noch etwas davon in mir, das will ich nicht leugnen. Was du getan hast, war grausam. Aber was bringt es mir am Ende, Hass und Verachtung für dich zu empfinden? Das macht mein Leben auch nicht besser. Es bringt mir meine Eltern nicht zurück. Das entschuldigt nicht deine Taten, aber du kannst versuchen, sie wiedergutzumachen. Doch das wird nur funktionieren, wenn du es zulässt.«

Plötzlich höre ich Sirenen, die immer näher kommen. Anscheinend haben sie mich gefunden. Ich gehe wieder auf Mia zu, bezwinge für einen Moment das Monster in mir und ziehe die Nadel aus ihrem Arm. Sie schaut mich mit großen Augen an. »Ich weiß nicht, wie weit es schon in deinem Blut verteilt ist«, erkläre ich ihr. »Aber sie könnten es schaffen, dich zu retten, damit du weiterleben kannst.«

Noch immer sagt sie kein Wort, sondern starrt mich weiter nur an.

Ich stehe auf, um den kleinen Koffer vom Tisch zu holen. »Für mich ist es allerdings zu spät, ich bin schon lange verloren. Mein innerer Dämon ist stärker als ich, er ist seit meiner Kindheit ein Teil von mir. Diese Nadel aus deinem Arm zu ziehen, hat mich unglaublich viel Kraft gekostet. Diesen kleinen Kampf habe ich gegen ihn gewonnen, aber mehr schaffe ich nicht.« Ich öffne den Koffer, in dem ich für den Fall der Fälle einige Spritzen vorbereitet habe. Mit ihnen wird es schneller gehen als mit der Infusion, denn viel Zeit bleibt mir nicht mehr. Die Polizei ist sicher bereits auf dem Weg ins Gebäude.

Keine Ahnung, ob es für Mia schon zu spät ist. Tief in mir weiß ich, dass ich die richtige Entscheidung getroffen habe, die Nadel aus ihrem Arm zu ziehen. Noch immer kämpfe ich mit mir, ein Teil von mir sieht es bereits als verloren an und sagt mir, ich soll es beenden. Aber ich weigere mich, führe einen inneren Kampf, der mir alles abverlangt.

»Tu das nicht«, fleht sie mich an, und ich spüre, dass es ihr wirklich ernst ist.

Ich lasse mich wieder auf den Stuhl neben ihr sinken. »Es musste so kommen. Mein Leben ist vorbei, schon lange. Es hatte eigentlich nie wirklich begonnen.«

Welchen inneren Kampf sie gerade führt, kann ich deutlich sehen. Sie möchte aufstehen, mir die Spritzen aus der Hand nehmen, aber sie ist zu geschwächt und hat keine Kraft.

»Sie werden bald hier sein.« Ich atme einmal tief durch. »Es tut mir leid«, flüstere ich nur noch, ehe ich die erste Spritze in meine Venen drücke. Und das meine ich wirklich so. Es tut mir leid - für sie und auch für mich.

Schon nach einem kurzen Moment verschwimmt mein Blick. Schnell greife ich zur zweiten Spritze, ramme sie mir hinein, lasse sie auf den Boden fallen und mache dasselbe mit der dritten. Schließlich lehne ich mich zurück, meine Arme fallen schlaff zur Seite, und mein Blick gleitet ein letztes Mal zu Mia, in deren Augen sich Angst, Verzweiflung und Verlust spiegeln.

Und dann spüre ich nichts mehr.

Finn

Keine Ahnung, wie viele Streifenwagen vor dem Haus stehen, aber es müssen viele sein, denn ihre blauen Lichter erhellen die ganze Wohnung. Wie ein Stein lehne ich an der Wand und fixiere den Polizeichef vor mir. Gerade hat einer seiner Kollegen versucht, mit seiner Technik Mias Handy zu orten. Da sie es nicht finden konnten, gehen sie davon aus, dass sie es noch bei sich hat, und wenn dieser Kerl nur ein klein wenig unvorsichtig war, hat er es womöglich noch gar nicht bemerkt. Zu groß war vielleicht seine Aufregung, seinem Ziel so nah zu sein und mit Mia das zu machen, was er schon vor langer Zeit tun wollte: ihr das Leben nehmen.

Plötzlich regt sich in meinem Augenwinkel etwas. Ein Polizist betritt den Raum, geht direkt auf den Polizeichef zu und drückt ihm eine Akte in die Hand. Nachdem dieser einen kurzen Blick darauf geworfen hat, hebt er den Kopf und sieht mich an.

»Gibt es Neuigkeiten?« Meine Worte bringen auch Laura und Ian dazu, aufzustehen und zu uns herzukommen.

Der Polizeichef starrt jetzt wieder auf die Akte in seiner Hand, doch schließlich dreht er sie in unsere Richtung. »Es gibt eine überraschende Wendung«, erklärt er. »Das ist Lukas, der Sohn von Diana und Uwe Sander. Mias Bruder.« Das Foto, das er uns entgegenhält, zeigt einen jungen Mann, dessen Gesicht auf geradezu schreckliche Weise entstellt ist.

»Mia hat aber keinen Bruder«, entgegnet Laura.

»Doch, das hat sie. Ihre Eltern haben ihn direkt nach seiner Geburt zur Adoption freigegeben und sind dann nach Berlin gezogen. So steht es hier in der Akte. Mehr kann ich leider noch nicht sagen.«

»Aber wieso taucht diese Akte gerade jetzt auf?«, fragt Ian.

»Sie ist nicht aufgetaucht, sie wurde bei uns in den Briefkasten geworfen, vermutlich von ihm persönlich. Scheinbar wollte er, dass wir sie bekommen, und so wie es aussieht, hat er die Unterlagen auch selbst zusammengestellt.« Er hält kurz inne und sieht uns alle drei an. »Aber wie schon erwähnt, mehr kann ich Ihnen jetzt noch nicht sagen.«

Der Polizist, der versucht hat, Mias Handy zu orten, unterbricht uns. »Sir, ich habe ein Signal nicht weit von hier, und es bewegt sich nicht.«

Der Polizeichef gibt eine Ansage durch sein Funkgerät, und plötzlich sind alle in Bewegung. »Sie bleiben hier und geben mir Bescheid, sobald das Signal sich auch nur einen Millimeter verändert«, befiehlt er seinem Kollegen.

»Geht klar, Boss.«

Dann wendet er sich uns zu. »Eigentlich ist das nicht üblich, aber Sie können bei mir mitfahren. Allerdings müssen Sie unbedingt im Auto sitzen bleiben, haben Sie mich verstanden?«

Nur ein paar Augenblicke später folgen wir ihm zum Auto. Kaum haben wir die Wagentüren geschlossen, tritt er auch schon aufs Gas. Die Fahrt dauert nicht lang, es geht gerade mal durch ein paar Straßen, und doch fühlt es sich wie eine Ewigkeit an. Schließlich biegen wir auf ein Gelände mit einem alten Gebäude ab, das nicht wirklich einen sicheren Eindruck macht. Einige Autos mit Blaulicht stehen bereits davor.

Der Polizeichef wendet sich uns zu und mustert uns mit strengem Blick. »Bleiben Sie bitte unbedingt sitzen, nur hier im Auto sind Sie sicher. Wir wissen nicht, was uns da drinnen erwartet.«

Ich nicke nur, da ich nicht in der Lage bin, auch nur ein Wort über die Lippen zu bekommen. Gerade als ich mich zu Ian und Laura, die auf der Rückbank sitzen, umdrehen will, rast ein Krankenwagen an uns vorbei und hält vor dem Gebäude an. Mir ist, als würde mein Herz jeden Moment stehen bleiben.

»Bitte, lieber Gott, bitte«, schnieft Laura hinter mir.

Mein Blick heftet sich an das Gebäude, in dem inzwischen fast alle Polizisten verschwunden sind. Plötzlich kommt einer von ihnen wieder herausgerannt und winkt die Sanitäter zu sich, die sich mit zwei Tragen und verschiedenen Koffern sofort in Bewegung setzen.

Aus einem Impuls heraus steige ich aus dem Auto. »Finn, nicht!«, ruft Ian. »Wir sollen doch nicht das Auto verlassen.« Aber ich höre nicht darauf und habe die Tür schon hinter mir zugeschlagen.

Als ich das Gebäude betreten will, hält ein Polizist mich am Arm fest. »Sie dürfen nicht da rein«, sagt er bestimmt.

In diesem Augenblick kehren zwei Sanitäter mit einer Trage zurück. Ein Körper liegt darauf, der komplett mit einer Plane bedeckt ist. Sie ist tot, schießt es mir in den Kopf. Ein unwirklicher Laut bahnt sich den Weg über meine Lippen, bevor ich auf die Knie falle. Er hat sie umgebracht. Mein Herz fühlt sich an, als würde es in tausend Stücke gerissen.

Ich höre Ian und Laura nach mir rufen, doch ich verstehe sie nicht. Zu laut ist das Rauschen in meinen Ohren, und meine Sicht ist von Tränen verschleiert.

Kurze Zeit später greift Ian mir unter die Arme und zieht mich auf die Beine. »Es ist nicht Mia«, sagt er nur.

Erst fürchte ich noch, ihn falsch verstanden zu haben, aber dann deutet er auf die zweite Trage, die die Sanitäter mittlerweile ebenfalls herausgebracht haben. Mia liegt darauf. Ihre Augen sind geschlossen, doch ihr Brustkorb hebt und senkt sich langsam. »Sie muss sofort ins Krankenhaus«, erklärt uns der Notarzt. »Sie atmet, aber ihr Puls ist schwach. Wir wissen noch nicht genau, was er ihr gegeben hat.«

»Ich fahre mit«, antworte ich. Ich muss einfach an ihrer Seite sein.

Doch er schüttelt den Kopf. »Tut mir leid, das geht nicht. Bitte warten Sie, bis der Polizeichef da ist.«

Was? Ich soll hier herumstehen und warten?

»Kommen Sie mit, wir fahren ins Krankenhaus«, ruft jemand hinter mir. Es ist der Polizeichef, der gerade aus dem Gebäude gerannt kommt.

»Was ist passiert?« Ich muss wissen, ob sie verletzt ist und Schmerzen hat.

»Als wir eintrafen, war Mia noch leicht bei Bewusstsein, jedoch nicht ansprechbar. Genaueres über ihren Zustand werden wir dann im Krankenhaus erfahren.«

In meinem Kopf herrscht das reinste Chaos. Auf einmal legt sich eine Hand auf meine Schulter. »Sie lebt, Finn. Das ist erst mal das Wichtigste.« Im Vergleich zu dem, wie es in mir aussieht, klingt Ians Stimme ausgesprochen ruhig. »Bitte mach dir nicht zu viele Gedanken, es ist nicht deine Schuld. Also versuch erst gar nicht, den Fehler bei dir zu suchen. Das hätte ihr in Deutschland genauso passieren können, aber womöglich hätte sie da niemand gefunden.«

Er kennt mich einfach zu gut. Natürlich gebe ich mir die Schuld. Ich habe Mia allein gelassen, obwohl es offensichtlich war, dass jemand ihr schaden will.

Wieder hätte ich beinahe einen Menschen verloren, der mir etwas bedeutet. Und Mia bedeutet mir unsagbar viel. Mehr noch, ich liebe sie. Dagegen kann ich absolut nichts tun.

Finn

Ich glaube, es gibt nichts Schlimmeres, als in einem Krankenhaus zu sitzen und zu warten … und zu warten … und zu warten. Unzählige Ärzte und Schwestern laufen an uns vorbei, aber niemand scheint wirklich Notiz von uns zu nehmen. Nervös bewege ich mein rechtes Bein auf und ab, während ich mit beiden Händen einen halb leeren Kaffeebecher umklammere, den Laura mir gebracht hat. Das Bild von Mia auf dieser Trage hat sich in meinen Kopf eingebrannt und will einfach nicht mehr von dort verschwinden.

Irgendwann spüre ich Lauras Hand auf meiner, und als ich den Kopf hebe, kommt ein Arzt auf uns zu. Der Polizeichef steht auf und geht ihm entgegen. »Sie ist außer Lebensgefahr«, berichtet der Arzt, »aber sehr schwach, und sie braucht Zeit, um wieder ins Hier und Jetzt zu kommen. Erwarten Sie also in den ersten Tagen nicht zu viel. Reden Sie mit ihr, halten Sie ihre Hand und seien Sie einfach für sie da. Und sollten Sie den Eindruck haben, sie hört oder spürt Sie nicht, dann täuschen Sie sich. Sie bekommt alles mit. Folgen Sie mir dann bitte.«

Während alle anderen aufstehen, bleibe ich wie festgewachsen sitzen. Ich habe Angst vor dem, was mich erwartet, weil ich nicht weiß, ob ich dafür bereit bin.

»Hey, kommst du?«, fragt Ian. Ich blicke ihm in die Augen, und was ich darin sehe, gibt mir Hoffnung. Also erhebe ich mich ebenfalls und folge ihnen.

Noch bevor ich das Zimmer betrete, höre ich schon dieses piepsende Geräusch. Regelmäßig, unaufhörlich. Und dann fällt mein Blick direkt auf sie. Sie wirkt so klein und zerbrechlich in diesem Bett, umringt von unzähligen Geräten, die mit ihr durch Schläuche verbunden sind. Ohne zu zögern, gehe ich zu Mia und greife nach ihrer Hand, um sie einfach nur zu halten. Plötzlich verspüre ich das große Verlangen, sie einzupacken und mit nach Hause zu nehmen.

Laura setzt sich an die gegenüberliegende Seite des Bettes und nimmt Mias andere Hand. Ihr Blick wandert zu mir, und ich erkenne darin den gleichen Schmerz und die gleiche Hoffnung, wie auch ich sie in mir trage. Ich möchte sie so gern aufmuntern – und wenn ich ehrlich bin, mich selbst ebenfalls.

»Sie schafft das«, flüstert sie mir zu. »Mia ist tough und stärker als jeder andere, den ich kenne. Glaub mir, ich hätte niemals gedacht, dass diese Geschichte eine solche Wendung nimmt. Er ist … er war doch ihr Bruder. Ich kann es noch immer nicht glauben. Und erst recht nicht, dass ihre Eltern sich für solch einen Weg entschieden haben. Ich kannte die beiden so gut, sie waren für mich praktisch wie meine zweiten Eltern, verstehst du? Hätte mir jemand erzählt, dass sie so gehandelt und ihr Baby weggegeben haben, weil es in ihren Augen nicht perfekt war – oder aus welchen Gründen auch immer –, ich hätte ihn für verrückt erklärt. Ich hätte sogar meine Hand für die beiden ins Feuer gelegt. Aber da sieht man mal, wie sehr man sich doch in manchen Menschen täuschen kann.« Sie schließt die Augen, aus denen sich jetzt die ersten Tränen herausstehlen. »Ich weiß nicht, was er Mia alles erzählt hat, aber ich hoffe, dass sie es verkraftet und da drüberstehen kann. Natürlich wird es Zeit brauchen, doch ich wünsche ihr so sehr, dass sie das Leben trotz allem wieder genießen kann.«

Ich muss ein paarmal tief Luft holen, ehe ich antworte. »Auch wenn ich Mia noch nicht lange kenne, fühlt es sich an wie eine Ewigkeit. Nach Alisas Tod hatte ich das Gefühl, nie mehr glücklich werden zu können, weil ich kein Glück verdient hatte. Jetzt sehe ich das anders – durch sie. Mia ist wie ein Tornado über mich hinweggefegt und hat meine Gefühle durcheinandergewirbelt. Sie hat mich wieder fühlen lassen, mich wieder zum Atmen gebracht, in einer Zeit, als ich zu ertrinken glaubte.«

»Du kannst dir nicht vorstellen, wie glücklich mich das macht, dich wieder lachen zu sehen, Finn«, entgegnet Laura, während sie sich mit einem Taschentuch die Tränen wegtupft. »Durch dich ist in Mias Augen endlich wieder Leben. Du tust ihr so gut. Es spielt keine Rolle, wie lange man einen Menschen kennt, um Gefühle für ihn zu entwickeln. Warum sollte dabei die Zeit eine Rolle spielen? Das Herz will nun mal, was es will. Punkt. Dagegen anzukämpfen, lohnt sich nicht, weil es immer einen Weg finden wird.«

Ohne dass ich es verhindern kann, laufen nun auch mir die Tränen aus den Augen, und ich lasse es zu. Sie spiegeln das wider, was ich im Moment fühle. Ich kann nicht in Worte fassen, wie glücklich ich darüber bin, dass Mia lebt, dass dieser Lukas es nicht zu Ende gebracht hat. Wie Laura schon sagte, wir wissen nicht, ob und was die beiden miteinander gesprochen haben, aber vielleicht hat Mia es ja sich selbst zu verdanken, dass sie noch lebt. Womöglich hat sie es geschafft, irgendwie zu ihm durchzudringen, und er ist weich geworden. Wobei diese Vorstellung in meinem Kopf nicht so recht funktioniert, wenn ich bedenke, was er mit ihr vorhatte.

»Danke.«

Laura hebt den Kopf und schaut mich fragend an.

»Du hast mir nie das Gefühl gegeben, nicht willkommen zu sein«, füge ich hinzu. Ich muss das jetzt loswerden. »Du hast immer versucht, einen Draht zu mir zu finden, und mich in euer Leben einbezogen. Obwohl du das nicht musstest, immerhin kanntest du mich ja kaum. Du hast nie etwas auf das gegeben, was über mich geredet wurde. Dafür habe ich dir nie gedankt, also tue ich es jetzt. Danke.«

Ein kleines Lächeln stiehlt sich auf ihr Gesicht, und ich merke, dass meine Worte sie berühren. »Mittlerweile kennst du mich ja und weißt, dass ich nichts darauf gebe, was andere sagen. Ich mache mir gern mein eigenes Bild. Und ich sah einen gebrochenen Mann, der versucht hat, alle von sich zu stoßen. Nicht, weil er sie nicht um sich haben wollte. Nein, er wollte es vermeiden, jemals wieder einen solchen Schmerz zu durchleben, wie er es bei Alisa getan hat. Das war es, was ich gesehen habe. Ich habe dich immer mit einbezogen, weil du ein Teil meiner Familie bist, und eine Familie hält zusammen. Mir war klar, dass irgendwann der Zeitpunkt kommt, an dem du dein Schneckenhaus verlässt. Nur habe ich nicht damit gerechnet, dass Mia es schafft, dich da rauszuholen. Dass sie der Mensch ist, der dich wieder zum Lachen bringt und dich wieder hoffen lässt. Aber im Nachhinein hätte ich es mir denken können.«

Jetzt steht sie auf und kommt auf meine Seite des Bettes herüber. Wie von selbst erhebe ich mich ebenfalls und ziehe sie in meine Arme. »Danke«, flüstere ich nur, weil ich zu überwältigt bin von all meinen Gefühlen.

»Auch wenn du nicht nach der Liebe suchst, wird sie dich trotzdem finden. Und wenn sie dich gefunden hat, darfst du sie nie wieder gehen lassen.« Mit diesen Worten gibt sie mir einen Kuss auf die Wange und verlässt das Zimmer.

Nachdem Ian und Laura nach Hause gefahren sind, um sich etwas frisch zu machen und Kleidung sowie ein paar persönliche Dinge für Mia zu holen, sitze ich einfach nur da und halte Mias Hand fest. Ich streiche mit dem Daumen über ihre weiche, blasse Haut, als auf einmal ihr Finger zu zucken beginnt - nicht stark, aber doch spürbar. Der Arzt hat mir vorhin gesagt, dass ich sofort eine Schwester rufen soll, wenn ich irgendeine Regung bemerke, und das tue ich jetzt auch.

Kurze Zeit später betritt der Arzt das Zimmer. »Mias Finger hat in meiner Hand gezuckt«, erkläre ich ihm. »Sie sagten doch, ich soll jemanden rufen, wenn ich was bemerke.«

Er nickt und tritt zu Mia ans Bett. »Das haben Sie gut gemacht.« Er nimmt eine kleine Lampe und leuchtet damit in Mias Augen. »Sie reagiert auf das Licht, das ist ein positives Zeichen. Ihre Werte sind auch gut. Jetzt müssen wir uns nur in Geduld üben und warten, bis sie aufwacht.« Er legt die Hand auf meine Schulter. »Sie ist eine Kämpferin.« Dann verlässt er das Zimmer, während ich wieder allein mit Mia zurückbleibe.

Ich stelle mich neben das Bett und senke langsam den Kopf zu Mia hinab. Zart streichele ich mit dem Daumen erst ihre Stirn, dann ihre Wange. »Mia, falls du mich hören kannst, bitte … bitte hör nicht auf zu kämpfen. Komm zu mir zurück. Ich darf dich nicht verlieren, das würde mein Herz nicht verkraften. Bitte … verlass mich nicht.«

Noch bevor die Worte meine Lippen ganz verlassen haben, sinkt mein Kopf auf ihre Schulter, und ein Beben fegt durch mich hindurch. Es ist so heftig, dass meine Zähne aufeinanderschlagen, und das macht mir nur umso deutlicher, wie sehr ich mich in dieser kurzen Zeit in diese Frau verliebt habe.

Seit Tagen sitze ich nun schon hier an ihrem Bett. Okay, nicht ganz. Ian und Laura haben auf mich eingeredet, dass ich doch mal nach Hause fahren soll, um mich auszuruhen und ein wenig frisch zu machen. Laura legte mir dann noch augenzwinkernd nahe, dass ich vielleicht meinem Bart mal etwas mehr Pflege zukommen lassen sollte. Als ich dann zu Hause in den Spiegel sah, wusste ich, was sie meinte. Da ich weiß, dass Mia den Bart gut findet, habe ich ihn nach dem Duschen lediglich ein bisschen in Form gebracht, damit er wieder ordentlicher aussieht.

Als Laura gestern Abend noch kurz reinschaute, brachte sie mir das Buch *Stolz und Vorurteil* mit, Mias Lieblingsbuch. Auch wenn ich damit nicht wirklich viel anfangen kann, möchte ich ihr unbedingt etwas vorlesen, das sie gut kennt. Irgendwie hatte ich zwar mit Harry Potter gerechnet, aber dass es doch dieses Buch ist, das Mia besonders mag, wundert mich ehrlich gesagt nicht. Die ganze Nacht war ich wach, und mit jeder Seite, die ich daraus vorgelesen habe, wurde es auch irgendwie zu meinem Lieblingsbuch, obwohl es ja eigentlich gar nicht zu mir passt. Ich bin eher der Thriller-Typ, wobei ich nicht wirklich viel lese, oft fehlt mir einfach die Zeit dafür. Aber dieses Buch hat mich doch überrascht, ich habe mir sogar ein Zitat markiert: »*Vergebens habe ich dagegen angekämpft. Es geht einfach nicht. Meine Gefühle lassen sich nicht unterdrücken. Sie müssen mir gestatten, Ihnen zu sagen, wie glühend ich Sie verehre und liebe.*« Damit gesteht Mr Darcy der überraschten Elisabeth seine Liebe.

Als ich diese Worte zum ersten Mal gelesen habe, musste ich kurz innehalten, weil sie irgendwie auch auf mich zutreffen. Ich habe versucht, gegen das anzukämpfen, was Mia in mir auslöst, und wollte nicht noch mal so etwas erleben wie mit Alisa. Die Angst, der Schmerz und das tiefe Loch, in das ich gefallen war, hatten mich fertiggemacht, und ich hatte mir geschworen, mich nicht mehr zu verlieben, mich nie wieder auf eine Frau einzulassen. Doch gegen seine Gefühle sollte man nicht ankämpfen, und das werde ich auch nicht mehr tun. Ich darf keine Angst vor etwas haben, das womöglich niemals eintreffen wird, vielmehr muss ich den Moment leben und lieben. Es passiert nicht oft, dass man auf diesen einen Menschen trifft, bei dem man das Gefühl hat, eins mit ihm zu sein.

Manche halten mich vielleicht für verrückt, dass ich jetzt schon von Liebe spreche. Aber wer schreibt denn vor, wann man von Liebe reden kann? Wer sagt, nach welcher Zeitspanne man entscheiden darf, dass es Liebe ist? Diese Entscheidung sollte man doch für sich selbst treffen können, ohne sich rechtfertigen zu müssen. Die Liebe kommt oft unverhofft, und wenn sie da ist, dann sollte man sich darauf einlassen, egal, ob es Außenstehenden richtig erscheint oder nicht. Das Herz trifft niemals falsche Entscheidungen, es ist der Kopf, der einen daran hindert, auf sein Herz zu hören. Und ich habe mich für mein Herz entschieden.

Mia

Noch bevor ich es schaffe, die Augen ganz zu öffnen, spüre ich etwas Weiches und Schweres auf meiner rechten Hand. Vorsichtig bewege ich die Finger, ertaste erst Haare und dann Haut. Ich muss mehrmals blinzeln, um zu realisieren, dass es Finns Kopf ist, der da auf meiner Hand liegt. »Finn …«, kommt es krächzend über meine Lippen, begleitet von einem Brennen im Hals, weswegen ich die Augen zusammenkneife.

Kurze Zeit später spüre ich eine leichte Bewegung. Ich öffne die Augen wieder und sehe in Finns Gesicht, das jetzt unmittelbar vor meinem ist. »Mia«, flüstert er, und der Klang seiner Stimme lässt mein Herz schneller schlagen. Sanft hält er meine Hand, während sich ein zaghaftes Lächeln auf seine Lippen legt. »Du bist wieder da.« Er richtet sich ein wenig auf, wahrscheinlich, um mich besser sehen zu können, und als sein Blick sich mit meinem verhakt, erkenne ich so viel

Sehnsucht darin. »Ich hatte solche Angst, mich nie wieder in deinen Augen verlieren zu können.« Seine Kiefermuskeln wirken angespannt, seine Augen glänzen, und die Angst in ihm ist beinahe greifbar. Er nimmt den Notrufknopf vom Nachttisch und drückt ihn. »Der Arzt wird gleich da sein. Wenn er dich untersucht hat, haben wir alle Zeit der Welt.«

Es dauert nicht lange, bis der Arzt das Zimmer betritt. Er lächelt mir zu. »Wie ich sehe, sind Sie endlich aus dem Dornröschenschlaf erwacht.«

Da mir der Hals noch wehtut, sage ich nichts, sondern zeige nur mit dem Daumen nach oben.

»Gut, dann wollen wir mal schauen, ob Sie alles wahrnehmen.« Er greift in seine linke Kitteltasche, holt eine kleine Taschenlampe heraus und beugt sich zu mir. »Das wird jetzt etwas hell. Aber ich möchte, dass Sie meinem Finger folgen, während ich das Licht auf Ihr Auge halte.«

Kurz werde ich geblendet, doch dann sehe ich schon seinen Finger und folge ihm.

»Sehr gut, ich habe mir auch Ihre Werte noch mal angeschaut, bis jetzt sieht alles gut aus. Ich komme später wieder bei Ihnen vorbei.« Mit diesen Worten verlässt der Arzt den Raum.

Kaum ist er gegangen, legt Finns Hand sich erneut auf meine. Mit der anderen hält er mir ein Glas Wasser mit einem kleinen Strohhalm vor den Mund. »Hier, trink ein bisschen was, damit dein Hals nicht mehr so wehtut.«

Ich nicke nur und lege meine Lippen langsam um den Strohhalm. Schon im nächsten Moment spüre ich, wie das kühle Wasser meine Kehle hinabläuft, was mir unwahrscheinlich guttut.

Finn schmunzelt. »Ich kann dir ansehen, dass es gut ist.« Er stellt das Glas zurück auf den Nachttisch und umschließt nun meine beiden Hände mit seinen. Sein Blick ruht auf mir, und ich frage mich, was in seinem Kopf vorgeht.

»Was … was denkst du gerade?«, versuche ich es, auch wenn es lediglich einem Flüstern gleichkommt, da mein Hals beim Sprechen noch immer etwas schmerzt.

Er schluckt. »Ich bin einfach nur glücklich, Mia. Du bist wach, dir geht es gut. Das ist alles, was im Augenblick zählt.« Eine Träne läuft mir über die Wange, und Finn fängt sie mit seinem Finger auf.

»Ist … er tot?«

»Ja.«

Diese Antwort bringt mich noch mehr zum Weinen.

»Hey, nicht weinen, es ist alles vorbei. Er kann dir nichts mehr tun.«

Ich schüttle den Kopf und versuche, meine Atmung unter Kontrolle zu bringen. »Ich weine nicht, weil es vorbei ist und er mir nichts mehr tun kann. Ich weine um ihn!«

Dann verdecke ich mein Gesicht mit meinen Händen und weine um den Bruder, den ich nie hatte. Um den Menschen, der er hätte sein können, wenn man ihn nur so geliebt hätte, wie er war. Ich weine aber auch um meine Eltern, weil sie nicht den Mut hatten, mit ihm den Weg zu gehen und für ihn zu kämpfen.

Finn legt die Arme um mich und zieht mich an seine Brust. Er hält mich, spendet mir Trost, und das, obwohl er wahrscheinlich nicht versteht, wie ich um einen Menschen weinen kann, der versucht hat, mich umzubringen. Doch er hat nicht gesehen, was ich gesehen habe: einen jungen Mann, der gebrochen war und von Dämonen heimgesucht wurde, gegen die er am Ende keine Chance mehr hatte. Doch ich bin gerade nicht in der Lage, das auszusprechen. Ich möchte damit warten, bis ich hier rauskomme und mich auch mit Laura und Ian darüber unterhalten kann.

Finn schaut mir nun wieder in die Augen, und ich erkenne darin die Fragen, die er gern stellen würde. Doch er sagt nichts, sondern hält mich weiter einfach nur fest.

Seit fast einer Woche bin ich jetzt wach und liege hier. Meinem Hals geht es auch wieder besser, und gerade als ich mir den letzten Bissen von meinem nicht gerade leckeren Mittagessen in den Mund geschoben habe, klopft es an die Tür, und der Arzt kommt herein.

»Also, Frau Sander, Ihre Ergebnisse sind sehr gut, und ich würde sagen, dass Sie morgen früh nach Hause können. Na, wie klingt das?«

Ehe ich eine Antwort geben kann, kommt Finn mir zuvor. »Ist das nicht zu früh, nach dem was sie und ihr Körper durchmachen mussten?«

Der Arzt blickt zu Finn und wieder zurück zu mir. »Nein. Ihr Körper hat das unglaublich gut verarbeitet, ihre Blutwerte sind hervorragend, und sie macht insgesamt einen sehr stabilen Eindruck. Natürlich muss sie sich zu Hause noch weiter erholen, keine Anstrengungen, nichts Schweres heben. Das ist ganz wichtig. Sie braucht noch Hilfe und darf das, was sie erlebt hat und was ihr Körper durchgemacht hat, nicht auf die leichte Schulter nehmen.« Nun wendet er sich mir zu. »Ich denke, Sie schaffen das.« Abwartend schaut er mich an.

»Das werde ich, und ich nehme natürlich jede Hilfe an, die ich zu Hause bekomme. Versprochen.«

Er nickt und schreibt etwas auf das Dokument in seiner Hand. »Gut. Dann spricht nichts dagegen, dass Sie morgen entlassen werden können.«

In einem bin ich mir sicher: Ich möchte auf keinen Fall länger als nötig hierbleiben. »Wenn Sie sagen, dass ich morgen nach Hause kann, dann ist das für mich völlig in Ordnung.« Ich blicke zu Finn. Er scheint nicht wirklich begeistert davon zu sein, sagt aber nichts weiter.

»Gut, dann sehen wir uns morgen früh noch mal.«

Nachdem der Arzt das Zimmer verlassen hat, greift Finn nach meiner Hand. »Mia …«

Weiter kommt er nicht, da ich heftig den Kopf schüttele. »Ich weiß, was du sagen willst, aber du brauchst dir keine Gedanken zu machen. Ich fühle mich gut, und der Arzt sagt auch, dass so weit alles gut aussieht. Ich möchte nicht länger als nötig hierbleiben, verstehst du?«

Er mustert mich einen Augenblick. »Okay. Aber solltest du dich nicht gut fühlen, musst du es mir sagen. Versprichst du mir das?«

»Ja, ich verspreche es.«

Nun kommt er immer näher, so nah, dass ich seinen Atem auf meiner Haut spüren kann. Wird er mich jetzt küssen, seine weichen Lippen auf meine senken?

Doch bevor er das tun kann, klopft es erneut an die Tür. Seufzend weicht Finn zurück, und keine Sekunde später steckt Laura ihren Kopf hinein. Als sie mich sieht, kommt ein Quieken über ihre Lippen und gleich darauf ein Schluchzen. Mit schnellen Schritten ist sie bei mir und schließt die Arme um mich. »Oh Mia«, flüstert sie.

Während sie mich weiter festhält, tritt Ian ans Bett und strahlt mich an. »Mia, es ist so schön, dich so fit zu sehen.«

Nun löst Laura sich etwas von mir. »Tut mir leid, ich wollte dich nicht erdrücken. Ich bin einfach nur überglücklich.«

»Du musst dich nicht entschuldigen. Aber du hast mich doch in den letzten Tagen schon gesehen«, entgegne ich mit einem Augenzwinkern.

Währenddessen geht Ian zu Finn hinüber und legt ihm den Arm um die Schultern. »Ich habe gesehen, wie der Arzt aus dem Zimmer gekommen ist. Hat er noch was gesagt?«

Ich nicke. »Ja, ich darf morgen endlich nach Hause.«

»Ist das nicht zu früh?«, kommt es gleichzeitig von Laura und Ian, und nun müssen wir alle lachen.

»Das hatte ich auch gefragt«, antwortet Finn. »Aber der Arzt meinte, dass Mias Körper alles sehr gut verarbeitet hat. Aber sie muss sich selbstverständlich noch weiter schonen.«

Laura hebt gespielt mahnend den Zeigefinger. »Dafür werden wir schon sorgen«, sagt sie in meine Richtung.

Auf einmal fallen mir ihre Flitterwochen ein, die hatte ich ganz vergessen. Ich greife nach Lauras Hand. »Was ist mit eurer Reise?«, flüstere ich.

Doch ich sehe nichts als ein Lächeln auf ihren Lippen. »Keine Sorge, Ian hat mit dem Reisebüro telefoniert und gefragt, ob wir noch stornieren und für später buchen können. Da haben sie uns angeboten, die Reise einfach nur zu verschieben, da weiter hinten auch noch Termine frei waren. Jetzt fliegen wir in zwei Wochen.«

Erleichterung durchströmt mich. »Ich beneide euch um diese Reise, ihr müsst bitte ganz viele Fotos machen.« Ich drücke Lauras Hand. »Vor allem, wenn du mit den Füßen im Sand stehst, Dunkelblau auf Hellblau trifft und dich zum Träumen bringt. Diesen und jeden einzelnen Moment musst du festhalten.«

»Ich verspreche es«, antwortet Ian an Lauras Stelle.

Kurze Zeit später brechen die beiden auf. Laura drückt mich zum Abschied ganz fest. »Wird Finn dich morgen nach Hause bringen?«, will sie wissen.

Er lächelt. »Selbstverständlich werde ich das tun.«

»Was anderes habe ich auch nicht angenommen.« Grinsend drückt sie mir noch einen Kuss auf die Wange.

»Bis morgen, Mia.« Ian hebt die Hand und winkt mir zu. »Und du, Finn, schlaf mal 'ne Runde, du siehst scheiße aus.« Lachend entfernt er sich von Finn, bevor dieser ihn mit seiner Faust treffen kann.

»Danke, das hört man doch gern.«

Mia

Was in den letzten Tagen passiert ist, hat mich ganz schon müde gemacht. Immer wieder wache ich mit klopfendem Herzen auf und befinde mich dabei in meinem Albtraum stets an dem gleichen Punkt: an Lukas' Seite, in diesem einen Moment, als er mir gegenübersitzt und ich nichts als Leere sehe. Eine Leere, die mich mit sich zieht.

Immer tiefer und tiefer.

Und dann wache ich auf.

Ich mache mir Vorwürfe, gehe den Ablauf wieder und wieder durch und überlege, ob es etwas gibt, das ich hätte sagen oder tun können. Etwas, das ihn davon abgehalten hätte, diesen Weg für sich zu wählen. Doch je öfter ich darüber nachdenke, desto mehr rufe ich mir seinen Blick in Erinnerung. Einen Blick, der ganz klar erkennen lässt, dass Lukas seine Entscheidung getroffen hatte und niemand daran noch etwas ändern konnte.

Auch Finn wirkte in den letzten Tagen so, als könnte er eine richtig gute Mütze Schlaf gebrauchen. Deshalb habe ich ihm vorgeschlagen, dass er doch nach Hause fahren und mich morgen früh abholen soll. Aber dieser Gedanke hat ihm ganz und gar nicht gefallen. Nichts und niemand konnte ihn davon abhalten, die Nacht hier zu verbringen.

Und so liege ich nun mit dem Kopf auf seiner Brust im Bett, während sein Arm mich fest an ihn drückt. Seine Atmung geht gleichmäßig, was bedeutet, dass er noch schläft, und so lausche ich seinem Herzschlag, der unter meiner Hand pulsiert. Ich drehe ein wenig den Kopf, um ihn besser anschauen zu können.

Doch lange komme ich nicht in den Genuss. »Na, gefällt dir, was du siehst?«, brummt er schon kurze Zeit später verschlafen, während seine Hand meinen Arm hinaufgleitet und mir eine kleine Gänsehaut verschafft. Langsam öffnet er die Augen, und wie jedes Mal verliere ich mich darin.

»Ja«, hauche ich nur.

Seine Hand legt sich an meine Wange, und sein Gesicht kommt meinem immer näher. Ich halte den Atem an – und schon liegen seine weichen Lippen auf meinen. Tausend Glücksgefühle jagen durch mich hindurch. Seine Hand wandert an meiner Taille entlang, und im nächsten Moment zieht er mich noch fester an sich. Ich lege mich in seine zärtliche Berührung und kralle mich dabei in sein Hemd. Seine Zunge fordert sanft Einlass, den ich ihm nur allzu gern gewähre. Es fühlt sich an wie Regen im Sommer, wie warme Wellen auf der Haut. Sein Bart kitzelt an meiner Haut. In diesem Kuss liegt so viel von all dem Ungesagten, von dem, was ich längst verloren zu haben glaubte. Und so viel von dem, was ich mir niemals zu fühlen erhofft hatte. Meine Haut prickelt. Finns Berührungen sind wie ein Feuer unter meiner Haut, das nur er entfachen kann. Ich drücke mich immer fester an ihn, in der Hoffnung, dass dieser Kuss niemals endet.

Doch meine Gebete werden nicht erhört, denn auf einmal klopft es an die Tür, und wir fahren erschrocken auseinander. Finn streicht mit dem Daumen über meine geschwollene Lippe und erhebt sich vom Bett.

Keine Sekunde später kommt auch schon der Arzt ins Zimmer. »Guten Morgen, Frau Sander, wie geht es Ihnen heute?«

Ich ordne mir noch schnell die Haare, ehe ich mich ihm zuwende. »Mir geht es ausgesprochen gut, danke.«

Er mustert mich einen Augenblick, dann legt sich ein Lächeln auf seine Lippen. Sieht man mir womöglich an, dass ich gerade um den Verstand geküsst wurde? »Das freut mich.« Er kommt auf die andere Seite des Bettes und prüft meinen Puls. »Ich werde die Entlassungspapiere jetzt fertig machen, und dann können Sie schon nach Hause.«

»Danke.«

Kaum hat er das Zimmer verlassen, geht Finn um das Bett herum zum Schrank und holt meine Tasche heraus. »Was machst du?«, frage ich.

»Ich packe deine Sachen schon mal zusammen, dann musst du das nachher nicht noch machen, wenn du deine Entlassungspapiere bekommen hast.«

»Das musst du nicht tun, mir geht es gut, ich schaffe das«, entgegne ich und stehe langsam auf, doch er kommt sofort zu mir her und drückt mich kopfschüttelnd an den Schultern wieder nach unten.

»Ich weiß, aber bitte lass mich das für dich machen. Ich komme mir sonst so nutzlos vor, wenn ich nur hier rumstehe.« Sein Blick bleibt einige Sekunden zu lange an meinen Lippen kleben, und so bringe ich nur ein gehauchtes »Okay« zustande.

Langsam entfernt er sich wieder von mir, und wenn ich seinen Blick richtig gedeutet habe, hätte er mich am liebsten wieder geküsst. So wie ich ihn auch.

Während er meine Tasche einräumt, schreibe ich Laura eine Nachricht, dass wir bald zu Hause sind.

Sie antwortet prompt: *Perfekt. Ich hoffe, ihr bringt Hunger mit, das zweite Frühstück ist nämlich schon vorbereitet.*

Zum Glück. Denn wenn ich eines nicht mag, dann ist es das Krankenhausessen. Schnell schreibe ich ihr zurück: *Super, wir sind am Verhungern ;)*

Glücklicherweise dauert es nicht lange, bis meine Entlassungspapiere fertig sind und wir uns auf den Weg nach Hause machen können.

»Du bist noch etwas wackelig auf den Beinen«, sagt Finn, als wir fast den Parkplatz erreicht haben. Er greift um meine Hüfte, um mich zu stützen. Allerdings hat er keine Ahnung, was er mir damit antut. Wie um alles in der Welt soll ich mich darauf konzentrieren, zum Auto zu gehen und mein Gleichgewicht zu halten, wenn es mir so schwerfällt, in seiner Nähe auch nur zu atmen?

Aber irgendwie gelingt es mir dann doch. Finn hält mir die Tür auf, wirft meine Tasche auf den Rücksitz und setzt sich dann neben mich. Ehe er den Schlüssel umdreht, hält er inne und beugt sich zu mir. Sein Gesicht ist meinem so nah, dass ich im ersten Moment denke, er will mich küssen. Aber dann greift er an mir vorbei nach dem Sicherheitsgurt und steckt ihn ein. »Das hast du vergessen«, raunt er mir zu, und ich könnte schwören, dass er gerade auch wieder daran gedacht hat, mich zu küssen.

Doch ich sage nichts, sondern lehne mich in meinen Sitz zurück, während Finn das Auto startet und losfährt.

»Mia?«, fragt er irgendwann. »Es ist doch ziemlich viel passiert in den letzten Tagen. Sag mir bitte ganz ehrlich, wie geht es dir?«

Tja, wie geht es mir? »Ist es okay, wenn ich dir später darauf antworte?«

Er schaut kurz zu mir. »Natürlich ist das okay.«

Gut, denn ich weiß im Moment nicht wirklich, wie es mir geht. Natürlich bin ich froh, alles so gut überstanden zu haben. Dennoch schweifen meine Gedanken immer wieder zu Lukas zurück. Zu seinem Blick, der so lange auf mir ruhte, dass ich seinen inneren Kampf sehen konnte. Zu seinen Worten, die irgendwie nicht zu seinen Taten passten. Und zu der Entscheidung, die er traf, mich nicht umzubringen und nur seinem Leben ein Ende zu setzen. Dagegen konnte ich überhaupt nichts tun, denn auch wenn er mich am Ende nicht mehr töten wollte, zeigte das Mittel, das er mir verabreicht hatte, doch seine Wirkung. Mein Körper fühlte sich immer leichter an, meine Augen wurden dagegen schwerer und schwerer. Am Ende siegte doch das Gift, sosehr ich auch versuchte, wach zu bleiben. Ich sah nur noch, wie Lukas im Stuhl saß, und ich bin mir sicher, dass ein kleines Lächeln auf seinem Gesicht lag. Als hätte er gewollt, dass ich ihn so in Erinnerung behalte. Was verrückt ist, denn warum sollte er das gewollt haben?

Dabei sollte ich über das Geschehene viel mehr erschüttert sein. Ich hatte meine Eltern auf grausame Weise verloren, dann hat er mich entführt und versucht, mich umzubringen, und schließlich musste ich mit ansehen, wie er sich am Ende das Leben nahm. Eigentlich sollte ich mich in mein altes Schneckenhaus zurückziehen, doch dann wäre ich wieder dort, wo ich schon vor zwei Jahren war. An genau dem gleichen Punkt. Aber ich möchte dort nicht mehr hin. Nie wieder. Diese Ereignisse werden mich noch oft einholen, ich werde ihnen jedoch nicht mehr die Oberhand geben. Es wird nicht immer einfach werden, dessen bin ich mir sehr wohl bewusst, aber ich muss es versuchen. Das bin ich nicht nur meinen Eltern schuldig, sondern auch mir selbst.

»Hey, hast du mich gehört?«, dringt Finns Stimme in meine Gedanken.

Ich merke, dass wir gar nicht mehr fahren, und schaue nach draußen. »Wir sind da«, stelle ich unnötigerweise fest.

Er grinst. »Ja, ich weiß. Ich hatte es dreimal erwähnt, doch anscheinend warst du mit deinen Gedanken ganz woanders.«

»Sorry.«

Doch Finn ist bereits ausgestiegen. Er hält mir die Tür auf und reicht mir seine Hand. Zaghaft lege ich meine Hand hinein, und augenblicklich saust ein Feuerwerk durch mich hindurch. Mit Schwung zieht er mich hoch, wodurch ich an seine Brust stoße und seinen Atem an meiner Stirn spüre. Ich muss den Kopf weit zurücklehnen, um ihm in die Augen schauen zu können. Das Lächeln, das er mir nun schenkt, ist zum Dahinschmelzen. Unglaublich, wie mein Körper auf ihn reagiert.

»Ich bringe dich rein, dann hole ich noch deine Tasche.« Er hält kurz inne. »Lukas' Kiste steht übrigens in deinem Zimmer. Nur damit du darauf vorbereitet bist, wenn du sie siehst.«

Ich nicke nur. Seine Kiste, ich hätte sie fast vergessen. Die Polizei hat sie mir übergeben, nachdem sie den Inhalt überprüft hatten. Ich bin ja seine einzige Verwandte. Keine Ahnung, ob und wann ich es schaffen werde, sie zu öffnen. Auch wenn das vielleicht blöd klingt, ich habe Angst davor, was ich darin finden werde und was der Inhalt in mir auslösen wird. Dass ich dann wieder zurückfalle in den Zustand, in dem ich mich befunden hatte, ehe ich hierherkam. Zuerst wollte ich die Kiste gar nicht annehmen, doch Finn meinte, dass ich es vielleicht irgendwann mal bereuen könnte, wenn ich es nicht tue. Ich soll doch erst reinschauen, wenn ich bereit dazu bin, und dann wird er mir zur Seite stehen, falls ich das möchte.

Während wir die Stufen nach oben steigen, wird auch schon die Haustür aufgerissen, und Laura erscheint im Türrahmen. »Da seid ihr ja!« Sie kommt uns entgegen und greift um meine Taille, dann nickt sie Finn zu. »Ich halte Mia, du kannst gern ihre Tasche holen.«

Lächelnd lässt er mich los, und so gehe ich mit Laura die letzten Stufen hoch. »Du musst mich nicht führen«, antworte ich. »Ich bin nicht krank, mir geht es gut, das habe ich Finn auch schon gesagt.«

»Ich weiß, aber ich mache das gern. Du musst es auch mal zulassen, dass man dir unter die Arme greift, auch wenn du denkst, dass du keine Hilfe brauchst. Ich möchte dir einfach nur eine Stütze sein.«

Leicht drücke ich ihre Hand, die auf meinem Unterarm liegt. »Hey, du bist mir immer eine Stütze, mehr als du denkst. Ohne dich hätte ich die letzten zwei Jahre nicht überstanden, ich hoffe, du weißt das.«

Mittlerweile steht auch Ian in der Tür. Er zieht mich in seine Arme und drückt mich kurz. Schließlich betreten wir alle gemeinsam die Wohnung, und sofort steigt mir der Duft von Kaffee und frisch gebackenen Brötchen in die Nase.

»Hmm, duftet das lecker«, schwärme ich. Wie auf Kommando fängt mein Magen so laut zu knurren an, dass selbst Finn, der gerade mit meiner Tasche zur Tür hereinkommt, es hört.

Er fängt an zu lachen. »Es geht eben nichts über gutes Essen. Ich bringe deine Sachen schnell hoch, dann musst du nicht extra nach oben gehen.«

»Danke.« Ich lege meine Hand auf seine Schulter. Warum ich das tue, weiß ich auch nicht. Vielleicht, weil ich ihn einfach berühren oder sein Lächeln sehen will. Oder aber weil … ach, keine Ahnung.

Nach dem ausgiebigen Frühstück verabschiedet sich Finn. Er muss zu Jamie in die Bar, da sie ein paar Dinge klären müssen, nachdem Finn meinetwegen einige Tage nicht dort war.

Finn

Als ich die Bar betrete, steht Jamie zusammen mit Ben, unserem Barkeeper, an der Theke, die beiden sind über irgendwelche Listen gebeugt. Jamie hebt den Kopf, klopft Ben auf die Schulter und kommt mir mit schnellen Schritten entgegen, um mich schon im nächsten Augenblick fest in die Arme zu schließen.

»Wie geht es Mia?«, will er wissen.

»So weit ganz gut. Wie du ja weißt, durfte sie heute Morgen das Krankenhaus verlassen, und wir haben mit Laura und Ian noch zusammen gefrühstückt.«

»Ja, und ich hatte meine Hilfe ebenfalls angeboten.«

»Das weiß ich. Es ist ja nicht so, dass du sie nicht besucht hast, nur heute war es nicht nötig, dass du extra kommst, um sie mit mir nach Hause zu bringen. Ich habe dir gesagt, dass du lieber das alles hier am Laufen halten sollst, während ich es nicht konnte, und wie ich sehe, hast du das auch wunderbar ohne mich hinbekommen. Das ist auch der Grund, warum ich hier bin, ich muss was mit dir besprechen.« Er zieht eine Augenbraue hoch. »Keine Angst«, füge ich schnell hinzu, »es ist was Gutes. Zumindest hoffe ich, dass du das auch so siehst.«

»Na, jetzt machst du mich aber neugierig.«

Nachdem ich Jamie von meiner Idee berichtet hatte, zögerte er zuerst, was wahrscheinlich daran lag, dass er dachte, ich würde nur scherzen. Aber dann habe ich ihm dreimal versichert, dass ich es ernst meine, und schließlich hat er zugesagt. Wir werden jetzt noch ein Dokument vom Anwalt aufsetzen lassen, und wenn alles unter Dach und Fach ist, gehört Jamie die Bar ganz allein, während ich mich nur noch im Hintergrund um die Finanzen kümmere. Lange musste ich über diesen Schritt nicht nachdenken, denn ich war ohnehin so gut wie nie wirklich anwesend. Ich kann besser mit Zahlen als mit Menschen, weshalb diese Entscheidung einfach die beste für mich ist. Zudem habe ich dann auch wieder mehr Zeit für mein Studium, das ich in der Vergangenheit doch ziemlich vernachlässigt habe.

Ich habe mir eine Tasche gepackt mit allem, was ich für ein paar Tage brauche, und hoffe sehr, dass es für Mia wirklich okay ist, wenn ich für eine kurze Zeit bei ihr bleibe. Zwar haben wir schon sehr viel Zeit miteinander verbracht, und ich habe auch schon vorher bei ihr geschlafen, aber jetzt würde ich bleiben, ohne wieder zu gehen. Und im Augenblick weigere ich mich, sie auch nur einen Tag allein zu lassen. Ich möchte ihr eine Stütze sein, ihr Fels. Sie hat so unglaublich viel durchgemacht und trotzdem für jeden ein Lächeln auf den Lippen. Jetzt hat sie auch mal ein bisschen Glück verdient. Ich weiß zwar nicht, für welchen Weg sie sich entscheiden wird, doch ich hoffe, dass sie vielleicht hier in Edinburgh ein neues Zuhause finden wird. Um ihr das etwas schmackhaft zu machen, möchte ich mit ihr eine Tour durch Schottland machen, sobald sie wieder fit ist. Ich will ihr zeigen, wie schön dieses Land ist und was es alles zu bieten hat.

Nachdem das mit Mia passiert war, hat jeder hier gefragt, ob wir irgendwie Hilfe brauchen, und das, obwohl sie Mia gar nicht kennen. Genau das ist es, was ich an diesem Land so liebe. Hier sind alle für einen da, egal, ob sie dich schon ein Leben lang kennen oder erst ein paar Tage. Diese Offenheit und Liebe der

Menschen hier möchte ich ihr näherbringen, und ich hoffe, dass sie ihr Herz an dieses Land verlieren wird. Im Moment kann ich mir nicht vorstellen, dass sie von hier wieder weggeht. Allein bei dem Gedanken fängt mein Herz an zu schmerzen. Doch ich darf darüber nicht nachgrübeln, sondern muss vertrauen auf das, was mein Herz mir sagt, und die Zeit mit Mia einfach genießen, unabhängig davon, wie lange sie dauert. Ob für ein paar Tage, ein paar Wochen oder ein Leben lang, ich werde an ihrer Seite sein, tagein, tagaus. Sie ist meine Sonne im Winter, mein Regen im Juni, mein Moment im Augenblick.

Nachdem ich meine Tasche aus der Wohnung geholt habe, mache ich mich daran, die Bar wieder zu verlassen. »Ich werde dann mal wieder fahren«, sage ich zu Jamie, als ich am Tresen vorbeigehe. »Alles andere werde ich auch in die Wege leiten.«

»Alles klar, Bro. Ich kann es immer noch nicht glauben, dass dieser Laden bald mir allein gehört.«

Ich winke ab. »Seien wir doch mal ehrlich. Gefühlt gehört dir dieser Laden längst, ich bin schon lange kein Teil mehr davon, und du machst deinen Job großartig. Ich hoffe, du suchst dir noch ein, zwei Aushilfen mehr, damit du endlich mal Zeit für eine Frau hast.«

Kurz mustert er mich, bevor er sein gewohntes *Alles-ist-gut*-Lächeln aufsetzt. »Es liegt nicht an der fehlenden Zeit, sondern einfach daran, dass ich mein Mädchen noch nicht gefunden habe. Mehr nicht. Wie heißt es so schön? Nur wer nicht nach der Liebe sucht, findet am Ende sein perfektes Gegenstück. So wie du. Du hast nicht nach der Liebe gesucht, und plötzlich steht sie im Flughafen an der Rolltreppe vor dir. So wird irgendwann auch mein perfektes Gegenstück vor mir stehen. Vielleicht passiert es hier in der Bar oder an einer Ampel, am Gemüseregal oder beim nächsten Kinobesuch. Also, tu mir den Gefallen und mach dir bitte keine Sorgen mehr um mich, okay?«

Er ist mein kleiner Bruder, ich werde mir immer Sorgen um ihn machen, aber das muss ich ihm ja nicht auf die Nase binden. Also hebe ich nur kurz die Hand. »Alles klar. Wir sehen uns, kleiner Bruder.«

Ich habe für Ians Wohnung einen Schlüssel, deswegen weiß ich nicht, warum ich jetzt hier stehe und auf die Klingel drücke. Irgendwie hat es sich nicht richtig angefühlt, einfach reinzugehen, das mache ich schon nicht mehr, seit Laura hier wohnt. Hinter der Tür höre ich Schritte, die immer näher kommen, doch es steht nicht wie erhofft Mia vor mir, sondern Laura.

»Hey.« Lächelnd hält sie mir die Tür auf, damit ich an ihr vorbeigehen kann. »Warum hast du nicht deinen Schlüssel genommen?«

»Keine Ahnung, hat sich irgendwie nicht richtig angefühlt.«

»Du bist verrückt, Finn. Aber das weißt du ja.«

Ich grinse. »Tja, wie du schon feststellen konntest, sind alle Wood-Brüder verrückt.«

Sie hakt sich bei mir unter und geht mit mir in Richtung Küche. »Ja, das weiß ich. Verrückt und unglaublich liebevoll.«

In der Küche treffen wir nur auf Ian, der gerade frischen Kaffee macht, und auch im Wohnzimmer, an dem wir vorbeigegangen sind, ist keine Spur von Mia zu sehen.

»Sie ist oben und nimmt ein Bad.« Zwinkernd stellt Laura eine Tasse Kaffee vor mir auf den Tisch.

»Okay.« Was soll ich auch sonst sagen? Nachdem ich meine Tasche neben mir auf dem Boden abgestellt habe, greife ich nach der Tasse und nehme einen Schluck.

»Was hast du in der Tasche?«, fragt Ian, der sich mir gegenübergesetzt hat.

»Das wollte ich noch mit euch besprechen. Da sind ein paar Klamotten von mir drin. Ich hoffe, es ist in Ordnung für euch, wenn ich ein paar Tage hierbleibe. Natürlich nur, wenn es auch für Mia okay ist.«

Ian nickt. »Du weißt, dass du hier immer willkommen bist, und ich gehe mal stark davon aus, dass das Gleiche auch für Mia gilt. Außerdem sind wir sowieso bald für zwei Wochen weg. Willst du auf der Couch schlafen oder oben bei Mia?«

Ich möchte an Mias Seite liegen und nicht auf der Couch, immerhin haben wir schon mehr als einmal zusammen in einem Bett geschlafen. »Diese Entscheidung überlasse ich Mia«, antworte ich. »Wenn sie einverstanden ist, bevorzuge ich es sehr, an ihrer Seite zu schlafen.«

Laura mustert mich einen Moment lang. »Dann geh doch einfach mal zu ihr hoch. Falls sie dich reinlässt.« Schon wieder dieser wissende Blick in ihren Augen.

Ich trinke noch einen letzten Schluck Kaffee, ehe ich die Treppe hinaufgehe. Als ich oben ankomme, steht die Tür zu Mias Zimmer offen, die Badezimmertür ist allerdings noch verschlossen. Ich betrete den Raum, stelle meine Tasche auf dem Sessel in der Ecke ab und sehe mich um. Auf dem Nachttisch liegt noch immer der Block mit unseren Nachrichten, und auf dem Boden neben der kleinen Kommode steht der Karton mit den Sachen ihres Bruders. Ungeöffnet. Ich betrachte ihn mit gemischten Gefühlen.

In der Zeit, während ich an Mias Krankenbett saß, habe ich viel nachgedacht. Nicht nur darüber, was jetzt mit Mia passiert ist, sondern auch über das, was ihren Eltern widerfahren ist und was ihr Bruder in all der Zeit durchmachen musste. Und am meisten habe ich mir Gedanken darüber gemacht, was wohl geschehen wäre, wenn Mias Eltern sich nicht gegen ihren Sohn entschieden hätten, sondern ihn so akzeptiert hätten, wie er nun mal war. So wie er geboren wurde, war er perfekt, nur eben nicht in ihren Augen. Man liebt sein Kind doch bedingungslos, unabhängig davon, ob es gesund ist oder nicht. Liebe kann zwar nicht heilen, aber sie gibt Mut, Hoffnung, Selbstvertrauen - alles Dinge, die er wahrscheinlich nie bekam, wo auch immer er aufwuchs. Ich habe Mias Eltern nie kennengelernt und hoffe einfach nur, dass Mia ihnen vergeben kann, jetzt, wo sie weiß, wer Lukas war und für welchen Weg sie sich damals entschieden haben.

Schließlich gehe ich zum Bad, bleibe einen Augenblick vor der geschlossenen Tür stehen und lausche auf ein Geräusch, doch ich höre nichts. Erst zögere ich, dann klopfe ich zweimal, aber von der anderen Seite kommt keine Antwort. Also klopfe ich noch mal, diesmal ein bisschen lauter.

»Ich bin gleich fertig, Laura, gib mir noch fünf Minuten«, höre ich Mia auf einmal rufen.

»Hier ist Finn«, berichtige ich sie. »Laura meinte, ich könnte zu dir hochkommen, aber ich möchte nicht stören. Ich kann auch unten auf dich warten.«

Es kommt nicht gleich eine Antwort. »Nein. Du ... du kannst ruhig reinkommen«, sagt sie schließlich, und ihre Stimme zittert leicht.

Wie in Zeitlupe drücke ich die Klinke nach unten, und schon werde ich von angenehmer Wärme und einem blumigen Duft umhüllt. So leise, wie ich die Tür geöffnet habe, schließe ich sie auch wieder, und als ich mich umdrehe, blicke ich in Mias polargrüne Augen. Sie sitzt in der Badewanne.

»Hey«, kommt es zaghaft über ihre Lippen.

»Hey.« Während ich auf sie zugehe, lasse ich meinen Blick über sie gleiten, doch viel kann ich nicht sehen. Bis auf ihren Kopf ist alles voll mit Schaum. »Du machst eine Schaumparty ohne mich?«, frage ich schmunzelnd, bevor ich vor der Wanne in die Hocke gehe, um auf Augenhöhe mit ihr zu sein.

Meine Frage entlockt ihr ein Lächeln. »Wärst du da gewesen, hätte ich dich eingeladen.« Für einen Augenblick hält sie inne. »Als Laura und ich klein waren, haben wir immer zusammen gebadet. Unsere Eltern haben nie viel Badeschaum reingetan, weshalb wir immer nachgeholfen haben. Einmal war es zu viel, am Ende war jeder Winkel des Badezimmers voller Schaum. Gerade war mir einfach wieder danach, die Wanne voll mit Schaum zu haben. Vielleicht, weil ich mich für einen Moment wie das kleine Mädchen von damals fühlen wollte. Ohne Sorgen, ohne den Verlust meiner Eltern und ohne mich verloren zu haben. Ich wollte einfach nur Mia sein.« Bei den letzten Worten senkt sie den Kopf und starrt auf den Schaum, der sie umgibt.

Ich greife im Wasser nach ihrer Hand und drücke sie leicht. Ihr Blick wandert erst zu unseren Fingern, dann langsam an mir hoch, verweilt kurz an meinen Lippen, bis er schließlich an meinen Augen haften bleibt. Dann lächelt sie einfach nur.

»Ich bin zwar nicht Laura«, sage ich, »aber ich bin da. Immer. Wann immer dir nach Reden ist, du eine Schulter zum Anlehnen brauchst oder dir nach einer Schaumparty ist, kannst du auf mich zählen.« Und das meine ich auch so. Ich möchte für sie da sein, jetzt und in Zukunft.

»Danke. Keine Ahnung, wie ich das erklären soll, aber ich habe das Gefühl, dich schon ewig zu kennen, so als hätten wir uns einfach nur eine Zeit lang aus den Augen verloren gehabt. In deiner Gegenwart fühle ich mich wohl und sicher. Du lässt mich atmen, obwohl ich dachte, keine Luft mehr zu haben.«

Wenn sie nur wüsste, wie sehr sie mir mit ihren Worten den Atem raubt. Langsam nähere ich mich ihrem Gesicht, betrachte ihre süßen Sommersprossen und ihre Augen, in denen auf einmal Verlangen glüht. Ich drücke meine Lippen auf ihre, nur ganz zart. Und sie erwidert zaghaft meinen Kuss. So als hätten wir beide Angst, zu viel und gleichzeitig zu wenig zu geben.

Auch wenn ich es nur ungern tue, löse ich meine Lippen wieder von ihren und zwinkere ihr zu. »Wir sollten dich erst mal aus dieser

Wanne holen, bevor du noch mehr vor dich hin schrumpelst.«

Ihre Wangen färben sich leicht rot. Ich bin mir sicher, dass es nicht an der Wärme liegt, die hier im Bad herrscht. »Gute Idee, ich bin eh schon zu lange hier drin«, meint sie.

Ich stehe auf, greife nach dem Handtuch und halte es ihr hin, während ich wie ein Gentleman den Kopf wegdrehe. Kurz darauf höre ich, wie sie sich aus dem Wasser erhebt, und spüre schließlich, wie sie ihren Körper gegen das Handtuch drückt. Was ein Zeichen für mich ist, es um sie herumzuwickeln.

»Ich warte in deinem Zimmer, dann kannst du dich in Ruhe fertig machen«, sage ich, hauche ihr noch einen letzten Kuss auf ihre süße Sommersprossen-Nase und verlasse dann das Bad.

Vor der Tür muss ich mich erst mal kurz sammeln. Mia lässt mich wieder fühlen, was ich niemals mehr zu fühlen erhofft habe, und das haut mich jedes Mal aufs Neue um.

Mia

Kaum hat Finn das Badezimmer verlassen, lehne ich mich für einen Moment gegen die kalten Fliesen an der Wand. Ich genieße die Augenblicke, die Berührungen und die zarten Küsse zwischen uns so sehr, dass ich dabei alles andere vergesse. Meine Eltern. Ihren Tod. Die Entscheidung, die sie damals trafen, und Lukas, meinen Bruder, der erst meine Eltern ermordet und dann versucht hat, mich umzubringen, sich dann aber doch dagegen entschieden hat.

Als ich mich im Spiegel betrachte, fällt mir zuerst das Lächeln auf, das auf meinen Lippen liegt. Seit ich Finn begegnet bin, trage ich es sehr viel öfter, und es gefällt mir. Es zeigt mir, dass ich wieder lebe, glücklich bin, und genau das erlaube ich mir jetzt einfach. Glücklich zu sein. Es wird zwar nicht einfach, weil das, was passiert ist, nun mal zu meinem Leben gehört. Doch es zählen die kleinen Schritte, die es mir möglich machen, glücklich zu sein, zu fühlen und vor allem zu leben. Ich möchte mich nicht mehr verkriechen. Das hätten meine Eltern sich auch nie für mich gewünscht, da bin ich mir sicher, und ich glaube, dass ich hier meinen Platz gefunden habe. Was ich natürlich nicht von Finn abhängig mache. Hier fühle ich mich einfach wohl, und mein Herz sagt mir, dass es das Richtige ist, an diesem Ort neu anzufangen. Ich will mein Leben wieder in die Hand nehmen, und ich möchte studieren, die Welt bereisen und jeden Tag so nehmen, wie er kommt. Darum geht es doch im Leben, oder? Einen Tag nach dem anderen zu meistern und so zu leben, wie es sich für einen selbst gut anfühlt. Und ich möchte nicht abstreiten, dass ich überglücklich wäre, wenn Finn Teil dieses neuen Lebens wäre.

Als ich das Schlafzimmer betrete, sitzt Finn mit meinem Lieblingsbuch auf der Fensterbank. »Du müsstest es doch inzwischen längst auswendig kennen, so oft, wie du es mir vorgelesen hast.« Lächelnd gehe ich auf ihn zu, während er mit dem Buch in der Hand aufsteht.

»Ich würde sogar behaupten, dass ich es öfter gelesen habe als du«, entgegnet er.

Wenn er wüsste. »Glaub mir, das wirst du niemals schaffen. Es gab eine Zeit, da habe ich es sogar mehrmals in einer Woche gelesen. Du hältst die Ausgabe in der Hand, die du gekauft hast. In meinem Nachttisch liegt schon meine zweite Ausgabe, da die erste auseinandergefallen ist, und die muss ich auch bald ersetzen. Ich liebe diese Geschichte, die zarte Liebe, die man von Seite zu Seite mehr spürt.«

»Na ja, dann haben wir jetzt eine gemeinsame Ausgabe. Diese hier hat Laura mir ins Krankenhaus gebracht, nachdem ich sie im Buchladen bestellt hatte.« Er drückt mir schmunzelnd das Buch in die Hand, und ich streiche zaghaft über das Cover.

»Danke.« Ich stelle mich auf die Zehenspitzen und gebe ihm einen Kuss auf die Wange, zumindest hatte ich das vor. Doch kurz bevor mein Mund seine Wange berührt, dreht er leicht den Kopf, wodurch ich auf seinen weichen Lippen lande. Wie auch eben schon im Bad ist es nur ein kurzer Kuss, aber er reicht aus, um meine Knie weich werden zu lassen.

Finn will etwas sagen, wird jedoch von Laura unterbrochen, die den Kopf zur Tür hereinsteckt. »Hey, ihr zwei. Ist es okay für euch, wenn wir was zum Essen bestellen?«

Ich drehe mich zu ihr um. »Für mich ist das kein Problem. Hast du eine Karte?«

»Ja, die hängt unten am Kühlschrank. Wollt ihr runterkommen, oder soll ich sie euch hochbringen?«

»Wir kommen runter«, entgegnet Finn, während er augenzwinkernd an mir vorbeigeht.

Kaum hat er das Zimmer verlassen, kommt Laura auf mich zu und zieht mich einfach in ihre Arme. »Es ist so schön, dich endlich wieder lächeln zu sehen, meine Süße.«

Ich drücke sie fest zurück. »Danke. Wenn ich ehrlich bin, hatte ich Angst davor, was das alles in mir auslösen wird. Angst, wieder in mein Schweigen zu verfallen und mich in mein Schneckenhäuschen zu verkriechen. Doch komischerweise fühle ich mich wohl. Ich habe nicht das Bedürfnis, meine Sachen zusammenzupacken, um mich aus dem Staub zu machen. Ganz im Gegenteil. Ich will meine Koffer nicht mehr packen, ich möchte hierbleiben. Noch weiß ich nicht, wie ich das alles umsetzen kann, aber ich möchte es gern. Als wäre es ein Zeichen dafür, dass ich mein Leben jetzt in die Hand nehmen soll. Ich allein bin dafür verantwortlich, wie es verläuft, leider habe ich das zu spät erkannt. Stattdessen habe ich mich zurückgezogen und zugelassen, dass mir meine Stimme genommen wird. Aber damit ist jetzt Schluss. Ich will endlich wieder leben, Laura. Genau hier möchte ich neu beginnen.«

»Du kannst dir nicht vorstellen, wie glücklich mich das macht. Ich hatte solche Angst und dachte, ich hätte dich verloren.«

»Ich hatte auch Angst«, erzähle ich und schaffe es kaum, die Tränen zurückzuhalten, »aber nur am Anfang, bevor ich mit Lukas dort in diesem Gebäude geredet habe. Er hat mir so viel erzählt, und auch wenn ich ihn für das, was er mir antun wollte und meinen Eltern angetan hat, hasse, ist mein Hass nicht so tief, wie man es vielleicht erwarten würde. Natürlich weiß ich, dass jeder für sein Handeln selbst verantwortlich ist. Doch er hat es sich nicht ausgesucht, so auf die Welt zu kommen, und meine Eltern haben sich entschieden, ihn aus ihrem Leben zu verbannen. Sie haben ihn weggegeben, wie eine Ware, die man zurückgibt, wenn sie einem nicht gefällt.« Langsam löse ich mich aus Lauras Armen, um ihr bei meinen nächsten Worten in die Augen schauen zu können. »Wer weiß, wie sein Leben verlaufen wäre, wenn sie ihm nur eine Chance gegeben hätten. Er wäre nicht in unzähligen Heimen aufgewachsen, hätte sich nicht all diese schlimmen Dinge über sein Aussehen anhören müssen. Aber er hatte keine Chance, und sie haben dazu beigetragen, dass er kein normales Leben führen konnte.«

»Wirst du ihnen verzeihen können?«

Das ist eine Frage, die ich mir schon seit Tagen auch selbst stelle. »Na ja«, ich zögere kurz, »meine Eltern sind tot. Ich liebe sie und vermisse sie so unglaublich, deshalb kann ich sie nicht hassen. Hass ist ihnen gegenüber nicht wirklich angebracht. Nichtsdestotrotz habe ich noch so viele Fragen, die ich niemals mehr beantwortet bekomme. Ich habe nur das, was ich von der Polizei weiß, was Lukas mir in diesem Gebäude erzählt hat und den Inhalt seiner Kiste, die ich noch immer nicht geöffnet habe. Und ich weiß auch nicht, ob ich sie jemals öffnen werde. Vielleicht werde ich sie lieber vergraben. Mein Gefühl sagt mir, dass ich sie nicht öffnen muss, um zu wissen, was ich ohnehin schon weiß.«

»Das verstehe ich. Ich würde sie wahrscheinlich auch nicht öffnen, aus Angst, zu viel und doch zu wenig zu erfahren. Aber jetzt ist es an der Zeit für positive Gedanken.« Mit diesen Worten zieht sie mich aus dem Zimmer, die Treppe nach unten in die Küche, wo Finn sich gerade mit Ian unterhält.

»Wir haben schon bestellt. Ich hoffe, das ist okay für euch?« Ian, der gerade wieder den Flyer vom Pizzaservice mit einem Magneten am Kühlschrank befestigt, sieht uns entgegen.

Mein Blick fällt auf ein Foto, das ebenfalls dort hängt. Es zeigt Laura und mich in dem Sommer, bevor meine Eltern ums Leben kamen. Wir sitzen auf einer Schaukel und lachen beide in die Kamera. Genau das möchte ich wieder haben. Unbeschwert durchs Leben gehen und es so nehmen, wie es kommt.

»Ich liebe dieses Bild«, sage ich, während ich zaghaft mit den Fingern darüberstreiche.

»Ich auch.« Laura stellt sich neben mich und betrachtet es ebenfalls. »Deshalb habe ich es hierhergehängt. Jedes Mal, wenn ich den Kühlschrank öffne, muss ich automatisch lächeln.«

»Ich hab dich lieb, Laura«, sage ich und gebe ihr einen Kuss auf die Wange.

Sie schaut mich mit ihren großen Augen an und schluckt ein paarmal fest. »Ich dich auch, Mia.«

So stehe ich also neben meiner besten Freundin vor einem Kühlschrank und weine um das, was war, was ist und was noch kommen wird.

Der erste Tag nach dem Krankenhaus ist fast vorbei, und er war mit Abstand einer der schönsten, die ich seit Langem hatte. Die Pizza war göttlich in Anbetracht dessen, was ich die letzten Tage im Krankenhaus zu mir genommen hatte. Zur Erheiterung von Laura, Finn und Ian habe ich sie verschlungen, als hätte ich seit einer Ewigkeit nichts mehr zu essen bekommen.

Danach gingen wir kurz im Park spazieren. Es tat mir richtig gut, die frische Luft einzuatmen und von lieben Menschen umgeben zu sein. Das Schönste war jedoch, als Finn seine Hand in meine legte und wir Händchen haltend weitergingen. An seiner Seite hätte ich bis ans Ende der Welt laufen können.

Als wir wieder zurück waren, zauberte Ian für uns alle einen leckeren Cappuccino, ehe wir uns noch einen meiner Lieblingsfilme anschauten: *Sweet Home Alabama.* Als ich auf einmal Finns Finger in meinem Nacken spürte, nur ganz zart, reichte das aus, dass ich von dem Film nicht mehr viel mitbekam. Mein Blick war nach wie vor auf den Fernseher gerichtet, doch ich konnte mich auf das, was ich sah, nicht mehr konzentrieren. All meine Sinne waren auf diese eine zarte Berührung fokussiert, und ich merkte, dass auch sein Blick nicht nach vorn gerichtet war, sondern auf mich. Erst als er damit aufgehört hatte, gelang es mir, ihn anzuschauen, und in seinen Augen erkannte ich all das, was auch in mir vorging: Sehnsucht, Liebe und auch Angst. Ich kann nicht sagen, wie lange wir uns so ansahen, denn plötzlich war der Film zu Ende. Laura gähnte – sie hatte es doch tatsächlich mal geschafft, den ganzen Film über wach zu bleiben.

»Das muss ich im Kalender rot anstreichen«, meinte Ian lachend, und schon im nächsten Moment gab Laura ihm einen leichten Klaps auf den Arm, woraufhin er sie in seine Arme zog und ihr einen Kuss auf die Stirn drückte.

»Was meinst du, sollen wir uns schlafen legen?«, fragte Finn mich leise, und ich brachte nur ein Nicken zustande.

Jetzt sitze ich auf der Kante meines Bettes, während meine Augen die Badezimmertür fixieren, hinter der Finn gerade verschwunden ist. Ich bin leicht überfordert und weiß nicht wirklich, was ich tun soll. Soll ich mich gleich hinlegen oder lieber abwarten, bis er kommt und ich sehe, welche Bettseite er haben möchte? *Mia, du machst dir eindeutig viel zu viele Gedanken.* Also stehe ich auf, blicke noch einmal in den Spiegel an der Schranktür, ehe ich mich einfach auf meine Lieblingsseite im Bett lege.

Gerade als ich nach der Decke greifen will, kommt Finn aus dem Bad und bleibt einen Moment lang im Türrahmen stehen. Sein Blick gleitet von meinen Beinen nach oben, bis er an meinem Gesicht angelangt ist. Erst hatte ich vor, etwas Langes anzuziehen, aber es ist warm, und außerdem sind wir erwachsen. Ich habe nichts an mir, was er nicht schon bei einer Frau gesehen hat.

Langsam kommt er auf mich zu, legt seine Kleidung auf dem Sessel ab und tritt ans Bett. »Ist es wirklich okay für dich, wenn ich hier schlafe? Ich würde es verstehen, wenn du erst mal deine Ruhe möchtest, um alles zu verarbeiten«, sagt er. »Ich kann auch unten auf der Couch schlafen.«

Nein. Ich brauche jetzt seine Nähe, seine Wärme und seine starken Arme. Doch das sage ich nicht, stattdessen hebe ich einfach nur die Bettdecke an und drehe mich auf die Seite, sodass mein Gesicht ihm zugewandt ist. Ich hoffe, das genügt ihm als Antwort. Lächelnd schlüpft er unter die Decke und legt sich neben mich.

»Darf ich dich küssen, Mia?«, haucht er mir zu, während seine Hand eine Haarsträhne hinter mein Ohr streicht.

Ohne lange nachzudenken, gebe ich ein leises »Ja« von mir und spüre, wie seine Nase meine berührt.

»Und wenn ich dann nicht mehr aufhören kann?«

»Damit kann ich leben.«

Meine Antwort entlockt ihm ein Lächeln.

Schon liegen seine Lippen auf meinen, und ich weiß, ich bin nun endgültig zu Hause. Ohne die Liebe kann man überleben, aber nicht leben. Das habe ich durch Finn erkannt.

Epilog

Acht Monate später

Seit ein paar Tagen sind wir wieder zurück in Edinburgh, doch meine Gedanken verweilen noch immer bei all der Schönheit, die ich gesehen habe. Finn hatte jede freie Minute genutzt, um unsere Autoreise durch Schottland zu planen, er wollte mir unbedingt zeigen, was dieses Land alles zu bieten hat. Gefahren sind wir mit dem alten Defender von Finns Vater, auf dem ein Dachzelt befestigt ist, somit hatten wir unser Bett immer dabei. Wobei wir das nicht wirklich gebraucht hätten, denn das Auto ist so groß, dass dort eine breite Matratze Platz hatte.

Von Edinburgh fuhren wir zuerst nach Stonehaven, wo es wunderschön war. Anschließend sind wir weiter zum Cairngorms-Nationalpark. Die Landschaft mit ihren Bergen, Wäldern, Mooren, Flüssen und Tälern ist einfach einmalig. Weiter ging es dann nach Inverness, wo ich direkt an meine Lieblingsserie *Outlander* denken musste. Auch hier verliebte ich mich sofort in die Landschaft. Aber als wir dann im Gletschertal Glen Coe, dem »Tal der Tränen« ankamen, verschlug es mir total die Sprache. Große und kleine goldbraune Hügel, so weit das Auge reicht. Wir sahen sogar zwei Regenbogen auf einmal. Ohne dass ich es verhindern konnte, traten mir bei diesem Anblick die Tränen in die Augen. Finn wischte sie weg und legte dann seine Arme von hinten um mich, um gemeinsam mit mir diesen Moment im Herzen zu speichern. Nach zwei Tagen fuhren wir weiter auf die Isle of Sky zum Old Man of Storr. Finn sagte mir, dass sie auch »Insel des Nebels« genannt wird, und am nächsten Morgen verstand ich auch, warum. Der Anblick der aufgehenden Sonne, die ihre Strahlen durch den dichten Nebel drückte, war einfach atemberaubend. Hätte ich mich nicht schon in dieses Land verliebt gehabt, dann wäre es spätestens jetzt passiert.

Nachdem Laura und Ian in die Flitterwochen geflogen waren, schrieb ich mich hier in Edinburgh für ein Studium ein, was bedeutet, dass ich bald an der gleichen Uni wie Finn studieren werde.

Danach reiste ich mit Finn nach Deutschland, wo wir bei Frank und Marie wohnten. Finn half mir, alles so schnell wie möglich über die Bühne zu bringen. Lukas' Leiche war - zusammen mit seiner Kiste - schon in Edinburgh eingeäschert worden. Seine Urne wurde anschließend auf meine Bitte hin nach Deutschland geschickt. Dort musste ich von Pontius zu Pilatus laufen, damit die Urne im Grab meiner Eltern beigesetzt werden konnte, aber ich habe es geschafft. Ich wollte, dass er wenigstens am Ende bei unseren Eltern sein kann, auch wenn das vielleicht viele nicht verstehen. Seine Kiste hatte ich vorher nicht geöffnet, ich wollte nicht wissen, was sich darin befand. Denn das alles gehört zu meiner Vergangenheit und hat in der Zukunft keinen Platz. Ich habe auch die Gelegenheit unserer Reise genutzt, um Finn etwas von meinem alten Leben zu zeigen, und auch bei Lauras Tante im Buchladen habe ich mich bedankt und gleichzeitig von ihr verabschiedet.

Das alles ist mir nicht leichtgefallen, doch ich weiß, dass es das Richtige für mich ist.

Jetzt stehe ich im Schlafzimmer am Fenster und werfe einen Blick auf die Stadt, die jetzt mein Zuhause ist. Die Sonne geht gerade unter und wirft ihr orangefarbenes Licht auf die Gebäude und Straßen, was ihnen diesen besonderen mystischen Touch verleiht. Die Entscheidung, hier neu anzufangen, war die beste, die ich treffen konnte – unabhängig davon, was zwischen Finn und mir ist. Zuerst wollte ich Lauras und Ians Angebot annehmen, bei ihnen in das kleine Zimmer zu ziehen. Doch als Finn meinte, dass er sich endlich eine eigene Wohnung suchen wolle, haben wir spontan entschieden, gemeinsam eine zu mieten. Und so leben wir nun schon einige Monate zusammen.

Plötzlich steht Finn hinter mir. »Hey«, flüstert er mir ins Ohr.

»Selber hey.« Ich drehe mich um, stelle mich auf die Zehenspitzen und drücke meine Lippen auf seine.

Nun zieht er mich fest in seine Arme, der Kuss zwischen uns wird intensiver, und wie jedes Mal hört die Welt für einen Moment auf, sich zu drehen. Mein Herz rast wie verrückt. »Ich liebe dich«, hauche ich gegen seine Lippen.

Nun unterbricht er den Kuss und nimmt mein Gesicht in seine Hände. »Ich liebe dich auch. Egal, wo unsere Reise uns hinführt, solange ich dich an meiner Seite habe, bin ich überall zu Hause.«

»Mir geht es genauso.«

Ein Lächeln stiehlt sich in sein Gesicht, was seine Grübchen zum Vorschein bringt, ehe er mich gleich wieder an sich zieht und unsere Lippen aufs Neue verschmelzen.

Der Weg hierher war nicht einfach. Aber er hat den Menschen aus mir gemacht, der ich heute bin. Hätte mir damals bei meinem Flug hierher jemand gesagt, dass ich mich in einen Mann verlieben werde, den ich nur wenige Tage, wenn nicht gar Stunden kenne, hätte ich ihn für verrückt erklärt. Ich finde es ja selbst verrückt. Das Leben kann man nicht planen, und man kann auch nicht sagen, dass so etwas nach einer solch kurzen Zeit nicht möglich ist. Wie Lauras Mutter mir sagte: Die Zeit spielt hier keine Rolle. Es sind die Momente und Augenblicke, die zählen. Egal, ob Tage, Wochen oder Jahre, wenn es sich richtig anfühlt, kann es nicht falsch sein. Man muss die Liebe nicht verstehen, um an sie zu glauben.

Und eines weiß ich jetzt ganz genau: Ich bin endlich zu Hause.

– ENDE –

Danke

Als ich die ersten Zeilen zu Mias & Finns Geschichte geschrieben habe, wusste ich nicht, in welche Richtung sich die Story entwickeln würde. Mir war nicht bewusst, dass die beiden schon nach so kurzer Zeit ineinanderstürzen würden, und anfangs habe ich auch daran gezweifelt. Nicht an der Intensität und Glaubwürdigkeit ihrer Gefühle, sondern eher daran, wie *du* es wohl aufnehmen wirst. Wie *du* zu dieser zart entstehenden Liebe stehst. Ob *du* es nachvollziehen kannst, was beide durchleben, wie sie fühlen und dass sie nach so kurzer Zeit schon starke Gefühle füreinander haben, den jeweils anderen ja sogar *lieben.*

Ich hoffe, du kannst es, denn es ist möglich. Ich selbst habe es erlebt, und mit diesem Menschen bin ich heute schon einundzwanzig Jahre zusammen.

Genau diesem Menschen möchte ich als Erstes danken. Mein SCHATZ, ohne dich an meiner Seite hätte ich das niemals geschafft.

Tag für Tag, Monat für Monat und Jahr für Jahr beweist du mir, dass es sie gibt, die wahre Liebe. Danke, dass du an mich glaubst, wenn ich es nicht tue, und immer hinter mir stehst, selbst wenn ich tagelang im Büro sitze, um meine Geschichten zu schreiben. Du bist nicht nur mein Ehemann, sondern auch mein bester Freund, Lieblingsmensch, Alltagsheld, Mutmacher, Unterstützer. Und die Liebe meines Lebens. Ich bin so unendlich dankbar, dich an meiner Seite zu haben. Ich liebe dich.

LAVINIA, meine bezaubernde Tochter. Dir möchte ich ganz besonders danken dafür, dass du so bist, wie du bist. Ich bin so unglaublich stolz, deine Mutter sein zu dürfen. Ich liebe dich mehr, als ich es je in Worte fassen könnte. Du warst die Erste, die Mias & Finns Geschichte gelesen hat, und bei deinem Feedback ging mir echt das Herz auf.

SUSANNE, meine fantastische Lektorin, die über jede einzelne Seite ihren Feenstaub gelegt hat. Dir danke ich von ganzem Herzen, ich weiß nicht, was ich ohne dich tun würde.

MARCELLA, dich habe ich erst letzten Herbst kennengelernt, doch es fühlt sich an, als würden wir uns schon Jahre kennen. Zwischen uns liegt zwar der Ozean, aber ich kann es kaum erwarten, endlich mit dir einen Kaffee zu trinken und zu quatschen. Danke, dass du die Geschichte von Mia & Finn gelesen hast, für deine kleinen Anstupser und deine süßen Notizen. Ich bin happy, dass du ein Fan der beiden bist.

DUNJA, wir kennen uns schon eine lange Zeit, und ich bin dir sehr dankbar für deine tolle Unterstützung, deine Gedanken zu Mia & Finn und deine hilfreichen Anmerkungen. Danke, dass du die beiden in dein Herz geschlossen hast.

ANNIKA, ich bin so froh, dich über Instagram kennengelernt zu haben. Du hast dir die Zeit genommen, Mias & Finns Geschichte zu lesen, und dann hast du diesen wundervollen Klappentext gezaubert. Dafür danke ich dir von ganzem Herzen.

Und zu guter Letzt geht ein *dickes* Danke an alle LESER, BLOGGER und AUTOREN da draußen, die mich unterstützen. Ihr seid einfach unbezahlbar und ahnt nicht, wie sehr ich jeden von euch zu schätzen weiß. Vor allem macht es mich überglücklich, einige von euch zu meinen Freunden zählen zu dürfen.

Und ganz besonders danke ich DIR! Ja, ich meine DICH, meine liebe Leserin, mein lieber Leser. DU bist hier hinten im Buch angekommen, und das heißt, du hast »THE SILENCE BETWEEN US« gelesen. Dafür danke ich dir von Herzen. Du hast Mia und Finn auf ihrer Reise begleitet, und ich hoffe, es hat dir gefallen und ich konnte dir ein paar schöne Lesestunden bereiten.

Eure Nadine

Zwei weitere Bücher von mir, die ich euch gern ans Herz legen möchte:

Change of Heart

June sucht nach ihrem Zuhause – und findet die Liebe ...
Ein Jahr ist es her, dass Junes beste Freundin Sarah bei einem Autounfall starb. Ein Jahr ist es her, dass sie ihren Heimatort Cannon Beach fluchtartig verließ, da sie mit ihren Schuldgefühlen und ihrer Trauer nicht zurechtkam. Ein Jahr ist es her, dass sie Zac, Sarahs Freund, zuletzt gesehen hat.
Aus heiterem Himmel meldet sich Zac bei ihr: Sie soll sein Haus in Cannon Beach renovieren und umgestalten. June, erfolgreiche Innenarchitektin, zögert. Sie hat nicht ohne Grund Bedenken: Zac hat bei ihr schon immer starkes Herzklopfen ausgelöst. Obwohl das erste Wiedersehen alles andere als reibungslos verläuft, spüren beide die Anziehung zwischen sich. Hin- und hergerissen zwischen Begierde und Schuldgefühlen muss June für ihre Liebe kämpfen.

What About Us
Weihnachten in New York

Freundschaft auf den ersten Klick – so hat bei Ava und John alles angefangen. Bisher haben sie sich nur online getroffen, doch das soll sich nun ändern. Als beste Freundin und bester Freund wollen sie ein Wochenende im weihnachtlichen New York verbringen. Treffpunkt: Times Square.

Doch schon die Anreise ist voller Hindernisse. Und dann ist da auch noch die Sache mit dem Herzen, das einfach macht, was es will. Wirklich nur Freundschaft, oder?

Ein Roman über Liebe, Freundschaft, Nächstenliebe und kleine Weihnachtswunder.

»What About Us« ist die Neuauflage von »In Liebe, John«, das 2018 erschienen ist.